라이프 쇼퍼 효과 - 나는 내 삶을 선택하기로 했다

인생을 쇼핑하는 남자

라이프 쇼퍼 효과 - 나는 내 삶을 선택하기로 했다

인생을 쇼핑하는 남자

초판인쇄	2022년 8월 26일
초판발행	2022년 8월 31일
지은이	이시헌
발행인	조용재
펴낸곳	도서출판 북퀘이크
기획	조용재
마케팅	최관호 최문섭
편집	이승득
디자인	토 닥
주소	경기도 고양시 일산동구 백석2동 1301-2
	넥스빌오피스텔 704호
전화	031-925-5366~7
팩스	031-925-5368
이메일	yongjae1110@naver.com
등록번호	제2018-000111호
등록	2018년 06월 27일

정가 16,000원
ISBN 979-11-90860-27-7 03810

파본은 구입처나 본사에서 교환해드립니다.

라이프 쇼퍼 효과

나는 내 삶을 선택하기로 했다

인생을 쇼핑하는 남자

이시현 지음

BOOKQUAKE

안녕하세요. 인생을 쇼핑하는 남자입니다. 살면서 벼랑 끝에 매달려 본 적이 있으신가요? 진짜 산에 매달려 있던 경험 말고요. 인생을 살다 보면 포기하게 되는 일들이 발생하게 됩니다. 결국에는 포기할 것도 없어지죠. 물론 포기할 이유가 없는 사람도 많을 것입니다. 저는 전자의 경험을 토대로 글을 쓰게 되었습니다. 요즘 젊은이들에게는 꿈과 희망마저 없어졌기에 N포세대라는 말이 생겨났습니다. 저 역시 N포세대 일원입니다. 눈물이 저절로 나옵니다. 그래도 꿈과 희망만큼은 지키고 싶었어요. 그래서 글을 쓰게 된 이유도 있었습니다. 지금 힘든 시기여도 꿈만큼은 지켜야 합니다. 꿈이 아직 남아 있다면 몸을 웅크리고 준비하는 겁니다. 시간이 걸릴지라도 다음 점프를 하기 위해 비상하는 날이 한 번쯤은 오지 않겠어요? 인생을 쇼핑하는 남자는 N포세대이지만, 조금씩 성장하는 과정을 글로 적어 봤습니다.

유복한 가정에서 태어났으면 고민 없이 살았을지도 모릅니다. 현실은 그렇지 않아 더 단단해져야 했습니다. 제자리에서 벗어나기 위해선 물렁물렁하게 사는 건 의미가 없었죠. 그러던 중 '라이프 쇼퍼 효과'에 눈을 뜨게 되었습니다. 그게 무엇이냐고요?

'라이프 쇼퍼 효과'란 인생 쇼핑을 통해 얻는 것을 의미합니다. 소소한 행복을 얻기 위해 쇼핑하는 의미가 아닙니다. 쇼핑은 생산적인 쇼핑, 비생산적인 쇼핑으로 나뉘게 됩니다.

겉모습이 달라지기 위해 새로운 옷을 입으면 그날의 기분만큼은 최고가 됩니다. 이런 게 소소한 행복일 수 있죠. 이런 행복은 오래가지 못합니다. 곧 다가올 카드 결제일이 걱정되기 때문이죠. 외면은 옷으로 바꿀 수 있고, 내면은 책으로 바꿀 수 있습니다. 자신만큼은 가꿀 줄 알아야 합니다. 서른쯤 되었을 때 이런 생각이 들더군요. 아무리 겉표지가 화려해도 남들에게 인정받는 건 내면이구나. 내면을 가꾸기 위해 인생 쇼핑을 하게 되었습니다. 인생을 쇼핑하는 남자가 7가지의 방법을 제시하려 합니다.

첫 번째, 우리가 살아가면서 쇼핑을 안 하고 살아갈 순 없겠죠. 돈을 무작정 아끼면 저축도 되고 현명한 선택이란 건 부정할 수 없습니다. 그래도 인생을 즐기면서 더 나은 미래를 꿈꿔보는 건 어떨까요? 인생에 투자하는 겁니다. 그동안 지불한 학원비, 대학교 등록금 등 모든 게 인생 쇼핑입니다. 인생 쇼핑에서 저는 뮤지컬 관람, 인터넷 쇼핑, 피부 관리 등 돈을 씀으로써 거기서 얻는 것들이 있다고 하였습니다. 쇼핑으로 얻을 수 있는 부분 중 동기부여를 강조했습니다.

두 번째, 터닝 포인트는 들어보셨죠? 인생의 전환점을 만들어야 한다는 내용입니다. 어제, 오늘, 내일을 칼같이 행동을 맞추지 않는 이상 일상이 조금은 다르게 흘러갈 것입니다. 평범했던 일상에서 균열을 일으켜야 합니다. '이제는 이렇게 살 수 없어.', '나는 앞으로 바뀔 거야.' 이런 생각을 강하게 하고 나면 어제처럼 살면 안되겠다는 굳은 의지가 생기게 됩니다. 이런 경험을 통해 인생이 바뀔 수 있다는 메시지를 전했습니다.

세 번째, 인생 수업을 듣게 되면 목표가 생깁니다. 막상 마음가짐은 강렬한데 무엇을 해야 할지 몰라 막막한 경우가 있습니다. 의지가 꺾이기 전에 무엇이든 도전해보는 겁니다. 이미 인생 쇼핑으로 강한 동기부여는 얻은 상태일 겁니다. 어제처럼 쉽게 포기하지 않는 나 자신을 발견하게 됩니다. 명확한 꿈을 이루기 위해 포기하지 않고, 인생 수업을 들으며 매일 도전하는 삶을 살게 됩니다.

네 번째, 그동안의 경험들은 무슨 일을 하든 언젠가는 도움이 될 것입니다. 제가 가장 많이 하는 말인데요. '뭐든지 다 이유가 있습니다.' 지금 하는 일은 나중에 다 도움이 될 겁니다. 인생 경험을 계속 쌓으십시오. 목표를 향해 가다 보면 배웠던 경험이 피가 되고 살이 됩니다.

다섯 번째, 인생 독서를 해야 합니다. 저는 35년 동안 책을 열 권도 안 읽었습니다. 책을 왜 읽어야 하는지 이유를 알기 어려웠죠. 인생 독서로 꿈을 찾게 되었습니다. 책을 읽고 작가의 꿈을 이뤘죠. 독서만큼 인생을 빠르게 바꿔줄 도구는 없다고 생각합니다.

여섯 번째, 인생 배움은 멈추면 안됩니다. 제가 인생을 쇼핑하는 남자가 되지 못했다면, 아직도 게임에 빠져 의미 없는 시간을 보내며 살았을 것입니다. 책을 읽고 무언가 계속 배우고 있습니다. 인생 수업, 인생 독서, 블로그 하기, 글쓰기 공부, SNS 강의 영상 수강 등 배움의 끝은 없습니다. 무엇이든 배워야 합니다.

일곱 번째, 인생 쇼핑으로 인생 전환점을 발견했습니다. 꿈을 이루기 위해 늦은 시간에도 인생 수업 강의를 듣고, 새벽까지 글을 쓰는 사람이 되었습니다. '라이프 쇼퍼 효과'를 깨우쳤기 때문이죠.

인생의 여정은 아직 끝이 아닙니다. 앞으로 계속 나아가는 게 인생 여행입니다.

　아무 생각 없이 게임을 하던 바보는 책을 읽고 작가의 꿈을 갖게 되었습니다. 이제는 가상현실에서 로그아웃했습니다. 2교대 당직 근무 후 퇴근하면 24시간 동안 할 게 없었습니다. 집에 오면 잠을 자거나 게임을 했죠. 10시간은 기본으로 게임을 했습니다. 생산적이지 않은 일에 빠져 살았습니다. 시간은 공평하다고 생각했는데 그게 아니었습니다. 같은 시간 동안 아무리 노력을 해도 격차를 좁히기란 쉽지 않았습니다. 물론 그동안 처절하게 노력은 안 했었죠.

　인생 쇼핑을 통해 가상 세계에서 로그아웃할 수 있었습니다. 게임만큼은 제 인생에 도움이 되지 않았지만, 꾸준히 했었죠. 아마 30년 동안 죽고 못 사는 사이였던 거 같습니다. 가끔 생각은 나지만 게임과 이별하게 되었습니다. 지금은 책에 심취해 있기 때문이죠. 독서하는 시간이 갈수록 늘어났고, 밤늦게까지 글을 쓰느라 시간 가는 줄 모르게 되었습니다.

　무슨 일을 해야 할지 고민했지만, 나의 장점을 찾아주는 사람이 없었습니다. 답답한 마음에 사주를 봤습니다. 점쟁이는 "허우대는 멀쩡하니 능력을 키워. 그러면 서른 중반에 좋은 일이 생긴다."고 말했습니다. 맞는 말이지만, 점쟁이의 말을 듣고 실행한 건 없었죠. 책을 읽기 시작하면서 이런 생각이 들었습니다. '책은 나 자신을 설명해 주는 해답지다.'라고. 생각이 많고 감수성이 풍부했던 이유를 이제야 알게 되었습니다. 끈기가 부족했고, 책을 읽지 않던 청년이 조금씩 달라졌죠. 책이란 존재가 인생의 꿈을 만들어 주었기 때문입니다.

아직 기회가 남아 있다는 생각이 들면, 지금처럼 쉬운 길만 걸어선 안됩니다. 시련과 마주하게 되면 현실에서 도망쳐서도 안됩니다. 앞으로 남은 길이 가시밭길일지라도 찔리는 고통을 알면서도 한 발짝 한 발짝 뻗어야 할 것입니다. 두려움에 도전을 망설이겠지만, 고통과 아픔 없이 지금보다 더 성장할 수는 없습니다. 두려움을 이겨내는 겁니다. 시작을 하기도 전에 포기하지 마십시오. 포기하면 마음은 잠시 편해지겠지만, 현실이 변하는 건 아무것도 없습니다. 굳은 의지를 잃지 않게 해주는 건 인생 목표입니다. 꿈과 희망을 잃은 N포세대가 되지 마십시오.

 어쩔 수 없이 목표를 세우지만, 뜻대로 되지 않는 경우가 있습니다. 연애, 결혼, 출산, 내 집 마련, 인간관계는 잠시 미뤄도 됩니다. 하지만 꿈과 희망만큼은 지키길 바랍니다. 꿈과 희망마저 없으면 미뤘던 목표를 다 포기하게 됩니다. 가난은 세상 참 살기 힘들게 만들죠? 앞으로 더 힘들어질지도 모릅니다. 저는 책을 통해 꿈을 꾸게 되었습니다. 장점도 없고, 책과 담을 쌓았던 사람이 글을 쓰고 있습니다. 게임에 빠져 있던 사람이 작가가 되었습니다. 글을 쓰는 매 순간이 불안하지만 견뎌낼 때 성장하는 느낌이 듭니다.

 "생각이 바뀌면 행동이 바뀌고, 행동이 바뀌면 습관이 바뀌고, 습관이 바뀌면 인격이 바뀌고, 인격이 바뀌면 운명까지도 바뀐다." 미국의 심리학자 윌리엄 제임스 말처럼 운명을 바꾸고 싶었습니다. 이 모든 걸 바꾸는 방법은 어쩌면 쉬울지도 모릅니다. 운명이 바뀐다는 부분이 마음에 와 닿지 않을 수 있습니다. 하지만 행동, 습관, 인격, 이렇게 세 가지만큼은 책을 읽고 바꿀 수 있습니다.

학창 시절 세 번 받은 봉사상 때문에 기부는 내 인생의 숙명이라고 적었습니다. 거창하게 적은 건 알지만, 어린 시절부터 남을 위해 살고 싶었습니다. 내 주변에 책을 읽지 않은 사람이 많습니다. 꿈을 잃은 사람이 대부분이죠. 남을 바꾸는 일은 거의 불가능에 가깝습니다. 그 이상 어려울지 모릅니다. 여러 권의 책을 집필하는 꿈을 꾸고 있고, 꿈을 심어 주는 강연가의 삶을 꿈을 꾸고 있습니다. 저는 솔직하게 확률이 높고 눈에 보이는 것만 믿지만, 우연과 책을 믿게 되었습니다.

뭐든지 다 이유가 있습니다. 만약 인생을 쇼핑하는 남자로 살지 않았더라면, 이렇게 많은 책을 읽지 않았을 것입니다. 책이 없는 세상에 살았더라면 꿈과 희망마저 없는 N포세대 일원으로 계속 남았을 것 같아요. 책은 꿈과 희망이 달아나지 않게 붙잡아 주었습니다. 35년 동안 책을 열 권도 읽지 않았던 청년이 작가가 되었습니다. 꿈과 희망을 놓치면 안됩니다. 더 이상 잃을 게 없는 삶은 위태롭기 때문이죠. 살아가면서 필요한 쇼핑 리스트가 있습니다. 인생의 쇼핑만큼은 책을 우선순위로 두길 권합니다.

차 례

들어가는 글 • 4

Part 01   인생은 쇼핑이다   17
━━
인생 쇼핑을 해야 한다

인생쇼핑 • 인생을 쇼핑하는 남자   19
인생쇼핑 • 책을 생각하니 책도 나를 찾더라   27
인생쇼핑 • 명품 백 대신 책을 산다   35
인생쇼핑 • 내 인생을 바꿔 준 가슴 뛰는 쇼핑   41
인생쇼핑 • 책을 선택하고 독서해야 할 때   48

Part 02   나는 내 삶을 선택하기로 했다   57
━━
인생의 전환점을 만들어야 한다

인생의 전환점 • 인생은 한 방이 아니라 역전이다   59
인생의 전환점 • 만약 시도가 없었다면 꿈도 없었다   66
인생의 전환점 • 나는 책을 통해 꿈을 생각하고 있다   74
인생의 전환점 • 나는 전혀 다른 사람이 되었다   82

Part 03 나의 꿈이 달아나기 전에   89

인생 수업을 듣고 목표가 생겼다

인생수업 • 생산적인 독서는 한 줄이라도 남는 것이다   91
인생수업 • 영혼을 갈더라도 쓰게 된다   98
인생수업 • 나만의 생산적 독서 습관 만드는 법   106
인생수업 • 나의 꿈이 달아나기 전에   112
인생목표 • 나의 목표는 무엇인가   119
인생목표 • 지금 안 읽으면 내 자녀들도 안 읽는다   127

Part 04 N포세대에서 Not포세대로   135

인생 경험을 해야 한다

인생경험 • 연애는 잠시 쉼표를 찍었다   137
인생경험 • 나는 왜 시간을 버리고 있을까   144
인생경험 • 꿈이 빛나는 별로 만들다   152
인생경험 • 미래를 그리는 남자가 되었다   158
인생경험 • 글 쓰기로 당당해진 나를 발견하다   165
인생경험 • 성공했으면서 책을 왜 읽는 걸까?   172
인생경험 • 나의 인생 작품을 찾아라   179
인생경험 • 처음으로 긍정적인 생각을 갖게 되었다   186

Part 05 우연히 내게 찾아온 책은 내 삶을 변화시켰다 195

인생 독서를 해야 한다

인생독서 • 내가 우연히 만난 책 한 권 197

인생독서 • 책에 빠진 이유는 책 때문이었다 204

인생독서 • 비범한 사람은 꿈의 등급도 높다 212

인생독서 • 내 주변에서 독서 장인으로 등극했다 219

인생독서 • 매일 읽으며 약속한다 227

인생독서 • 책을 기피했다. 지금은 깊이 빠져있다 234

인생독서 • 오늘도 다시 태어나는 중 241

Part 06 생산적인 삶을 살아가는 방법 249

인생 배움은 계속되어야 한다

인생배움 • 인성은 하루아침에 만들어지지 않는다 251

인생배움 • 책을 맛있게 읽는 것이 중요하다 258

인생배움 • 가방에 책을 담았는데 그건 나의 매력이었다 265

인생배움 • 준비만 하는 삶은 포기다 272

인생배움 • 열정이 식지 않게 하는 법 279

인생배움 • 책 읽기로 나도 행복을 꿈꾸었다 286

Part 07 방향을 잃지 않고 내 스타일대로   293

인생 여행을 떠나야 한다

인생여행 • 돈으로 매길 수 없는 가치   295

인생여행 • 나의 현실에서 꿈이 보이지 않을 때   301

인생여행 • 방향을 잃지 않고 내 스타일대로   307

인생여행 • 책을 읽는 습관이 성공의 여정이 된다고 믿는다   314

마치는 글 • 320

Part 01

인생은 쇼핑이다

인생 쇼핑을
해야 한다

• 인생을 쇼핑하는 남자 •

남자는 무엇에 열망할까? 그것은 시계 또는 자동차일 수 있다. 여자만큼 가방에 우선순위를 두지 않는다. 모으는 것이 취미인 사람은 장난감을 수집하기도 한다. 남자에게 자동차는 '능력'이다. 돈이 있어도 대중교통을 이용하는 사람도 있겠지만, 돈이 없어서 대중교통을 이용하는 사람이 더 많을 것이다. 남자는 왜 동호회에 나가면 자동차를 자랑하기 시작할까? 극히 일부겠지만, 처음 만난 사람에게 호감을 얻기 위한 행동일 수 있다. 사람은 인정받으려는 습성을 가지고 있기 때문이다. 하지만 진정한 부자는 본인의 능력을 과시하지 않는다. 무엇에 열망하고 있는가? 최근 인생 취미를 시작하게 되었다.

사람들이 살아가는 방식은 다양하다. 본인의 경제력에 비해 무리하게 비싼 차를 구매하여 경제적으로 버거운 삶을 사는 사람들이 있다. 그들을 '카푸어'라고 한다. 본인 소득의 대부분을 자동차 유지비로 지출한다. 이들은 저축이나 결혼 등 알 수 없는 미래보다는 현재 생활을 즐기는 경향이 강하다. 문제는 거액의 대출을 받아 차를 구매한 뒤 이자 갚기에 허덕이게 된다는 것이다. 생활고를 겪으며 차에 올인한다. 기름값, 차량 할부 등 많은 유지비를 지출하게 된다. 슈퍼카를 구매했지만, 컵라면으로 식사를 대체하는 이들도 있었다. 그들은 특별한 삶을 사는 것을 중요하게 생각한다. 그들이 특별한 존재라는 걸 의심하지 않는다. 하지만 부럽지 않으며, 주변에 그런 친구가 있으면 걱정될 것 같다. 그들의 차가 부러워서 똑같이 대출을 받아 구매하겠는가? 나는 자동차 대신 인생 쇼핑을 즐기고 있다.

글을 쓰게 된 재능이 뮤지컬 관람 때문에 생겼다면 믿는 사람이 있을까? 작년부터 뮤지컬에 빠지게 되었다. 처음에 봤던 〈지킬 앤 하이드〉가 강렬했기에 도장 깨기식으로 또 다른 뮤지컬을 예매하고 있다. 강렬하고 뜨거웠다. 내 안의 무언가 끌어 올라오는 느낌이 들었다. 저들은 왜 저렇게 멋지게 사는가? 뮤지컬 배우의 꿈이 생겼다는 건 아니다. 미친 듯이 무언가 시작해야 할 것만 같았다. 뮤지컬 음악을 들으며 글을 써봤다.

긴 터널에서 벗어나야 했다. 나는 무엇을 해야 할지 모르고 살았고, 인생의 길을 잃었다. 어둠의 끝에 과연 빛이 있을까? 의심하고 또 의심했다. 불빛 하나 없는 이 어둠에서 벗어나고 싶었다. 출구를 찾기 위해 허공에 손을 이리저리 움직여도 내가 지금 어디쯤 서 있는지 알 수 없었다. 발밑에는 무언가에 자꾸 걸려 넘어졌다. 무릎이 뜨거워진 느낌이 든다. 보이지 않지만, 피가 흐르는 듯하다. 제발 이곳에서 벗어나고 싶은데 마음대로 되지 않았다.

찾아야 했다. 어디쯤 서 있는지 모르겠지만, 여기서 머물면 안되겠다 싶었다. 육체뿐만 아니라 영혼까지 위태로워지기 때문이다. 이제는 희망마저 없어지려 한다. 이곳에서 벗어날 수 없다는 절망. 온전한 정신이 남아 있는 지금 한 발짝 더 나아가기 위해 시도해봤다. '신이시여 빛으로 이끄소서.' 간절한 마음이 어딘가에 전해지길 기도했지만, 왜 죄 없는 나를 이곳에 가두는지 이해하기 힘들었다. 오히려 화가 났다.

이미 알고 있었다. 나는 어디에 갇혀 있는 게 아니었다. 날마다 자신조차 속이고 세상을 부정했다. 무엇을 하든 뜻대로 되지 않았다. 내 주변을 둘러봐도 잘난 남자, 잘난 여자뿐인데 나는 못난 사람. 겉보기엔 손색없지만 속은 비어 있었다. 잔뜩 차려입은 옷을 벗고 꾸며댄 얼굴을 지운 후 초라해진 모습을 거울로 마주했다.

가끔 희망을 바라보곤 했다. 내 꿈을 의심하는 주변 사람들도 있었지만, 날마다 묻곤 했다. 무엇이 되고 싶은지 나 스스로 물었다.

민망할 정도로 나는 무엇을 잘하는지 모르고 살았다. 어차피 내일은 없어. 하루살이 같은 생각을 늘 했다. 내게 몇 번을 물어도 대답은 한결같았다. 나는 도대체 무엇을 잘하는가? 나는 도무지 알 수 없었다. 이런 내가 글을 쓰고 있다. 이 길을 정했기에 선택지는 없다. 두려움은 나의 영혼을 감싸지만, 더 이상 숨어선 안됐다. 때가 왔다. 드디어 내가 원하는 걸 찾은 듯하다. 이젠 종이에 글을 써야만 했다.

지금 이 순간

지금 이 순간, 난 간절히 바라고 원했던 꿈을 꾸고 있다. 이 순간이 오기만을 기다렸다. 나만의 꿈을 나 스스로 찾았다. 힘겨웠던 날들이 잠시 잊힌다. 지금 글을 쓰는 이 순간이 마법 같고, 묶여 있던 사슬을 벗어 던진 이 감정을 말로 설명할 수 없다. 글로도 설명하기 힘들다. 그저 내 눈빛으로만 설명이 가능하다.

알 수 없는 힘이 나를 다시 일으켜 세웠다. 보이지 않지만, 내 안에서 빛나는 무언가 느껴진다. 다 잘 될 거야. 지금처럼 조금씩 성장하다 보면 증명하는 날이 오지 않을까? 세상이 날 아무리 가릴지여도. 내가 답답해서 세상 밖으로 나오면 되니깐. 힘든 기억이 생각나면, '다시 돌아갈 수 없다'고 종이에 적는다. 나를 믿어야 했다.

내 몸이 부서질지라도 꿈을 향해 나아가야만 했다.

이번엔 다르다. 나 자신을 믿기 때문에 힘들던 지난 시절은 나를 더 강하게 만든다. 절망 속에서 조금씩 벗어나고 있다. 아픈 기억은 나를 더 강인하게 만든다. "지난 시절 나약했던 네가 맞냐고?" 세상도 나에게 묻는다.

나를 뒤흔드는 사건은 발생할 것이다. 홀로 이겨내는 사람도 있을 것이다. 툭툭 털고 일어나기란 쉽지 않다. 지금까지 내 인생은 보잘것없었다. 자랑할 것도 없었다. 단지 취미로 뮤지컬을 보게 되었고, 이제는 글쓰기가 장점이 되었다. 뮤지컬이 나에게 준 선물은 새 인생이다. 안네 프랑크는 이런 말을 남겼다. "촛불 하나가 어떻게 어둠을 몰아내고 밝히는지 보라."

특별한 삶을 추구하지 않는가? 하루 만에 사라지는 이벤트성 삶이 아닐 것이다. 평범에서 비범해지고 싶다. SNS에는 수많은 셀럽이 존재한다. 그들도 처음부터 유명하지 않았다. 본인을 브랜딩하였기에 많은 팔로워 수를 보유하게 되었다. SNS를 하는 것은 시간 낭비가 아니다. 아무나 하는 것이 아니기 때문이다. 많은 관심, 그리고 비난 댓글도 감수할 수 있는 담대함을 가지고 있어야 한다. 인생 뮤지컬을 관람하고 그 이후 인생 책을 찾을 수 있었다.

인생 취미로 얻을 수 있는 건 동기부여였다. 배우들의 연기를 보고 연습 과정이 얼마나 힘들었을지 생각하니 가슴이 벅차올랐다.

내가 못하는 영역에서 멋지게 공연을 마무리하는 자체가 훌륭하고 멋진 사람으로 보였다.

인생 쇼핑을 해야 한다. 라이프 쇼퍼 효과는 그대로 직역하면 삶을 쇼핑해서 얻는 것들이다. 자기 계발을 하기 위해선 돈이 필요하다. 즉, 자기 계발을 하기 위해 그동안 라이프 쇼퍼로 살아왔을 것이다. 인생 쇼핑을 하는 이유는 분명하다. 투자 없이 발전하긴 어렵기 때문이다. 스펙을 쌓기 위해 새벽에 학원을 가는 이들도 있다. 그들도 라이프 쇼퍼다.

본인에게 투자하는 사람들이 늘어나는 추세이다. 꿈도 없고 돈이 없어도 소비를 멈추지 않는 사람들이 있다. 나는 N포세대였다. 인생 쇼핑을 즐기며 꿈을 찾게 되었고, 글을 쓰고 있다. 인생 쇼핑을 제시하려 한다.

첫째, 인생 쇼핑을 해야 한다.

둘째, 인생의 전환점을 만들어야 한다.

셋째, 인생 수업을 들어야 한다.

넷째, 인생 목표를 두어야 한다.

다섯째, 인생 경험을 해야 한다.

여섯째, 인생 독서를 해야 한다.

일곱째, 인생 배움을 시도해야 한다.

여덟째, 인생 여행을 떠나야 한다.

인생 취미로 열망하는 일을 찾게 되었다. 이제는 비범해져야 했다. '비범하게 살아라.' 이렇게 말해 주는 사람은 단 한 명도 없었다. 언제나 평범하게 사는 것이 행복이라고 가르침을 받아왔다. 아르헨티나 국적 축구 선수 리오넬 메시의 키는 보통 선수보다 작은 169cm다. 하지만 뛰어난 실력으로 전 세계 팬들에게 사랑받고 있다. 그는 천재적인 재능도 있었지만, 단점을 보완하기 위해 근력 운동을 소홀히 하지 않았다. 결국 체급을 올려 단점을 보완하게 되었고, 비범한 사람이 되었다.

인생의 책을 읽어야 한다

앞으로 명품보다 '인생 도서'를 구매해야 한다는 메시지를 많이 담을 것이다. 하지만 명품의 가치를 부정하지 않는다. 자동차의 가치도 부정하지 않는다. 끊임없이 동기부여를 얻어야 했다. 그들을 부러워하면 허영심에 가득 차게 된다. 책에서 동기부여를 얻을 수 있다. 책을 읽는다고 한순간에 인생 역전이 되지는 않는다. 책은 허영심을 잠시나마 잊게 해준다. 그 사실을 알았으면 좋겠다.

보통 명품 한두 개 정도는 가지고 있을 것이다. 하지만 돈이 있어도 명품을 사지 않는 이들도 있다. 허영심은 누구에게나 있다. 뉴스 기사를 통해 무리하게 대출받아 명품을 구매하는 사람이 있다는 사실을 알게 되었다. 그들은 명품의 가치는 줄지 않는다고 말하였다. 몸에 명품을 걸치지 않아도 그 사람 자체가 빛나는 사람이 있다. 나는 책을 통해 그들을 만날 수 있었다.

내일이 없다는 마인드로 살아가는 이들도 있을 것이다. 이십 대 시절은 열정페이를 받았기에 저축은 꿈도 꾸지 못했다. 하루살이와 같은 생각을 가졌었다. 삼십 대의 나는 미래를 걱정하는 사람이 되었다. 저축을 하더라도 현실적으로 내 집을 마련하기 힘든 현실이 되었다. 그렇다고 다시 하루살이로 돌아가고 싶지는 않았다. 허영심을 없애기 위해 명품을 사는 건 나쁘지 않다고 생각한다. 귀신을 쫓기 위해 몇십만 원이 넘는 부적 한 장을 사는 것과 비슷하다고 본다. 얻는 것의 가치가 더 크다는 걸 말하고 싶다. 다시 말해 명품을 포기하고 책을 사라는 메시지가 아니다. 그렇다고 부적 같은 명품을 사라는 것도 아니다. 갖고 싶은 것을 잠시 미루고 책을 먼저 쇼핑해야 한다. 내가 생각하는 인생 쇼핑 방법이다.

인생 쇼핑 ❷

● 책을 생각하니 책도 나를 찾더라 ●

게임은 내게 생산적이지 않은 일이었다. 만 시간의 법칙을 이미 초월했지만, 게임으로 얻었던 건 목디스크뿐이었다. 글을 쓰는 지금도 자세를 바르게 하고 앉았지만, 목을 잠시도 가만히 둘 수 없다. 목을 왼쪽, 오른쪽으로 돌려도 목이 불편하다. 몸은 몸대로 망가졌다. 가상 세계를 로그인하게 되면서 현실 세계에서 벗어날 수 있었다. 잠시 모든 걱정을 잊은 채 게임을 하다 보면, 현실 세계 시간은 왜 이리 빠르게 흘러갈까? 좀 더 하고 싶은데 시계는 새벽 1시를 가리켰다. 한 판 정도는 더 해도 출근에는 지장이 없을 것 같았다. 게임 화면에 '패배'라는 문구가 잠을 재워주지 않았다. 한 판만 이기고 잠들고 싶었다. 새벽 2시가 넘어서야 출근이 걱정되었다. 침대에 누워 또다시 게임할 생각에 잠이 들었다.

독서를 하기 전의 나의 모습이다. 게임 계정을 삭제한 지 5개월이 지났다. 게임은 여자 친구 같은 존재였다. 군대에서 휴가를 나오거나 외박을 나오면 매일 함께했다. 오랜 시간 딱 붙어 있었다. 게임을 사랑했다고 표현하여도 이상하지 않을 것이다. 다시 부대에 복귀할 때까지 같이 있어 준 건 게임이었고, 아쉬운 마음으로 헤어져야 했다. 헤어지면 또 보고 싶어졌다. 과거와 현재의 큰 변화는 글쓰기와 독서 그리고 게임을 안 하는 것이었다.

내가 쓰는 글에 한 점 부끄러움이 없어야 했다. 한 치의 오차 없이 쓰겠다는 의지로 글을 써 내려갔지만, 아직 부족한 작가였다. 하지만 굳은 신념을 가지고 있다. 신념만큼은 지키고자 했다. 조급한 마음으로 글을 쓸 때가 있었다. 그럴 때 누구를 위한 글인가를 다시 생각하며 마음을 다잡아야 했다. 내가 쓰는 글이 독자를 위한 글이 아닌 순간, 글의 내용은 전혀 다른 방향으로 흘러갔다.

세상에는 성공의 지표가 되어주는 서적이나 영상이 널려 있다. 인생을 살아가다 보면 여러 갈래의 길에 서 있게 된다. 선택해야 하는 순간이다. 새로운 꿈을 가진 시기도 있었다. 하지만 준비가 되지 않은 상태에서 목표를 이루기란 어려웠다. 성공한 사람들은 늘 준비가 되어 있었고, 자기 분야에서 경험을 바탕으로 성공을 이뤘다. 학생들이 늦은 시간까지 공부하는 이유는 좋은 대학, 좋은 직장에 들어가기 위해서일 것이다. 살아가면서 시도조차 하지 않고 포기하는 경우가 있다. 지금 하는 일이 적성에 맞지 않는다면, 때론 포기가 성공의 지름길이 되기도 한다.

서로 타이틀만 다를 뿐이지, 성공한 삶을 향해 도전하고 있다. 타고난 직업이나 직분을 천직이라고 한다. 성공한 이들에게 만약 다른 일을 했더라도 성공했는지 물어본다면, 보통 자신감이 아닌 이상 성공할 수 있다고 답변하긴 어려울 것이다. 대기업 입사를 목표로 대학생, 취준생, 일반 직장인들은 공부에 올인하기도 한다. 대기업에 취업하기 위해선 스펙도 쌓아야 하고, 1차 서류전형에 합격해야 한다. 그리고 면접, 인성 검사까지 합격이 되어야 비로소 출근할 수 있다. 이렇게 힘들게 취업했지만, 1년도 못 버티고 퇴사하는 경우도 있다.

개그맨으로 성공한 정형돈이 있다. 과거 한 방송에 출연해 "대기업에 사표를 낸 뒤 되게 홀가분했던 것 같다. 되게 기분이 좋았던 걸로 기억한다."고 말했다. 취준생들에게는 도무지 이해할 수 없는 말이겠지만, 그는 "두렵지 않더라. 내가 하고 싶은 일이 있으니까 두렵지 않았다. 그때 개그맨을 하겠다고 관둔 거니까. 두려울 시간이 없더라. 해야 할 일이 있어서 오히려 즐거웠다. 내가 하고자 하는 일을 할 수 있게 됐기 때문이다."라는 말을 남겼다. 정형돈은 대기업 직원이 아닌, 개그맨이란 천직을 찾을 수 있었다. 어떻게 보면

이 승부수가 그저 운 좋은 사례일 수 있다. 이 담대함은 아무나 시도할 수 없다. 우리는 하고 싶은 일만 할 수 없는 이유가 있다. 보이지는 않지만, 현실의 벽과 마주하고 있기 때문이다.

진짜 하고 싶은 일을 찾았다

작년 10월부터 뮤지컬은 인생 취미가 되었다. 뮤지컬 티켓 가격은 좌석마다 다르게 책정된다. B석, A석, S석, R석, VIP석이 있으며, 가격은 60,000원에서~150,000원이다. 뮤지컬 관람과 독서로 신념에 대해 깊이 생각하곤 한다. 감수성이 풍부한 편이었다. 슬픈 영화를 보며 눈물을 글썽거렸다. 강한 마음을 갖고 싶었지만, 여린 마음을 갖고 있었다. 감수성은 글쓰기에 도움 되는 강점이었다. 이 감정을 가지고 글을 쓰고 있었다. '작가는 신념을 가지고 글을 써야 한다.'라는 메시지가 마음에 와 닿았다.

인생 쇼핑을 즐겨하고 있다. 뮤지컬 관람을 하고 나면 영감이 샘솟았다. 영화는 아무리 감명 있게 봐도 두 번 이상 보지 않았다. 4개월 동안 뮤지컬 〈지킬 앤 하이드〉, 〈레베카〉, 〈엑스칼리버〉, 〈프랑켄슈타인〉을 보았는데, 그중 세 번 본 작품도 있었다. 영감을 받은 뮤지컬은 〈프랑켄슈타인〉이었다. 서른이 넘어 책 한 권을 읽지 않았고, 책을 열 권 이상 읽지 않았던 사람이었다. 그런데도 뮤지컬을 보고 집에 돌아오면 글이 떠올랐다. 감수성을 가지고 글을 썼던 것 같다. 이 감수성을 폭발시키는 건 뮤지컬 관람이었다. 뮤지컬을 보면 마음이 웅장해지고 전율을 느꼈기 때문이다. 글을 쓰는 데 도움이 되었다. 넘버 안에 있는 메시지가 마음에 와 닿았다. 넘버는 쉽게 말하자면 뮤지컬의 음악을 말한다.

〈프랑켄슈타인〉은 메리 셸리의 고전 소설을 원작으로 한 창작 뮤지컬이다. 줄거리를 간략하게 요약해 보면, 1815년 유럽은 나폴레옹 전쟁의 포화에 휩싸여 있었다. 모든 생명은 소중하다는 신념을 가진 앙리 뒤프레는 적군까지 치료해 준 일로 간첩죄로 즉결 처분당할 위기에 처하게 되었다. 죽음을 맞이하려던 순간, 빅터 프랑켄슈타인이 등장해 더 높은 계급으로 처형을 막았다. 그 인연으로 책임자로 있는 무기연구소로 앙리를 데리고 갔다. 전쟁이 끝난 후 빅터가 장의사를 살인하는 일이 생기게 되었는데, 앙리가 친구 빅터 대신 단두대에 올라가 처형을 당하게 되었다. 그 목을 가지고 실험을 통해 인간의 모습이지만 괴물을 창조하게 된 내용이다. 〈난 괴물〉이라는 넘버가 있다. 괴물이 창조주 빅터를 향해 고통을 돌려주며 복수하겠다는 내용이다. 유튜브를 통해 넉 달 동안 빠짐없이 들으며 출퇴근했다. 〈너의 꿈속에서〉 넘버 가사 내용 중 너의 생각, 너의 신념, 너의 의지가 있다. 이 키워드를 가지고 A4 용지 10페이지 분량의 글을 썼다. 가사의 키워드로 글을 쓰는 편이었다.

그렇게 글을 쓰기 시작했다. 관람 후 느꼈던 감정을 글로 남기기 시작했다. 이런 방법은 한계가 있었다. 다음 날이 되면 생생했던 기억이 사라졌기 때문이다. 나는 뮤지컬을 다시 관람하러 가야 했다. 하지만 관람비가 만만치 않았다. 유튜브를 통해 미처 놓쳤던 키워드를 찾았다. 그 감정을 다시 떠올렸다. 이 방법은 글을 연장해서 쓰는 방법이었다. 하지만 영감만으로 글을 쓰게 되면 소설에 불과했다. 본인의 주장만 가득한 글은 신빙성이 없었고, 글에 무게감이 떨어지는 것이었다. 평소에 책을 읽지 않은 상태에서 영감은 떠올랐지만, 뒷받침해 주는 글을 찾아야 했다.

소설가의 꿈은 아직 가지고 있지 않다. 독자를 위한 글을 써야 했다. 과거의 나처럼 독서를 극도로 싫어했던 사람이 《인생 쇼핑하는 남자》를 읽고 생각이 바뀌었으면 좋겠다. 주변에서 책을 읽지 않던 사람이 책 읽는 방법을 알려달라고 하면 목표를 달성한 것이다. 그렇게 책을 찾아야 하는 이유가 생겼다.

번리전 손흥민처럼

우리나라 축구선수 손흥민 선수를 모르는 사람은 없을 것이다. 축구에 관심이 없는 사람도 손흥민 선수의 이름을 알 것이다. 축구 경기를 좋아하지만, 축구 경기에 모든 역사를 알고 있지 않았다. 해외 선수들의 이름을 아는 정도였다. 축구 역사에 남는 경기가 있었다. '2019년 12월, 프리미어리그 토트넘 vs 번리전 경기'는 세상의 모든 축구인에게 어메이징한 경기였다. 손흥민 선수가 70m 드리블로 혼자 치고 나가면서 "엑설런트! 어메이징! 어메이징! 어메이징!" 믿을 수 없는 골을 넣었고, 국제 축구연맹 FIFA 푸스카스상을 수상하였다. FIFA 푸스카스상은 FIFA가 2009년 10월 20일 처음 제정한 상으로 해당 연도 전년 11월부터 해당 연도 10월까지 1년간 전 세계에서 나온 골 중 가장 멋진 골을 기록한 선수에게 수여한다. 손흥민 선수에게는 축구는 운명이며 천직일 것이다.

인류학자 에드 워드 홀은 "우리 중 완전한 사람은 아무도 없다. 우리는 모두 부족하기에 성장할 수 있는 잠재력이 있다. 우리에게 숨겨진 힘을 발휘하지 못한다면, 이는 실로 괴롭고 고통스러운 일이다. 그리고 바로 이때 통렬한 공허함과 갈망, 좌절, 그리고 분노가 그 자리를 대신한다."라는 말을 남겼다. 누구에게나 잠재력은 가지고 있지만, 시도하지 않으면 발견할 수 없다. 목표를 설정하고 시도하는 일보다 분노와 절망감에 빠져 사는 이들이 있다.

　성공을 갈망하며 갈림길 위에 서 있다. 특별하게 잘하는 일이 없다고 생각하였고 소극적으로 행동했다. 항상 제자리인 모습에 울적하기도 했다. 2년 전 막연하게 '카카오톡 브런치'에 써놓았던 글을 읽고 작가의 소질을 발견했다. 세상을 다양하게 바라보고 생각이 많았던 자신이 좋아지기 시작했다. 그동안 무엇을 간절하게 찾고 있었는지 알게 되었다. 글쓰기는 운명이며 작가는 천직이라고 생각한다.

• 명품 백 대신 책을 산다 •

평소보다 30분 일찍 일어난 적이 있었다. 독서, 명상, 운동, 시각화 훈련, 일기 쓰기를 매일 해왔던 일상이 아니었기에 무엇을 해야 할지 고민이 되었다. 우선 잠에서 깨기 위해 샤워를 했다. 화장실에서 나오니 평소보다 여유로웠다. 평상시 30분이라는 시간은 짧은 시간처럼 느껴지지만, 친구 또는 애인과의 약속에 늦을 경우 5분, 10분 때문에 크게 다투기도 한다. 아침에는 결코 짧은 시간이 아니다. 우리는 회사와 매일 약속한다. 아침에 일찍 보기로 약속하지만, 어기는 이들도 있다.

아침에 눈을 뜨면 어떤 옷을 입을지 고민하거나 전날 밤에 무엇을 입을지 정해 두기도 한다. 여자들은 시간에 쫓겨 화장을 못한 채 서둘러 집에서 나오기도 한다. 버스나 지하철에서 미처 그리지 못했던 아이라인을 그리기도 하고, 거울을 보며 화장을 고치기도 한다. 회사로 걸어가다 잠시 멈춘 후 주차돼 있는 자동차 사이드미러에 얼굴을 한 번 더 들이밀며 마지막 점검을 하기도 한다.

잠이 많은 이들은 아침에 일찍 일어나기 힘들다. 평소에 잠을 8시간 이상 자는 편이라, 기적의 아침을 맛보는 것보다 한 시간의 꿀잠이 더 달콤했다. 희망적인 하루보다 지친 삶이 찾아올 가능성이 크다. 회사를 학교처럼 다니는 사람도 있다. 컨디션이 좋지 않으면 상사에게 전화를 걸어 오늘 몸 상태가 좋지 않아 결근해야 할 것 같다고 말하기도 한다. 보통 출근은 하기 싫지만, 억지로 출근하게 된다. 희망적인 하루보다 지친 삶이 반복되기도 한다.

자기만족 또는 남의 시선을 신경 안 쓰고 살아가기란 어렵다. 출근하기 전 복장에 신경을 쓰게 된다. 회사에 출근하면 작업복으로 갈아입는다. 증권사 직원처럼 셔츠에 넥타이를 매고 일하는 상상을 해본 적이 있었다. 현실은 작업복이었고, 핏이 어중간했다. 평소에 옷에 관심이 많았고 잘 입어야 한다는 강박관념도 있었다. 초라해지기 싫어서다. 중학교 시절 어머니가 사 오신 옷을 입고 수학여행을 갔다. 용돈을 받아 직접 산 것이 아니라 어머니가 옷을 구매해 오셨다. 아직도 기억에 남는 일화가 있다. 친한 친구가 좋아하는 여학생이 있었다. 그 여학생이 친한 친구에게 "야, 네 친구는 어떻게 수학여행 오면서 후줄근한 바지를 입고 왔냐?"고 말한 것이다. 그 이야기를 친구에게 듣고 상처로 남았다. 답례를 해줬어야 했지만 소심한 성격 때문에 하지 못했다. 지금이라도 글로 전하려 한다. "너의 얼굴은 누가 봐도 꽃이었지…. 100송이가 넘는 꽃을 가진 아이라고 말해 주지 못해 아쉬워." 그렇게 매일 무엇을 입을지 고민하게 되었다.

어제 백화점에서 산 옷을 꺼내 입었다. 거울에 비친 모습이 마음에 들었다. 나에게 어울리는 옷을 입고 출근하면 평소와 기분이 달랐다. 이런 기분을 느끼고 싶어 쇼핑을 멈출 수 없었다. 콤플렉스를 없애는 방법은 다양하다. 심리학자들은 "열등감이 콤플렉스를 만든다."고 말한다. 그것은 우리가 남들보다 못하다는 생각에서 벗어나지 못하기 때문이다. 그렇지만 다른 이들과 다르다는 걸 인정하는 건 긍정적인 부분이다. 남들과 신체도 다르고 외모도 다르다. 우리는 이미 서로 다르게 태어났다. 그것을 인정하는 순간 하나의 열등감이 사라진다. 그것을 없애기 위해 좀 더 많은 시간을 공들여 치장하기도 한다. 성형을 하거나 미용 시술, 그리고 옷에 투자하는 방법도 있다. 남들을 인정하면서 본인의 단점을 커버하기 위한 투자를 부정하지 않는다.

명품 책을 쇼핑해야 한다

명품에 부정적인 인식이 있는가? 명품 옷을 입고 슈퍼카를 가지고 있는 사람들을 시샘하는 이들도 있다. 부를 축적한 사람들은 명품을 부정하지 않는다. 본인의 가치를 보여주기 위해서 다양한 명품을 보유한다. 남들이 쉽게 갖는 상품에는 관심이 없다. 가난한 사람들은 돈이 많은 사람을 부정적으로 생각하는 경향이 있다. 재테크는 쉬운 일이 아니다. 실패를 경험하는 사람이 더 많기 때문이다. 명품을 갖고 있지 않은 사람은 돈을 쉽게 벌려고 한다. 로또 1등을 꿈꾸며 막연하게 부자가 되길 원한다. 펀드나 주식 그리고 가상자산에 투자하지 않으면서 돈을 번 사람들을 시샘한다. 주식 잔고가 하루에 마이너스 1천만 원, 1억 원, 10억 원이 사라져도 감내할 수 있는가? 가난한 생각을 하는 사람들은 "그래도 그만한 돈이 있으니 부럽다."고 말한다. 글로벌 기업은 주가가 떨어지면 천억 단위 또는 조 단위가 증발하기도 한다. 그것을 감내하는 것이 부자이다.

명품은 장인이 한 땀 한 땀 직접 바느질하여 완성된다. 흔한 것은 시장에 가면 널려 있다. 우리는 한정된 상품에 더 열광한다. 신발 메이커인 나이키 한정품이 나오면 새벽부터 매장 앞에 줄을 서서 구매한다. 여자는 가방, 남자는 차에 열망한다. 3대 브랜드 가방의 가격은 오르고 또 올랐다. 리셀 업자들이 많이 등장하면서 가격이 상승하기도 했다. 한정품을 정가에 사서 웃돈을 붙여 재판매하는 사람들이다. 뉴스에서 경기는 불황이라고 떠들어 대는데, 명품 가격은 계속 오르고 있다. 누군가는 계속 구매하고 있다는 이야기다. 한정된 상품이 명품이라고 볼 수 있다.

코로나19 장기화로 20·30세대들은 보복 소비를 하고 있다. 통제된 사회 속에서 돈 쓸 곳이 없기 때문이다. 브랜드의 이미지를 깎는 고객의 출입을 금지하는 곳도 있다. 돈이 있어도 갖기 어려워진다는 의미이다. 상품의 가치보다 차익을 남기는 사람이 있기 때문이다. 과시욕이 있는 사람들은 낮은 가격의 상품을 소비하지 않는다. 남들보다 우월감을 얻기 위해 고가의 명품을 구매한다. 명품의 가격이 상승하면서 수요도 늘어나는 것을 '베블렌 효과'라고 한다. 그만큼 명품의 인기는 식을 줄 모르고 있다는 점이다.

고가의 가방을 사려면 많은 시간을 일해야 한다. 그것마저도 명품 브랜드가 사람을 거부하고 있다. 이미지에 어울리지 않는 사람에게 판매하지 않는 날도 올 수 있다. 소비를 부추기는 상술 같지만, 명품의 가치는 쉽게 떨어지지 않는 건 사실이다. 명품이 있으면 가품도 있다. "가품 인생으로 살아갈 것인가?"라는 질문에 "네"라고 답하는 이들은 없을 것이다. 명품 인생을 살아가기 위해선 하나의 강점을 만들어야 한다. 남들이 못하는 일을 하는 것이 중요하다. 이미 누군가 하는 일이지만, 경쟁자가 적은 일을 해야 한다.

성공한 사람들은 하나같이 새벽에 기상해야 한다고 강조한다. 새벽에 일찍 일어나는 행동은 경쟁자보다 한발 앞서가는 이들이다. 하지만 알면서도 똑같은 시간에 일어날 것 같지 않다. 나는 다른 개념이지만, 새벽의 기적을 경험했다. 새벽에도 글을 쓰는 습관이 미약하지만 성장하는 힘이 되었다. 미라클 모닝에서 제시하는 1시간 일찍 일어나는 대신 새벽 2시까지 글을 쓰고 있다.

아침에 일어나면 책부터 떠올리기 시작했다. 가방에 어떤 책을 담아 출근할지 고민이 되었다. 많은 책을 보유해야 했다. 책을 사는 걸 꺼리는 친구들이 있다. 먼저 경험하고 추천해 주는 것을 좋아하기 때문에 책을 읽고 추천했다. 석 달이 지났지만 구매하지 않았다. 세상에 모든 일은 이치가 있다고 생각한다. 예전에 했던 습관 그리고 경험들이 일을 시작할 때 도움 된다고 믿는다. 옷에 집착했던 이유도 뜻이 있다고 생각한다. 나에게도 과시욕이 있었다. 단지 값비싼 옷에는 관심이 없었다.

명품 인성을 가져야 한다는 글도 쓸 것이다. 명품 인성, 명품 배우, 명품 목소리를 부정적으로 바라보는 사람은 없을 것이다. 하지만 명품을 부정적으로 바라보는 이들이 있다. 그리고 책을 멀리하는 사람도 있다. 그렇다면 명품의 책은 어떠한가? 책꽂이에 나를 깨워줄 명품 책이 없다면, 지금 당장 인생 책을 쇼핑해야 한다.

• 내 인생을 바꿔 준 가슴 뛰는 쇼핑 •

매일 입을 옷이 없다며 불평으로 하루를 시작했다. 오늘은 얼마나 쇼핑을 하고 집에 들어올 것인가? 출근하는 날은 신용 카드에서 돈이 빠져나가기 시작한다. 교통비가 다음 달 결제 금액에 누적이 되고, 모닝커피를 카드로 결제했다. 매일 하는 일상적인 쇼핑으로 얻을 수 있는 건 무엇일까? 소비는 늘 이루어지는 행위다. 밥을 먹어도 돈이 빠져나가게 되고, 음료를 마셔도 돈이 빠져나간다. 그렇다고 굶고 일할 수는 없었다.

다이어트 목적으로 하는 건 이해가 되지만, 빈곤으로 굶는 삶은 남들에게 궁핍해 보인다. 알뜰하게 모인 돈이 종잣돈이 된다. 재테크를 하기 위해선 시드머니가 필요하다. 투자는 쉽지 않으며, 잘못된 투자로 적지 않은 돈이 한순간에 사라지기도 한다. 나 또한 경험했다. 책이나 유튜브를 통한 충분한 공부가 필요하다.

취준생에서 회사원이 되면, 옷에 투자하게 된다. 직장 동료들과 커피를 돌아가면서 사기도 한다. 생각지도 않은 부분에서 많은 지출이 생기게 되는데, 일상의 새로운 변화는 소비 패턴을 달라지게 한다. 가계부를 작성하면 소비 습관의 패턴이 보인다. 친절하게도 카드 앱에서 알아서 사용처를 분류해 준다. 그중에 책에 대한 지출은 얼마나 하는가? 생산적이지 않은 일에 많은 돈을 투자한다. 담배를 사고, 주말에는 친구들과 술도 마시고, 게임 아이템은 아낌없이 결제한다.

명품의 가치는 무엇으로 정해질까? 샤넬 가방의 사랑은 식을 줄 모른다. 에르메스와 루이비통과 함께 3대 명품 가방으로 손꼽히는 브랜드이다. 경기 침체라는 우려에도 불구하고 명품 소비는 계속 늘어나고 있다. 젊은 층의 보복성 소비가 늘어나고 있다. 그동안 억눌려 있던 소비 심리가 조금씩 살아나면서 지갑을 열고 있다. 상품은 한정적인데 수요자가 계속 늘어나는 추세다 보니 가격이 내려가질 않는다. 명품의 기준은 무엇일까? 명품관 앞에 줄을 서며 고가의 상품을 살 능력은 아직 없다. 하지만 내 안에 명품이 있다고 믿는다.

명품의 가치는 본질이지만, 상품을 면세점에서 매입한 후 이윤을 남기는 보따리상 때문에 상품의 가격은 오르지만 특별함이 떨어진다. 상품을 면세점에서 매입한 후 차익을 남긴다. 국내 3대 면세점(신라, 롯데, 신세계)의 매출 전체의 70%를 차지한다. 국내 면세점 매출은 2021년도보다 서서히 회복되고 있다. 매출 견인에는 여전히 외국인 큰손 '따이공'이 매출의 대부분을 책임졌다. 그만큼 의존도가 높다는 것이다.

고유의 상품일수록 명품의 가치는 상승한다. 2022년 1월 레이디 가가가 주연한 영화 〈하우스 오브 구찌〉는 구찌 가문의 내용을 다룬 영화다. 영화의 한 장면에서 명품의 명성을 중요시하는 파트리시아 역의 레이디 가가는 시장 뒷골목에서 짝퉁 상품들이 판매되는 것을 보고 격노했다. 짝퉁을 들고 환상에 빠져 사는 사람도 있을 것이다. 하지만 본질은 바뀌지 않는다. 상품의 등급을 가격만으로 정하지 않는다. 그 브랜드의 명성도 따라와야 상품의 가치는 극대화된다. 영화의 배경과 현실은 다를 게 없었다. 부를 누리는 사람들은 명품을 못 사서 안달이 난 상태였고, 하루빨리 얻고 싶어하는 이들에게 이미테이션을 팔아도 그들은 명품처럼 들고 다녔다. 영화에서 가품을 들었음에도 행복해하는 장면도 있었다. 가품은 지금도 존재하고 유통 시장에 깊숙이 침투해 있다. 이미테이션은 열등감을 가리기 위한 도구로 이용되기도 한다.

열등감을 없애기 위해 쇼핑에 빠져 살았다. 내면보다 외면을 중요시했다. 통장에 잔고는 없었지만, 신용 카드로 쇼핑을 계속할 수 있었다. 변하지 않는 일상에서 소소한 행복이었다. 수많은 도전을 통해 어울리는 옷을 찾았다. 옷은 내 삶의 아주 작은 일부를 바꿀 수 있었다. 어제와 오늘의 패션만큼은 달랐기 때문이다. 인생 쇼핑 목록 중 하나였다.

회사에서 책을 쇼핑하고 있다

나는 회사에 출근해서 책을 쇼핑하고 있다. 가슴 뛰는 쇼핑이다. 설레지 않는 물건을 사는 건 짐밖에 되지 않는다. 회사에 출근하면 어떤 책을 살지 고민한다. 오늘도 책을 샀다. 며칠 전에 주문했던 책이 집으로 배송되고 있다. 책을 매일매일 기다리고 있다. 일주일에 최소 세 번은 택배 아저씨가 집 앞에 책을 놓고 간다. 어머니와 나는 책을 꾸준히 사고 있다. 사치스러울 정도로 책을 사고 있다. 카드로 결제한 후 월급으로 갚기 때문에 사치스럽다는 표현이 맞다. 책을 구매한다는 행위가 달라진 소비 패턴 중 하나다. 그전에는 의류 택배가 집 앞에 쌓여 있었다. 택배 아저씨가 '이 집에 새로운 사람이 이사 왔나?' 생각할 정도로 책을 주문하고 있다.

인생 쇼핑을 하게 되면 얻는 것들이 있다. 동기부여를 얻을 수 있다. 본인에게 투자를 아끼지 않는 사고방식을 깨우친다. 소소한 행복도 느낄 수 있다. 자기계발을 하지 않으면서 인생 쇼핑을 하는 사람에게 비아냥거리는 사람도 있다. '일도 힘든데 그걸 왜 해?', '푼 돈 벌 것 같은데 블로그는 왜 해?', '비싼데 그런 취미는 왜 해?' 책도 마찬가지다. '책을 읽어도 달라지는 거 없잖아. 책 읽는다고 글을 쓸 수 있겠어?'라고 말하는 사람도 있을 것이다. 그동안 책을 왜 읽어야 하는지 모르고 살아왔다. 확실하게 말할 수 있는 건 책을 읽고 글을 쓰고 있다. 학창 시절 국어 점수는 '미, 양, 가' 수준이었다.

라이프 쇼퍼가 되면, 본인에게 투자를 아끼지 않는다. 생각만 하지 않고 직접 경험해보고 깨닫게 된다. 만약 자기계발에 대한 투자를 아끼지 않는다면 책을 펼쳐 볼 것을 권한다. 동기부여는 물론이고, 꿈과 희망을 찾을 수 있다. N포세대에서 벗어나기 위해 n잡러를 꿈꿨지만, 방법을 알지 못했다. 블로그를 생각만 하고 실행에 옮기지도 못했다. 책이 비싸다고 말하는 이들도 있겠지만, 독서실이나 서점에 가면 누구나 책을 읽을 수 있다.

책을 읽기만 해도 설렐 때가 있다. 퇴근 후 집에 도착하면 며칠 전에 주문했던 책들이 문 앞에 쌓여있다. 과거에는 책과 담을 쌓고 살아왔다. 책의 재미를 미처 몰랐기 때문이었다. 사랑에 빠지는 건 한순간이라고 생각한다. 우리는 누군가를 좋아하거나 사랑하게 되면 그 사람 생각 때문에 잠도 못 이루고 늘 보고 싶어한다. 왜 이렇게 되었는지 모르겠다. '글을 쓰면 성공한다.'는 운명의 책을 만나지 않았더라면 지금도 게임을 하거나 웹툰이나 드라마를 보고 있었을 것이다.

시청률이 대박 난 드라마를 놓치지 않고 시청했다. 다음 회까지 기다리는 순간이 가장 힘들었다. 드라마를 안 보는 사람을 이해하지 못했다. 매주 기다려지고 충격적인 반전과 설렘을 주는데, 왜 이 명작을 안 보는 것일까? 드라마 작가를 대신해 아쉬운 마음을 갖기도 했었다. 지금은 이런 생각을 했던 내가 한심하다고 생각한다.

가치는 본인이 만드는 것이다. 명품 브랜드는 상품의 가치를 높이기 위해 마케팅을 하며 노력해 왔다. 상품의 가치가 떨어지면 가격이 내려가고, 회사 주가도 내려가게 된다. 세계 3대 명품 브랜드인 샤넬, 에르메스, 루이비통이 있다. 이 중 루이비통과 샤넬 브랜드는 면세점에서 철수하고 있다. 매장을 확장해서 사업을 키우는 것이 아니라 매장을 줄이고 있다. 명품은 한정적인 존재여야 하는데, 명품을 단지 싸게 구입하여 재판매하는 구조로 전락했기 때문이다. 그동안 일부 업체가 명품을 구입하여 웃돈을 받고 재판매되는 문제로 오랫동안 골머리를 앓게 했다. 명품 브랜드 기업의 특단 조치일 것이다. 가치 있는 일에 인생 쇼핑을 해야 한다. 책을 구매하는 사람은 한정적인 존재일 것이다. 책을 읽는 사람이 적다는 통계만 봐도 알 수 있다. 읽는 사람만 읽는다는 것이다.

사치스러울 정도로 책을 사고 오기만을 기다리고 있다. 옷은 열등감을 가려주는 껍데기였다. 반면 책은 내면을 성장시켜 주었다. 라이프 쇼퍼 효과에 눈을 뜨게 됐다고 말하는 사람은 내가 유일무이한 존재일지 모른다. 이제는 내 인생을 바꾸기 위한 쇼핑, 가슴 뛰는 쇼핑을 위해 책을 구매하고 있다. 인생 쇼핑이란 누구나 한 번쯤 시도해 볼 만한 일이다.

• 책을 선택하고 독서해야 할 때 •

죽어가는 불씨가 다시 활활 타올랐다. 독서는 성인 도서를 제외하면 나이 제한이 없다. 독서법을 모른다면 독서법에 관한 책을 읽으면 된다. 이제는 책을 하루라도 빨리 만나고 싶다. 누군가를 좋아하는 감정이 생기면 그 사람을 하루에 몇 번 생각하는가? 아침에 일어나면 그 사람이 먼저 떠오르기도 한다. 온종일 그 사람이 신경쓰이고 잠들기 전 함께하고 싶은 생각에 빠지기도 한다. 어떤 사람을 좋아하냐에 따라 그 감정의 깊이가 다르다. 마음에 들지 않는 사람을 좋아하려고 애를 써도 안되는 것이 사랑이다. 책도 나에게 어울리고 맞는 책이 있는 것이다.

책과 사랑에 빠졌다. 매력적인 책을 찾기 위해 책을 구매하고 있다. 과거에 읽은 추리 소설 장르의 책을 사랑하던 감정이 아직도 남아 있었다. 우선 본인에게 맞는 장르를 알고 있어야 한다. 좋아하는 이성의 스타일은 확고했다. 하지만 어떤 책을 좋아하는지는 모르고 살았다. 영혼을 갉아먹는 책들이 존재한다. 매력적이지 않은 책들이다. 가치관이 다른 책은 읽기 힘들고, 지치게 된다. 그런 책은 덮은 후 눈에서 보이지 않게 한다. 책을 잘 고르기 위해선 목차를 살펴보는 게 중요하다. 목차가 끌리지 않으면 내용도 마음에 와 닿지 않는다. 좋아하지 않는 책을 억지로 읽는다는 건 고문과도 같다.

진심으로 하는 사람을 이기기란 어렵다. 진심으로 하는 일은 신념이 있다. 사람은 각기 다르게 살아왔다. 부자보다 가난한 사람이 많다는 건 누구나 알고 있다. 가난한 생각에서 벗어나기 위해선 생각을 바꿔야 한다. 닫혀 있던 생각을 바꿔 준 건 책이었다. 살기도 힘든데 책을 읽으라고 하면 짜증이 날 수 있다. 만약 본인에게 맞는 책을 찾는다면 과거를 되돌아보는 계기가 된다. 변해야 한다는 생각이 들 때, 제일 먼저 해야 하는 건 본인에게 맞는 책을 찾아야 한다.

열 권이 넘는 책을 저술하고 싶다. 첫 시작이 중요하다. 만약 써놓았던 글이 없었다면, 아직 시작도 못 하고 준비만 하고 있었을 것이다. 뭐든지 다 이유가 있다. 실내 디자인과에서 배운 경험들이 언젠간 도움이 될 거라 믿는다. 뜻대로 되지 않은 일들이 있었다. 책을 읽고 포기했던 작가의 꿈이 다시 살아났다. 죽어가는 불씨가 다시 활활 타오르게 되었다.

타들어 가는 고통을 버티다 보면

인연은 어딘가에 있다고 믿지만, 쉽게 찾아오지 않았다. 긴 세월 동안 책과 이별했다. 독서를 하지 않아도 즐길 수 있는 것들이 주변에 널려 있었다. 그동안 드라마를 보거나 게임을 하며 시간을 보냈다. 독서에 빠지기 전에 읽었던 책은 어울리지 않았던 것 같았다. 책을 펼치면 졸음이 쏟아지고 눈이 감겼다. 고집스럽게 첫 페이지부터 끝까지 읽으려 했다. 완벽함에서 벗어나야 책이 어렵게 느껴지지 않았다.

미국의 기업가 일론 머스크는 어린 시절 마을에 있는 도서관에서 모든 책을 완독했다. 서점에 가면 많은 책이 있다. 책들을 보며 남은 인생을 다독가로 목표를 세웠다. 책을 읽고 동기부여가 생겼고, 글을 쓰며 꿈을 놓치지 않았다. 글을 써야 한다는 책과 독서법 관련 책은 인생에 큰 도움이 되었다. 책을 안 읽는 친구에게 독서법 관련 도서를 추천하였지만, 아직 구매를 하지 않았다. 직장 상사에게 책 쓰는 과정을 알려주었지만, 아직 망설이고 있다. 이 책을 보여주며 증명하고 싶었다. 글쓰기 책은 새로운 목표를 세우게 하고, 독서법 책은 새로운 도서를 찾게 한다고 알려주고 싶다.

그동안 자신감 없는 이유는 몇 가지가 있었다. 군 복무를 마치고 복학했을 당시 좋아하는 사람이 생겼다. 다크서클 때문에 자신감이 부족했다. 다크서클을 없애기 위해 피부과에서 프락셀을 받아 보기도 했다. 한의원에서 혈색이 좋아진다는 시술도 받았다. 다크서클은 의학적으로 시술이 어렵다고 한다. 의사 선생님은 프락셀을 받으면 다크서클이 옅어질 수 있다고 했지만, 옅어지지도 않았다. 한의원 의사도 개선될 거라 장담했지만, 개선되지 않았다. 혈관 레이저도 받았지만, 드라마틱한 효과는 없었다.

지금은 스트레스를 받으면 피부과에 간다. 실패한 투자를 할 경우 피부과에 가서 피부를 지지고 온다. 정신 차리고 돌아오기 위해서다. 프락셀이란 아주 미세한 레이저로 피부의 진피층까지 에너지를 전달하게끔 만들어 속 안에서부터 피부를 다시 재생시키게 하는 원리이다. 시술 직후에는 얼굴이 창문 방충망에 눌린 모양의 레이저 흔적이 남게 된다. 피부과에서 견디기 힘든 시술로 손꼽힌다. 조금씩 나아지는 과정은 고통이 수반된다. 예뻐지기 위해선 아픔을 감수해야 한다고 말한다. 남자이지만 공감한다. 각자마다 인생 스토리를 갖고 있다. 피부과 이야기까지 쓰게 될 줄은 몰랐다.

인생 쇼핑으로 달라질 수 있는 것들은 다양하다. 내면을 바꿀 수 있고 외면을 달라지게 할 수 있다. 외면을 달라지게 하기 위해선 인생 패션을 찾아야 하고, 인생 뷰티로 외모를 가꾸어야 한다. 잘생긴 외모는 아니지만, 피부만큼은 나름 봐줄 만하다. 타고난 점이 크다. 외모 콤플렉스도 극심한데 피부마저 좋지 않았더라면 평생 짝사랑만 하다가 살았을 것 같다.

일 년에 30만 원 정도의 금액을 외모 관리에 투자해도 아깝지 않다. 패션은 수십 번 시도해야 본인에게 어울리는 옷을 찾을 수 있다. 백화점에서 아르바이트하던 시절 한 살 많은 누나가 있었다. 그녀는 만화 둘리에 나오는 마이콜이 나랑 닮았다며 비웃었다. 그녀는 배우 공효진의 옷을 모방해 입었다. 옷마저 못 입었다면, 포켓몬스터에 나오는 눈이 작은 파이리 공룡으로 보였다.

남자는 수염 제모 혹은 눈썹 반영구를 하면 돈값을 할 수 있다. 서울시 서초구 강남대로에 가면 피부과가 많이 있다. 물론 알아보고 예약해야 한다. 눈썹 반영구는 경험상 일 년 정도 괜찮은 듯하다. 시간이 지나면 다시 원래의 눈썹으로 돌아온다. 눈썹 숱이 없다면 VAT를 제하고 가격은 20만 원 후반 정도 나올 수 있다. 시술을 잘하는 곳이라면 30만 원 중반이어도 아깝지 않을 것이다. 운이 나쁘면 짝짝이 눈썹으로 한동안 지낼 수 있다. 아픈 만큼 효과는 뛰어나다. 눈썹 부위에 미세하게 상처를 내 잉크를 채우기 때문에 한동안 쓰라린 통증 정도는 있을 수 있다.

여성분들은 코털이 삐져나온 남자를 보면 어떤 생각을 하는가? 신경을 안 쓰는 사람도 있겠지만, 보기가 좋지는 않을 것이다. 누가 신경을 써 주지 않으면 나에게도 하나 정도는 삐져나온 날이 있었을 것이다. 반면에 여성분들에게 인중 레이저 제모는 필수라고 본다. 남녀 상관없이 인중 레이저 제모를 추천한다. 남성적인 이미지를 돋보이기 위해 수염을 기르는 남성은 있겠지만, 터프해지기 위해 수염을 기르는 여성은 없을 것이다. 인중 레이저 제모는 아프다. 피부가 타들어 가는 통증을 느끼게 된다. 고통을 즐기라는 게 아니다. 무엇이든 고통이 있어야 그만큼 결과물이 나온다.

요즘 에세이 책 제목을 보면 평화롭다. 나만 힘들고 경제적 자유를 못 누리는 것 같다. 과거처럼 여유롭게 살면 그것이 행복일까? 내일도, 내년도 똑같은 모습으로 살아갈 것이다. 삶의 고통을 느껴보고 더 나은 삶을 살기 위해 처절하게 살아가게 된다. 작가 알베르 카뮈는 이런 말을 남겼다. "삶에 절망 없이는 삶에 대한 희망도 없다." 매일 쌓였던 고통만큼 독자에게 희망으로 돌려주고 싶다.

필요한 책은 다시 돌아오게 된다

지금도 디자이너가 되는 꿈을 꾸고 있다. 아직 미련이 남아 있다. 꿈을 이루고자 하는 생각이 미래를 바꿀 수 있는 시작이라고 생각한다. 꿈이 막연하게 느껴지는 건 사실이다. 그 불확실한 마음을 확신으로 바꾸게 되면 꿈이 보인다. 우리가 바꿀 수 있는 건 미래다. 이미 과거는 지나갔다. 운명의 상대를 만나기란 어려운 일이다. 그 사람과 달콤한 미래를 꿈꾸었지만, 인생의 쓴맛을 맛보기도 한다.

글을 쓰고 싶은 시기에 어머니는 글쓰기 책을 선물해 주셨다. 그 책은 글 쓰는 방법을 잘 알려 줬다. 운명의 책은 어딘가에서 애타게 기다리고 있을 것이다. 장인옥의 저서 《일일일책》에는 "독서가 치유의 효과가 있다고 느낀 순간이었다. 책 읽기에 빠지는 강렬한 힘은 이런 것이다. 글귀를 보았을 때 감동은 말할 수 없을 정도로 벅찼다. 위로받고 있었다. 독서가 치유의 효과가 있다고 느낀 순간이었다. 책 읽기에 빠지는 강렬한 힘은 이런 것이다. 지금은 글귀를 보아도 그때만큼 감동적이지 않다. 위로받고 싶은 마음이 글귀와 딱 맞아떨어진 것이다. 두통이 왔을 때 소화제보다 두통약이 효과를 보는 것과 같다."라고 적혀 있다. 이런 경험을 한 적이 있었다. 인연이 아닌 책들은 내 머릿속에서 금방 지워졌다. 하지만 운명의 책은 내 마음속 어딘가에 자리 잡은 아픔들을 치유해 주었다. 그 책이 또 생각나면 책을 다시 찾아 펼쳐보기도 했다. "맞아. 그때는 그랬었지." 좋은 추억으로 남아 있었다. 현재 본인의 상황에 맞는 책을 읽어야 한다. 그리고 취향에 맞는 책을 읽어야 한다. 오로지 본인의 의지로 읽어야 한다. 책으로 본인의 삶을 점검하는 시간을 가졌으면 좋겠다. 상처가 있다면 책으로 아픔을 치유하길 바란다.

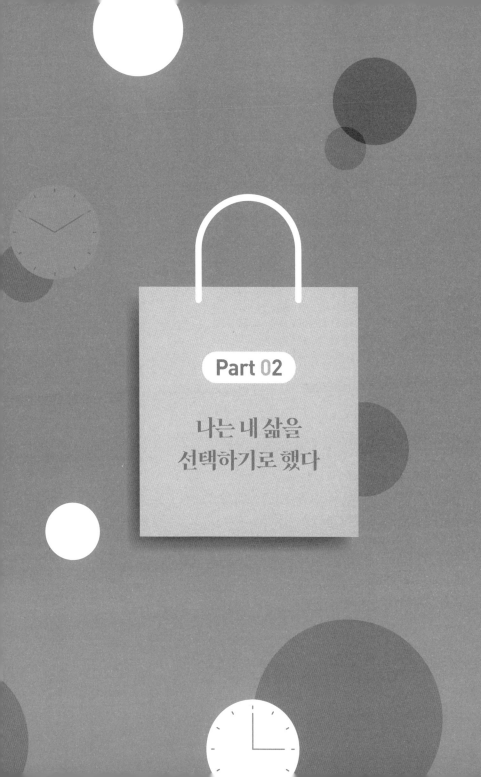

Part 02

나는 내 삶을
선택하기로 했다

인생의 전환점을
만들어야 한다

● 인생은 한 방이 아니라 역전이다 ●

인생 쇼핑으로 동기부여를 얻었으면 충분하다. 이제는 결단력을
갖춰야 다음 단계로 넘어갈 수 있다. 그동안 작심삼일로 자격증 공
부, 운동, 독서, 영어 공부 등 쓴맛이 강한 보약을 냉장고에서 내 손
으로 꺼내먹지 않았다. 어머니가 보약을 달여 오셨어도 인상을 써
가면서 억지로 마셨고, 별 효과를 보지도 못했다. 이 책을 읽고 간
절한 마음이 들지 않을 수 있다. 직장이나 학교에서 동료 또는 친
구에게 이리 치이고 저리 치이다 보면, 변해야겠다는 마음으로 가
득 찰 때가 있다. 변하고자 하는 마음이 들 때 무언가 시도해야 한
다. 가끔은 독해질 용기가 필요하다.

평범한 사람들은 일확천금의 꿈을 꾼다. 복권을 사는 이유는 인

생 한 방을 노리기 때문이다. 솔직하게 돈을 안 좋아하는 사람은 없을 것이다. 돈이 많으면 인생이 바뀌는 건 당연하다. 풍족하면 행복한 삶을 사는 조건 중 하나이다. 빛이 한 줄기도 비치지 않는 현실에서 할 수 있는 건 늦은 공부뿐이었다. 책을 읽는다는 건 나에게 큰 결심이었다. 35년 동안 교과서를 제외하면, 책을 열 권도 읽지 않았다. 희망이 필요했다. 꿈이 들어있는 책을 찾기 위해 오늘도 인생 쇼핑을 하고 있다.

가난한 현실에서 벗어나기 위해 처절하게 몸부림치고 있다. 두 분류의 사람이 있다. 의지가 강한 사람과 약한 사람이 존재한다. 나는 의지가 약한 부류에 속했다. 좀 더 편한 길만 찾으려 했고, 남들보다 치열하게 살지 않았다. 그리고 대학교 입학을 위해 목숨을 걸고 공부하지도 않았다. 그럴 필요가 없었기 때문이었다. 전문대 입학에 필요한 내신 점수 비중은 1학년 10~20%, 2학년 70~80% 비율이었다. 2학년 기간에만 공부해도 입학할 수 있었다. 3학년 기간에는 출석을 위한 등교였다. 2학년 시험 기간에 열흘만 벼락치기 공부를 했다. 35명 중 5등, 7등을 하였고, 내신 점수는 5등급을 받았다. 이 등급으로 경기도 성남 소재의 동서울 대학, 신구 대학에 입학하는 데는 큰 어려움이 없었다.

신념은 어디에 서 있든 내 안에 깃들어 있다. 그 사실을 모르고 살아왔다. 나는 수능을 보지 않고 성남에 있는 동서울 전문대학에 입학했다. 실업계 고등학교를 2007년도에 졸업했다. 실업계 고등학교 특성상 4년제 대학 진학을 위해 공부하는 친구는 반에서 한 명 정도였다. 서울 소재의 대학교에 입학하기란 불가능한 환경이었다. 실업계 고등학교는 전문대학 진학이나 취업을 목표로 공부하기 때문이다. '한국 직업능력 연구원' 자료에 따르면, 실업계 고등학교 2007년 진로 현황은 진학률 68.9%였고, 취업률 26%였다. 전문대학에 입학하기 위해 4주 동안 진심으로 공부했던 셈이다.

분명한 목표 없이 어떻게 꿈을 이루겠는가? 중학생 시절에는 4년제 대학에 입학을 하고 싶었다. 아무런 계획 없이 막연함에서 나온 생각이었다. 서울에 어떤 대학교가 있는지도 몰랐다. 스카이 대학교만 알고 있었다. 서울에 있는 대학에 입학 문제가 아니라, 성적 때문에 인문계 고등학교 진학이 어려운 상황이었다. 내신 점수로 고등학교에 진학했기 때문이었다. 인문계 고등학교 진학을 원했지만, 실업계 고등학교에 입학할 수밖에 없었다. 마음이 무너지는 경험이었다. 학창 시절부터 목표를 명확하게 정해 둔 적이 없었다.

보통의 학생들은 명확한 목표가 있다. 입시를 위해 공부를 하거나, 운동선수 또는 예체능 계열로 진로를 정한다. 부끄럽지만 목표가 없었다. 공부하는 시간은 점점 줄어들었고, 열정마저 사라졌다. 포기해야 할 일이 없으니 일시적으로 마음은 편했다. 경쟁이 치열하지 않았던 고등학교 시절은 꿈이 보이지 않았다. 고등학교 시절에는 수학을 좋아했지만, 영어 시간 그리고 국어 시간은 마음을 졸여야만 했다. 수학은 시간이 오래 걸려도 문제를 풀어가는 과정에서 성취감이 있었지만, 영어나 국어 같은 경우 암기력이 부족하여 영어 단어 또는 시를 외우는 것이 힘들었다. 확고한 목표 없이 학교에 다녔고, 성인이 되어서도 연장선이었다.

내 손가락에 새긴 PAIN

쉬는 날은 한두 명씩 친구들이 PC방으로 모였다. 현재보다 나은 삶을 살기 위해 인생을 쇼핑하는 친구는 없었다. 자주 만나는 친구는 9명이었고, 그중 7명은 컴퓨터 게임을 좋아했다. 그 친구들과 PC방에 가면 시간 가는 줄도 모르고 서너 시간을 앉아있었다. 인생에서 많은 시간을 함께한 '피파온라인' 축구 게임은 내 삶의 일부였다. 스무 살이 된 겨울, 해군에 입대했다. 2003년 배우 권상우, 명세빈이 주인공이었던 드라마 〈태양 속으로〉를 보고 해군에 입대하기로 다짐했다. 휴가나 외출을 나오게 되면 기다리고 있던 건 가족 그리고 게임이었다.

나이 서른이 되자, 이런 생각이 들었다. '언제까지 생산적이지 못한 일에 열을 내며 시간을 허비하고 있어야 할까?' 다른 사람들은 자기계발에 열정을 쏟는데 생산적이지 않은 일에 인생을 걸고 있었다. 그동안 경제, 정치, 재테크에 관심이 없었고, 현재와 미래에 대해 고민하는 친구도 없었다. 정착하지 못한 친구들이 대부분이었고, 가상현실에서 빠져나오지 못한 그들과 나 자신이 참으로 한심하게 느껴졌다.

달라지고 싶은 마음은 간절한데 어떻게 해야 할지 몰랐다. 곁에 있는 사람이 거울이란 사실을 알고 있었다. 전문대학을 졸업했고, 주변에는 고등학교 졸업, 전문대 졸업이나 열 번을 들어도 기억에 안 남는 대학교를 나온 친구들뿐이었다. 대한민국에 명문대가 몇 개인데, 서울 소재 대학교를 졸업한 친구는 단 한 명도 없었다.

이 무리에 계속 남아 있으면 앞으로도 PC방에서 허송세월을 보내는 내 모습이 그려졌다. 고민하고 또 고민했다. 이런 내 자신이 혼란스러웠다. 고등학교 시절의 친구들과 이별하는 것이 맞는 걸까? 고민했었다. 하지만 혼자 영화도 잘 보는 성격이었다. 밥도 혼자서도 잘 먹고 다녔다. 하나의 걱정은 있었다. 결혼은 현실적으로 포기 상태였다. 만약 결혼을 하게 된다면 결혼식장의 텅빈 하객석이 눈앞에 그려졌다. 성공은 하고 싶은데 마음가짐이 글러 먹었다. 독해져야 했다. 육체적 아픔, 정신적 고통을 견뎌내기 위해 무언가를 해야 했다. 내 삶에 대한 고민이 많고, 혼란스러웠던 시기였다. 나는 말없이 그들을 떠났고, 내 엄지손가락에 PAIN을 새겼다.

책을 출간한다고 해서 인생이 확 달라진다고 생각하지는 않는다. 작가가 되어 다양한 분야의 사람들을 만나보고 싶다. 갈망했던 명문대에서 강연도 하고 공기업, 대기업에서 강연하며 다른 거울 속에서 사는 사람들을 만나보고 싶다. 다음 목표도 정해 두었다. 다양한 사람들의 경험담을 듣고 그 내용을 책으로 집필하고 싶다.

그동안 가상세계에 빠져 살았다. 남들이 하는 노력의 절반도 하지 않고 살아왔다. 막연하게 행복을 꿈꾸며 살았다. 변하지 않으면 내일도 똑같이 산다는 걸 이제야 깨달았다. 그동안 어제도 오늘도 현실과 타협하며 살아왔다. 책을 읽으면서 스스로 질문하고 글을 쓰며 답을 얻고 있다. 세상에는 많은 정답들이 곳곳에 숨어 있다. 유튜브, TV, 인터넷 그리고 책을 통해 정보들을 쉽게 접할 수 있다. 과거에는 세상에 맞춰 살았다. 직장 생활을 하면 누가 잘 살든, 못 살든 크게 신경 쓰지 않는다. 직장에서는 누가 더 처절하게 버티고 경쟁 속에서 위로 올라가느냐가 중요할 뿐이다.

그동안 한 방을 노려왔다. '책을 읽는다고 인생이 바뀌냐?'고 반문할 수 있다. 살아오면서 이렇게 독서를 한 적이 단 한 순간도 없었다. 오늘도 내일도 변할 것이다. 그동안 끊임없이 부정적인 생각을 갖고 살아왔다. 나는 변하고 싶어 글을 쓰고 있다. 그동안 꿈이 보이지도 않았고, 결혼 생활을 머릿속으로 그려본 적이 없었다. 현실과 불안감이 연애, 결혼, 자녀계획을 포기하게 했지만, 라이프 쇼퍼로 N포세대에서 벗어나기 위해 노력 중이다.

　좋은 아빠, 좋은 남편이 되고 싶다. 아이들과 많은 대화를 나누고 있는 모습을 상상하고 있다. 아이들과 책을 읽고 토론도 해보고 싶고, 상상력을 공유하고 싶다. 좋은 아빠가 될 수 없다는 두려움에서 벗어나려 한다. 현명한 아내를 맞이하여 남은 인생을 함께 행복하게 살아가고 싶다. 화목한 가정을 머릿속으로 그리고 있다.

　가끔은 독한 마음이 필요하다. 처절할 때 비로소 사람은 깨닫게 된다. 인간관계로 힘들어하는 사람도 있을 것이다. 가수 에일리가 부른 〈보여줄게〉처럼 완전히 달라진 나를 꿈꿔 보는 건 어떨까? 그동안 책을 안 읽었던 게 장점이 되었다. 책을 읽고 달라진 모습을 독자에게 알릴 수 있게 되었다. 인생은 한 방이 아니라 역전이다. 이제는 게임을 하지 않는다. 핸드폰 게임, PC게임 계정을 삭제했다. 주말에는 카페에 가서 책을 읽으며 시간을 보낸다. 나는 결단력이 있는 사람이라고 생각한다. 이제는 생산적인 독서로 현실 세계에서 레벨업하고 있다.

● 만약 시도가 없었다면 꿈도 없었다 ●

무언가를 배우기 위해 새로운 환경을 찾아야 했다. 다양한 경험을 쌓고 싶었다. 그렇게 가벼운 마음으로 영화 관람 모임에 가입했다. 영화는 혼자서도 볼 수 있지만, 영화를 보고 대화를 나누는 시간을 갖고 싶었다. 사회에서 마음이 맞는 벗을 만나는 건 쉽지 않다고 생각했다. 다행히도 첫 모임에서 괜찮아 보이는 사람이 보였다. 그 사람과 많은 이야기를 나누진 못했지만, 등산 취지로 소모임을 열어 참석하게 되었다. 나이도 같았고 배울 점이 있는 친구였다. 나에게는 긍정적인 부분이 없었던 시기였다. 매일 운동을 하며 책도 읽는 친구였다. 그 친구는 매일 새벽에 일어나 운동을 하며 열심히 살고 있었다. 새벽의 기적을 실천하는 친구였다.

자극을 주는 친구를 옆에 두고 싶었다. 이 모임에서 괜찮은 벗을 몇 명 더 만들고 싶었나 보다. 세상에는 나랑 맞는 사람도 있지만, 나를 힘들게 하는 사람이 더 많았다. 이 모임에서 감정 소모를 심하게 하고 돌아온 적이 있었다. 좋아하는 사람이 생겨 마음 고생한 이야기는 아니다. 친하지 않은 사람에게 강요받는 건 견디기 힘들었다.

나는 A형 같은 O형이다. 소심하다는 소리를 많이 들어왔다. 나는 이 소리를 싫어한다. 소심한 것이 아니라 상처를 내 안에 담고 분노를 삼키는 것이었다. 불편한 상황을 피했기 때문에 손해를 보더라도 참았다. 하지만 자존심이 강했던지라 아닌 건 아니었다. 말은 안 하지만 표정에서 싫은 표정을 감추기 어려웠다. 불만이 있어도 참는 이유는 말을 논리적으로 못하기 때문이다. 상황은 억울한데 논리 정연하지 못해 눈물이 먼저 나오는 케이스였다.

다양한 사람과 도움이 되는 이야기만 나누고 싶었지만, 꼰대이기에 예의 없는 사람에게 불만 가득한 표정을 표출했다. 꼰대를 떠나 친하지 않은 사람에게 자기 성격을 강요하는 건 예의에 어긋난 행동이라고 생각한다. 전혀 아랑곳없이 '나는 이러니 이해하라'는 식의 마인드가 나의 심기를 건드렸다. 여기서 좋은 친구를 얻었다. 친한 친구와도 연을 끊은 적도 있었다. 미련이 없었기에 자리를 박차고 나가고 싶은 생각이 가득했다. 서른다섯이라서 철이 들었나?

이제 이십 대와 세대 차이가 나는 것인가? 그것 때문에 갈등하고 있었다. 화가 났지만 참았다. 세상에는 나랑 맞는 사람보다 안 맞는 사람이 많다는 걸 저 친구보다 잘 알고 있었다. 나 자신을 잘 알기에 이 감정이 내일도, 모레도 담아 둘 것이라는 사실을 잘 알았다. 울적한 마음을 술로 달래는 사람이 있겠지만, 2년 전 막연하게 '카카오 브런치'에 써놓았던 글을 찾았다. 그때의 감정이 인생의 전환점이 되었다. 그날부터 글을 쓰게 되었다. 두 달이 지난 지금 에피소드가 되었고, 그 사람에게 고마운 감정을 느낀다. 내 인생을 변화시켜 줬기 때문이다.

잠들어 있는 의식

주어진 일들을 바로 실천하는가? 아니면 다음 날로 미루는가? 좋은 습관을 갖기 위해선 노력이 필요하다. 책을 읽다가 그날 좋은 습관을 알게 되었다면 하루 정도는 실천할 수 있다. 하지만 매일 반복한다는 건 엄청난 끈기와 독함이 있어야 한다. 습관을 바꾸기 위해 자기계발서, 심리학책을 읽기도 한다. 그 많은 글 중에는 와 닿는 글귀가 많다. "실천력이 떨어지고 지속력이 없다고 한탄하고 있는가. 그러면 자전거를 배울 때를 떠올려 보라. 지금 자전거를 탈 수 있다면 당신은 결코 실천력과 지속력이 없는 사람이 아니다.

당신이 자전거를 탈 수 있게 된 것은 두려움 속에서도 계속 시도했고, 수없이 넘어지고 일어서기를 반복하면서 포기하지 않았기 때문이다. 따라서 당신은 얼마든지 그런 능력을 갖추고 있으며, 이것을 발굴할 때 제대로 어떤 것에 미쳐서 성공할 수 있다."(저자 강상구의 《1년 만 미쳐라》 중에서)

성공의 조건에는 사소한 것부터 실천해야 한다는 말이 있다. 나의 책상에는 2리터 생수병, 어제 사용하고 그대로 놓여 있는 물컵, 온갖 책들이 쌓여 있었다. 심지어 바닥에는 책들이 굴러다녔다. 사람은 쉽게 변하지 않는다. 의식부터 달라지는 게 중요하다. 살다 보면 마음이 뒤흔들릴 만큼 심경 변화가 찾아왔다. 처음 느껴보는 경험이었다. 알 수 없는 힘이었지만, 꽉 잡아봤다. 그건 인생의 터닝포인트였다.

아무리 좋은 말이어도 본인이 경험하지 못했다면 거부반응이 일어난다. 월급 백만 원도 못 벌던 한 남자가 불과 일 년 만에 월 1천만 원을 번다는 내용의 영상을 보게 되었다. 믿어지지 않는 내용이었다. 방법은 책 한 권을 출간하고 인생이 달라졌다는 것이었다. 경우에 따라 다를 수 있겠지만, 충분히 가능한 일이라고 본다. 의식이 바뀌기 전이었으면, 이 사람의 말을 부정하고 믿지 않았을 것이다. 사람은 눈에 보이는 것만 믿고 싶어한다. 본인이 못하는 일은 부정하고 보는 경향이 있다.

TV에 결벽증을 가진 스타들이 나오곤 한다. TV 화면에서 그들이 사는 집의 냉장고 안, 주방 싱크대 구석구석, 옷장 안이 나오는 장면을 봤을 때 믿어지지 않았다. 앞뒤 간격을 일정하게 맞춘 것은 물론 상품 로고가 정확히 보이게 정리해 놓았다. 일정하게 정리하는 법을 조금씩 습관화하여 무의식중에도 정리하는 것이었다.

사람은 똑같은 실수를 반복하지 않는가? 요즘 인터넷에서 책을 인생 쇼핑하고 있다. 퇴근하고 돌아오면 현관문 앞에 택배물들이 쌓여있다. 우리 집 바닥에 책들이 여기저기 굴러다니고 있었다. 미루고 미루다 이 지경까지 왔다. 치워야 한다는 건 알지만 퇴근 후 샤워하고 나면 모든 게 귀찮아졌다. 포장지를 뜯어 책은 책상 위에 두고, 포장지는 바닥에 두었다. 책상과 바닥에는 책들이 여기저기 있어 어떤 책이 어디에 있는지도 몰랐다. 내일은 꼭 퇴근 후 책 정리를 하겠다고 결심했지만, 달라지지 않았다.

어쩌다 보니 주말이 되었다. 아직도 책들이 바닥에서 굴러다니고 있었다. 오늘은 큰맘을 먹고 대청소를 하기로 했다. 책들을 책장에 꽂고 있었다. 미처 사놓고 읽지 않은 책들이 책장에서 깊은 잠을 자고 있었다. 책장에 한 권의 책이 있었다. 곤도 마리에가 쓴 《인생이 빛나는 정리의 마법》이었는데, 저자는 이 책에서 다음과 같이 말하고 있다. "사실 정리를 해도 이전의 지저분한 상태로 돌아가는 데 가장 큰 문제는 방과 물건이 아니라 정리하는 사람의 사고방식이다. 정리해야겠다는 생각이 들어도 그것이 지속되지 않고, 의욕이 사그라지는 것이다. 하지만 이는 정리 결과가 확연히 눈에 보이지 않고, 효과를 실감하지 못한 것에 그 원인이 있다." 미루어 왔던 일을 실천한다는 건 굉장한 에너지와 실천의 지속력이 필요하다. 청소의 의욕은 사라졌고, 방은 또다시 더러워져 있었다. 실천을 계속한다는 건 그 사람의 의지력을 알 수 있다.

의식이 변하면 쉽게 바뀌지 않는다

본인의 건강에 투자를 아끼지 않는 사람이 늘어나고 있다. 백세 시대라고 하지 않는가? 요즘 건강을 위해 등산모임에 참여하는 사람들이 많은 것 같다. 늘 오르던 산이었기에 오늘은 관절 스트레칭을 대충 한다든지, 아니면 안 하고 올라가는 경우도 있을 것이다. 이미 정상에 오른 경험이 있어 준비 운동 없이 등산을 하게 되면 몸에 무리가 올 수 있다. 준비운동 없이 등산을 하게 되면 몸에 무리가 올 수 있다. 등산 전 스트레칭을 해주면 혈액 순환이 활발해져 체온이 높아지고, 굳었던 근육이 풀어져 유연해진다. 등산은 최소 한 시간 이상이 소요되는 운동이니, 오르기 전 꼭 스트레칭을 해야 한다. 무리하게 산행을 감행하게 되면 화를 자초하게 된다. 사고는 한순간의 방심에서 일어난다. 정상까지 운과 실력으로 올라 갔어도 한순간 실수하게 되면 크게 다치고 만다. 다시는 일어나지 못할 수 있다.

연예인은 인기로 먹고산다는 말이 있다. 요즘 기획사가 마케팅 하는 것을 보면 선행에 초점을 두는 것 같다. 만들어진 이미지일 수도 있겠지만, 실제로 좋은 사람들이라고 믿고 싶다. 앞으로 기부 하며 살아갈 사람으로서 그들에게 배우고 싶다. 하지만 꾸준히 선 행을 베풀던 연예인이 음주운전 또는 구설수에 휩싸이는 경우가 있다. 또는 SNS에서 좋지 않은 언행 때문에 대중들에게 질타를 받 는 경우도 있다. 성공하였음에도 단 한 번의 실수로 다시 제자리로 돌아가지 못하는 경우도 있다. 3층에서 떨어지면 고통이 있겠지만, 치료받고 다시 일어설 수 있다. 10층에서 떨어지면 재기불능이다. 하루하루 열심히 살았지만, 내면까지 성장시키는 건 그만큼 어려 운 일이다. 명품 인성은 지속적인 실천에서 나온다.

인생 쇼핑. 말장난이 아니냐고 묻는 사람도 있을 것이다. 인생 쇼핑과 그냥 쇼핑의 차이는 분명하다. 인생 쇼핑은 생산적인 일을 찾으며 하는 것이고, 그냥 쇼핑은 소비적인 일을 반복적으로 하는 것이다. 의식이 달라졌기에 새로운 개념을 발견했다. 나는 실패를 두려워하지 않는다. 물론 지속적인 실패로 N포세대에 머물러 있지만, 일어나지 않은 일에 대비하는 성격이다. 그렇기에 다음 단계로 넘어갈 수 있었다. 인생 쇼핑으로 동기부여를 얻었다면, 인생의 전환점을 만들어야 한다. 그다음이 가장 중요하다. 정체기였던 의식을 바꿔야만 무엇이든 실행하게 된다. 인생의 전환점을 발견했다면 놓치지 말아야 한다. 만약 아무것도 실행하지 않았으면, 지금의 의식에서 계속 머물면 된다.

• 나는 책을 통해 꿈을 생각하고 있다 •

이성 또는 친구들과 대화하다 보면 비슷한 점을 찾기 위해 다양한 질문을 하게 된다. 일치하는 부분이 있는지 확인하며 서로에게 공감대를 형성한다. 이 과정에서 심도 있는 대화가 아니어도 사소한 부분에서 서로를 잇게 해준다. 이상형은 외모도 보지만 가치관이 맞는 사람을 만나고 싶다. 비슷한 생각을 하는 사람을 그동안 만나기 어려웠다.

상대방이 "즐겨 보는 영화 장르가 어떻게 되세요?"라고 물어보면 역사와 관련된 영화를 좋아한다고 답변해 왔다. 한 살, 두 살 더 먹어가면서 어떤 영화를 좋아하는지 잘 모르겠다. 왜냐하면 지금 보고 있는 영화를 단지 재미로만 봐야 하는 영화인지? 이 영화가 역사 왜곡 없이 제작되었는지? 혹여나 잘못된 정보와 인식이 박힐까 봐 어느 순간부터 걱정하게 되었다. 조금 피곤해도 얕은 지식 속으로 잘못된 정보가 침투하는 것을 두려워했으며, 영화감독이 관객들에게 어떤 메시지를 전달하고 싶은지 중점을 두고 보게 되었다.

정치는 어디에든 존재한다. 학창 시절 국사 과목을 싫어하게 된 계기가 있었다. 가방을 아무리 뒤져봐도 국사책이 보이지 않았다. 집에 두고 온 것 같았다. 할 수 없이 옆 친구의 책을 보며 수업이 빨리 끝나길 빌었다. 뒤에 앉아 있던 반장이 갑자기 책 검사를 하자며 선생님에게 건의했다. 그날의 수업이 아직도 생생하게 남아 있다. 책을 챙겨오지 못한 내 잘못이 크고 혼나는 게 맞다. 반장은 나를 가리키며 "다른 수업 시간에도 책을 안 가지고 왔었다."고 덧붙였다. 선생님은 친구들 앞에서 눈물이 나올 정도로 혼을 냈다. 한 표를 주어 반장으로 만들어 주었지만, 이 아이는 중학교 때부터 정치를 잘했다.

회사에서 남을 밟고 실적을 쌓는 것처럼, 교실에서 선생님에게 좋은 이미지와 좋은 생활기록부를 얻기 위해 나를 희생양으로 삼았다는 생각이 들었다. 운이 좋았으면 그냥 넘어갔거나 선생님이 먼저 발견해서 혼을 냈더라면 이렇게까지 친구들 앞에서 자존심이 상하지는 않았을 것이다. 자기의 권위를 나에게 보여주었거나 자신의 역할을 성실히 이행하는 아이였는지 모르겠다. 역사를 안 좋아했던 시기는 여기까지 쓰고 한국사에 흥미를 갖게 된 이유를 써보려 한다.

꿈을 잠시 가져 본 시기가 있었는데, 소방 공무원이 되고 싶었다. 소방관이 되고 싶어 수원역에 있는 학원에 다녔다. 집에서 1시간이 걸렸지만, 목표가 있었기에 거리는 중요하지 않았다. 공부를 열심히 했던 적은 처음이었다. 배우는 과목은 국어, 영어, 한국사, 법규, 소방학 개론이었다. 공부도 못했던 내가 이를 악물고 공부했던 시기였다. 대학에 가기 위해 준비했던 노력보다 더 열심히 했던 것 같다. 특히 한국사 수업에 관심이 쏠렸다. 암기가 약했지만, 시험 점수가 제일 높게 나온 과목이었다. 시험 결과는 아쉽지 않은 점수로 떨어졌지만, 이때부터 한국사와 세계사에 관심을 두기 시작했다.

선조들의 독서 방법이 궁금했다

대한민국에서 가장 높은 자리는 대통령이다. 조선시대의 가장 높은 자리는 왕이다. 대통령의 자리는 존경받는 자리이지만, 조선시대의 왕은 모든 백성이 그를 섬긴다. 조선왕조 제4대 왕 세종은 조선의 역사를 통틀어 최고의 성군으로 평가받는다. 세종은 임금의 자리에 오른 후에도 공부와 독서에 몰두한 사람이었다. 최근에 '자리가 사람을 만든다.'라는 말을 좋아하게 되었다. 모든 권력을 가진 왕이 공부에 매진했다는 기록에 놀라지 않을 수 없었다. 세종은 무엇을 위해 매일 독서를 하였을까? 세상은 넓지만 조선의 땅은 좁았다. 조선의 문명은 주변국보다 뒤처져 있었다. 책에는 방대한 정보들이 들어있다. 현재는 책을 보지 않아도 인터넷으로 정보를 쉽게 얻을 수 있지만, 조선시대 때는 정보를 얻을 수 있는 수단이 경험과 책뿐이었다. 세종은 독서를 그만두지 않는 이유를 책을 통해 좋은 정책을 만들 수 있기 때문이라고 말했다. 그는 책을 통해 백성들이 살기 좋은 세상을 만들 수 있다고 믿었다.

세종 25년(1443년) 음력 12월에 우리의 고유문자이며 표음문자인 한글을 창제하고, 28년(1446년)에 '훈민정음'을 반포하였다. 최고는 최고만 만든다. 세종은 한밤중에도 책을 읽었으며, 몇 달 동안 병상에 누웠어도 책을 읽었다. 조선시대 독서 장인이었다. 〈세종실록〉에 남아 있는 기록에는 현대인들에게 필요한 메시지가 포함되어 있다. 세종 같은 상사가 직장에 있으면 힘들 것 같다. 배울 점은 많겠지만, 곁에 그런 상사가 있으면 피곤할 것 같다.

세종은 어떤 사람이었는지 짐작해보자. 지혜롭고 마음이 넓었다. 인자하고 효성이 지극하며 결단력이 있었다. 이른 새벽에 일어나 옷을 입고 날이 밝으면 정사를 살폈으며, 배움에 게으름이 없었다. 손에는 늘 책이 떠나지 않았다. 신하들과 경연에 참여한 횟수는 선왕들과 비교하면 압도적이었다. 공부와 독서를 향한 마음은 진심이었다. 일 년에 책 한 권을 안 읽던 내가 책을 읽는 이유는 단순하다. 아는 것이 없기 때문이다. 오늘도 책 여섯 권을 구매했다. 책의 진면목을 알게 되었기 때문이다. 모든 것을 갖춘 사람은 지금도 책을 읽고 있다. 내 삶의 비어 있는 부분을 채우기 위해 매일 독서 중이다.

그들은 초월적인 독서량을 넘어섰다. 한국인들의 독서량은 세계 하위권에 속해 있다. 스마트폰을 보며 지나가는 사람과 부딪히는 사람은 봤지만, 책을 읽으며 걸어 다니는 사람은 찾아보기 힘들다. 그 이유는 잘못된 학습에 있다고 생각한다. 독서는 강요하는 것이 아니라 필요성을 찾도록 하는 것이다. 인생 쇼핑으로 전환점을 만들어야 하며, 의식이 달라지는 연습이 필요하다.

우리 한국과 일본은 동맹국이지만, 과거 일본의 만행으로 우리는 아픈 상처를 가지고 있다. 한일전은 국가 간의 자존심이 걸린 경기이다. 그렇기 때문에 선수들은 승리를 원하고 국민들은 간절하게 응원한다. 일본을 이겨야 한다는 신념을 가지고 있지만, 정작 한국인은 일본인의 독서량에 현저히 밀리고 있다. 독서가 백해 무익한가? 그렇게 생각하는 사람은 없을 것이다. 일본의 성인 평균 독서량은 한 달에 6권이다. 한국의 성인 평균 독서량은 1권 미만이다. 스마트 폰이 발달하였기 때문에 책을 안 읽는 사람이 많아졌다. 우리는 일본을 이겨야 하는 신념을 가지고 있다. 이건 반일 감정이 아니다. 자존심이 걸려있는 승부이다. 뒤처져있는 독서량 승부에서 역전해야 한다.

"한국인이 세계에서 가장 독서를 못하는 민족으로 전락하게 된 것은 일제강점기 35년 동안 우리 민족의 위대한 독서법이 말살되었기 때문이다. 그 이후 우리는 독서하는 방법을 제대로 배우지도, 발견하지도 못했다. 그런 탓에 세계에서 가장 위대한 민족이 책을 읽지 못하거나 그저 읽기만 하는 바보로 전락해버린 것이다."(김병완의 저서 《초의식 독서법》 중에서)

그동안 바보스러운 독서법을 고집하고 있었다. 첫 페이지부터 끝까지 읽어야 하는 줄 알았다. 자신에게 맞는 독서법이 있다. 독서 초보자이기에 아직은 필요한 부분만 읽고 있다. 잘못된 독서법에서 벗어나야 했다. 35년 동안 책을 기피했고 제대로 읽지 않았다. 그러던 중 인생 독서법을 터득했다. 물론 독서의 방법과 관련된 책을 열 권 정도 읽고서야 알 수 있었다.

깨어 있는 상태에서 자기 자신이나 사물에 대하여 인식하는 작용을 의식이라고 말한다. 눈으로 하는 독서는 오랫동안 기억에 남지 않는다. 독서가 어렵게 느껴질 수 있다. 지금 내가 읽고 있는 책이 좋은 방향으로 인식되는 게 중요하다. 의식 독서법이 어렵게 느껴지는 건 당연하다. 몸과 마음과 의식으로 읽는 독서법은 하나의 능력이기 때문이다.

소방 공무원이 되기 위한 준비는 내 인생 수업이었다. 또는 인생 배움이라고 말할 수 있다. 2022년 러시아가 우크라이나를 침공했다. 많은 민간인과 군인이 사망했다. 전쟁이 아직 끝나지 않고 있다. 1950년에 발발한 6.25 전쟁이 끝났다고 요즘 젊은 세대들은 생각하고 있다. 휴전한 것뿐이지 아직 우린 전쟁 중이다. 전쟁은 세계 곳곳에서 발생해 왔다. 공무원 시험을 준비하며 얻은 것이 지금도 도움이 되고 있다. 국어 시간에 배운 맞춤법과 한국사 수업에선 나라를 사랑하는 마음을 얻었다.

우리 한국의 아픈 상처를 생각하면 마음이 뜨거워진다. "사나이 뜻을 품고 나라 밖에 나왔다가 큰일을 못 이루니 몸 두기 어려워라. 바라건대 동포들아 죽기를 맹세하고 세상에 의리 없는 귀신은 되지 말라." 안중근 의사가 남긴 말이다. 강한 신념 그리고 강한 의지가 아닐 수 없다. 비록 나는 그 당시에 살아보지 않았지만, 독립운동가의 심정으로 '카카오 브런치'에 글을 써놓았다. 긴 시간이 흘러 영화 모임에서 침울하게 돌아온 날, 이 글을 읽고 작가의 꿈을 갖게 되었다. 인생의 배움이었을지 모른다. 아픈 역사가 있었기에 우리가 앞으로 해야 할 답은 이미 정해져 있다.

이 별

-이시헌-

잠시 생각에 빠져
모든 것을 놓아 버리고 싶기도 하다.
나의 아픔이 그대의 아픔이 공유되는 것 같다.
나의 동지가 눈밭에 피에 물들어
힘없이 쓰러져 있는 그대를 뒤로한 채
나는 이곳을 떠나야 한다.
그대의 마지막 눈물
그대의 심장이 찢어지고 멎는 느낌이
나에게도 전달되는 것 같다.
아프고 아프지만, 훗날을 도모하며 다짐하고 다짐한다.
잡히지 않아서, 내가 죽지 않아서
다행이라는 생각은 들지 않는다.
내가 대신하지 못해 미안하고 또 미안하다.

• 나는 전혀 다른 사람이 되었다 •

내 삶의 주행 속도는 느리게 달리고 있었다. 평범하게 운전해서는 부의 격차를 좁히기 어려웠다. 그래서 목표가 보이지 않았다. 리타이어가 되지 않았기에 포기는 아직 일렀다. 인생의 여정은 아직 끝나지 않았다. 다시 운전대를 잡았다. 결승점에 도착하기 위해서다. 인생 쇼핑을 하며 인생 여행을 떠나고 있다.

'포뮬러 원'은 FIA(국제 자동차연맹)가 규정하는 세계 최고의 자동차 경주대회다. 한국에서 대중적인 관심을 받은 것은 최근이지만, 포뮬러 원 월드 챔피언십은 지난 1950년 처음 시작되었다. 시간을 거슬러 올라가면, 1906년 6월 프랑스 르망 지역에서 '프랑스 그랑프리' 자동차 경주 대회가 열렸다. 대회 명칭이 프랑스어인 이유가 여기에 있다.

시간을 단축해야 한다. F1경기는 랩 타임을 소수점까지 단축하기 위해 레이싱 드라이버, 엔지니어 그리고 보이지 않은 팀원들 간의 팀워크가 중요하다. 경주용 자동차는 양산 차와 다르게 경주를 위해 제작되었다. 그래서 0.001초의 기록을 단축하기 위해 각종 신기술을 도입한다. 지금으로부터 90년 전인 1930년대에 이미 최고 시속 300km 넘는 차가 개발됐다. F1 경주차에 적용된 기술은 이미 반세기를 앞서 있었다.

아직 핸들에서 손을 떼지 않았기에 인생의 서킷 위에 달리고 있다. 핸들을 잘못 틀면 사고가 나거나 방향을 잃어버린다. 나의 직업은 드라이버가 아니다. 지금 놓지 않아야 하는 건 책이었다. 책의 역사는 F1보다 문명이 길다. 조선 후기에 외로운 학자가 있었다. 우리가 잘 알고 있는 정약용 선생의 이야기다. 그는 18년간 유배 생활을 하며 잠시도 책을 놓지 않았다. 유배 생활은 암담하였지만 학문 연구, 저술에만 전념하였기에 무려 500여 권을 유배지에서 집필하였다. 그의 심정을 짐작할 수 없다. 나라를 위해 헌신했지만, 반대 세력에 의해 유배를 당했다. 가족이 있었지만 만날 수 없었다. 그런 참담한 속에서도 그는 책을 놓지 않았다. 그에게 유일한 희망이었을지 모른다. 학문 연구가 그의 시간을 가속 시켰을지 모른다. 1년간 독방에 갇혀 있게 되면 세상이 원망스러울 것 같다. 그리고 시간이 멈췄다는 착각에 빠지게 될 것이다. 만약 정약용 선생이 책을 놓았다면 〈목민심서〉가 세상에 나올 수 있었을까? 아버지로서 자식들에게 인격을 가르칠 수 있었을까? 그가 오랜 유배 생활을 견딜 수 있었던 건 책 그리고 가족이 있었기에 가능했다.

글을 쓰게 되면 인생을 배우게 된다. 글을 잘 쓰고 싶지만, 아직 경험이 부족했다. 책을 읽지 않았던 사람이 글을 쓰게 된 건 큰 변화라고 생각한다. 작가가 될 거라고는 생각지도 못했다. 라이프 쇼퍼가 되지 않았더라면 실행하지 못했을 것 같다. 피곤한 날을 제외하면 글을 써야 했고, 생각을 정리하는 시간이 필요했다.

영국의 물리학자 아이작 뉴턴은 인류 역사상 가장 위대한 지성인으로 꼽힌다. 뉴턴은 입학 초기만 해도 성적이 중하위권이었다. 학우와 다투고 난 후 경쟁심이 불타올랐다. 그 뒤로 공부를 진심으로 하게 되었다. 인생의 전환점이었다. 1661년 영국 케임브리지 대학 트리니티 칼리지에 입학한 뉴턴은 4년 후 흑사병 때문에 학교가 휴교하자 고향인 링컨셔로 돌아와 2년간 머물렀다. 뉴턴의 생가인 울스소프 매너는 과학적으로 큰 의미가 있는 장소다. 바로 이 집 마당에 만유인력 법칙을 깨우치게 해준 사과나무가 있기 때문이다. 만약 그 학우와의 싸움이 없었더라면, 업적을 남길 수 있었을까? 뉴턴은 후천적 천재성을 지녔기에 법칙을 발견한 시기만 조금 늦춰졌을 것 같다.

글 쓰는 남자가 되었다

글을 쓰기로 마음먹고 인생의 목표를 세웠다. 서른다섯이 되었지만, 독서량은 열 권을 넘지 못했다. 그동안 책은 어려운 백과사전이라고 생각했다. 책을 읽는 독서법이 틀렸다는 사실을 알게 되었다. '나에게 어울리는 책이 있다.'는 메시지가 마음에 와 닿았다. 책을 인생 쇼핑하고 있다. 장바구니에 담아두기도 하고, 책을 구매하기도 한다. 새로운 책을 기다리고 있어 매일 설렌다. 책 구매를 망설이는 이들에게 인생 쇼핑을 알리고 싶다.

무슨 바람이 불었을까? 이전과는 큰 변화이고 스스로 대견하다. 책을 읽지 않던 지난 과거와 달리 컴퓨터 책상에 앉아 책을 읽고 있다. 게다가 글까지 쓰고 있다. 그동안 공부를 제외한 의지는 잘 지켜왔다. '해군 입대', '죽을 때까지 담배 안 피우기', '음주 즐기지 않기'가 있다. 이루고자 마음먹으면 이루는 소질이 있었다. 포기도 쉽게 하고 새로운 결심을 세우기를 반복하며 살아왔다. 글을 쓰면 좋은 점이 많았다.

첫 번째, 상처를 글에 버리고 있었다. 처음에는 아픈 상처들을 글로 쓰고 싶지 않았다. 책을 출판하게 되면 회사 동료, 지인들, 친척들에게 선물하기가 민망해서였다. 쓰면 쓸수록 에피소드가 고갈 되었다. 좋은 기억도 없을뿐더러 과거의 상처를 숨길수록 글의 양은 줄어들었다. 어느 순간 살아온 인생을 쓰고 있었다. 부끄러운 이야기지만, 책을 집필하면서 열 번은 운 것 같다. 진심으로 있는 그대로 썼기 때문이다. 글을 쓰다 보니 모든 것이 에피소드에 불과했다. 말로 다른 사람에게 아픔을 전하려고 할 때는 머뭇거렸지만, 내 안의 상처를 글로 표현하는 건 수월했다. 굳이 밝히지 않아도 되는 내용일 수 있다. 하지만 인생의 배움을 독자에게 알려주고 싶었다.

두 번째, 글을 쓰면서 미래의 모습을 시각화하는 연습을 했다. 꿈을 키우며 오늘도, 내일도 꿈을 잊지 않았다. 그동안 매일 꿈은 꾸었지만, 내일이 되면 새로운 꿈으로 갈아치웠다. 결국에는 포기했었다. 글을 쓰는 지금은 오늘도 기록, 내일도 기록이다. 기록된 글을 보며 꿈을 놓지 않을 것이다.

세 번째, 인생을 계속 배우게 된다. 어머니와 함께 시를 쓰는 수업, 글을 쓰는 수업을 듣고 있다. 토요일 오전, 어머니와 성남시 수진역에 있는 한 건물로 올라갔다. 대학교 교수님과 가볍게 인사를 한 후 교실로 들어갔다. 수업에 집중하며 칠판을 바라보다 옆을 잠시 쳐다봤다. 옆 책상에는 필기도구와 공책, 그리고 같은 꿈을 가진 어머니가 앉아 있었다. 수업 공간에 어머니와 아들이 앉아 공부하는 경우는 흔치 않을 것 같다. 어머니와 내 모습이 담긴 사진 한 장을 남기고 싶었지만, 내가 남길 수 있는 건 오늘의 일상이 담긴 글과 작가의 꿈이었다.

상처는 누구에게나 존재한다. 상처를 마음 한구석에 두고 강해지라고 배웠다. 이런 방법은 상처가 쌓여 병이 난다. 글쓰기 과정을 알려준 이은대 대표님은 이렇게 말했다. "감수성이 풍부한 사람은 당장 글을 써야 한다고!" 나의 마음에 와 닿는 메시지였다. 초식동물이 약육강식 세계에서 살아가기란 무척 힘들다. 남들 눈치를 먼저 봐야 했고, 착한 사람으로 남고 싶었다. 강단 있고 강인한 사람을 부러워했다. 강하게 살고 싶었다. 그런 성격이 아니었기에 스트레스를 받으며 살아왔다. 이 책에는 라이프 쇼퍼 효과에 대한 글을 담고 있다.

1. 인생을 쇼핑하면 동기부여가 생긴다.

2. 인생을 뒤흔드는 사건이 생길 것이다. 그것이 인생의 전환점이다.

3. 인생에 필요한 수업을 듣게 되면 목표가 생긴다.

4. 인생의 모든 경험은 언젠가 쓰일 때가 있다.

5. 인생의 독서를 통해 꿈을 찾게 된다.

6. 인생의 배움은 계속되어야 한다.

7. 인생을 여행하며 인생을 쇼핑하는 자가 된다.

이 중에 하나 이상의 메시지가 마음에 와 닿는다면 그 부분만
책을 자르든, 접든, 밑줄 치길 바란다.

글을 쓰는 능력이 없다고 단정했었다. 그런 내가 글쓰기에 빠진
이유는 책 때문이었다. 성공은 늘 도망가려 한다. 가난에서 최고의
자리로 올라가기란 쉽지 않다. 인생을 뒤흔드는 사건이 생길 것이
다. 인생의 전환점으로 전혀 다른 사람이 되어야 한다. 동기부여를
손에서 놓쳐서는 안된다. 인생의 전환점을 통해 꿈을 찾았지만, 방
법을 몰랐다. 그래서 인생 수업을 알아봤다. 배움에는 끝이 없었다.
글 쓰는 수업을 알게 되었고 인생 수업이 되었다.

회사원 기준으로, 시간이 흘러가는 속도는 직책마다 다르게 느
껴질 것이다. 일반 사원은 출·퇴근에 의미를 두지만, CEO는 시
간을 분 단위, 초 단위로 끊어 관리한다. 그들은 매 순간, 매 시간
을 어떻게 생각할까? 일반 사원처럼 시간이 천천히 흘러간다고 불
평하지 않을 것이다. 그들에게는 매 순간이 빠르게 흘러갈 것이다.
매일 독서를 해야 하는 이유가 분명해졌다. 그들과 같은 삶을 살기
위해 0.0001초를 단축하는 건 의미가 없다. 책을 통해 1분, 10분, 1
시간씩 성공의 길을 최단 경로로 단축해야 한다. 인생 독서를 통해
성장을 촉진시켜야 한다.

Part 03

나의 꿈이
달아나기 전에

인생 수업을 듣고
목표가 생겼다

• 생산적인 독서는 한 줄이라도 남는 것이다 •

틈틈이 책을 읽지만, 가끔 지칠 때가 있다. 책장에 읽을 책들은 쌓여가고 있었다. 흐뭇하지만 언제 다 읽지? 걱정되기도 했다. 독서는 급급하게 하는 것이 아니다. 책을 구매해 여기저기 늘여 놓았지만, 읽어야 하는 책들이었다. 책을 읽어야 한다는 약속을 스스로 했다. 변하기로 다짐했기에 오늘도 책을 펼쳤다. 운이 좋게도 인생 수업을 경험하고, 작가의 길을 걸을 수 있게 되었다.

기본에서 벗어난 독서법이 필요했다. 전 세계에 있는 책을 하루 만에 속독하는 능력을 상상해본 적이 있었다. 세상의 모든 문학, 언어, 학문, 예술을 한 번에 터득하고 싶었고, 이 세상의 모든 언어를 구사하는 능력자가 되고 싶었다.

편의상 속독을 선호하는 무리를 '속독파', 정독을 선호하는 무리를 '정독파'라고 정의하겠다. 이 집단의 논쟁은 정답이 없다고 본다. 사실 이건 성격의 차이다. 누군가는 완벽주의자처럼 모든 글 하나하나를 읽는 사람이 있다. 반면에 단 한 줄만 발견해도 남는 것이라고 말하는 사람이 있다.

나는 정독법을 고수했다. 15,000원의 본전을 뽑고 싶었다. 처음부터 끝까지 읽어야 작가에 대한 예의라고 생각했다. 평소에 책을 멀리했기에 읽는 속도가 빠르지 않았다. 겨우 생산적인 독서를 시작한 지 3개월 차가 할 소리는 아니지만, 일반적인 독서 방법은 틀렸다고 생각한다. 생산적인 독서를 시작하지 않았다면 우선 고집을 버려야 한다. 자기계발 책은 처음부터 끝까지 읽지 않아도 된다.

중요한 메시지가 담겨있지만, 중복될 수 있다. 이 책에는 책을 인생 쇼핑해야 한다는 메시지가 여러 번 나온다. 독자에게 한 줄의 메시지라도 전달하기 위해 여러 번 같은 말을 반복하는 것이다. 누군가는 성의 없이 책을 집필했다고 말할 수 있겠지만, 한 줄이라도 남는 게 생산적인 독서법이다.

책을 한 달에 5권 이상 읽는 사람을 경이롭게 생각한다. 일 년에 12권을 완독하면 어디 가서 책 좀 읽는다는 명함을 내밀 수 있다. 그동안 책 한 권을 읽는 데 오랜 시간이 필요했다. 판타지 소설이나 일반소설을 좋아하지 않는다. 페이지 수도 많고 시리즈로 나오기 때문에 판타지 소설을 선호하지 않았다. 책 한 권도 한 달이 걸려 읽는 '정독파'이기에 힘들었다.

현재 받는 월급만으로는 N포세대에서 벗어나기가 요원했고, 그래서 재테크에 관심이 생겼다. 주식 관련 도서를 읽어 봤지만, 심화 과정은 이해하기 어려웠다. 해외 주식을 거래하는 방법까지 배운 후 책을 덮었다. 친절하지만 어려운 책은 읽기 힘들었다. 그래서 그동안 책이랑 담을 쌓고 살아왔던 것 같다. 그나마 만화책은 흥미 있게 읽을 수 있었지만, 만화책방을 가게 되면 오히려 손해였다. 읽는 시간이 오래 걸렸다. 그렇게 책을 한 권도 안 읽는 삶을 살아왔다. 일 년 동안 책 한 권을 읽어도 남는 것이 별로 없었다. 그동안 책을 어떻게 읽어야 하는지 몰랐었다.

배움은 곧 인생이다. 그렇다면 무엇을 배워야 할까? 우연히 블로그나 카페를 검색하다 보면, 특정 분야를 강의하는 코치들이 있다. 그들은 그들만의 지식과 경험을 토대로 사람들에게 특정 분야를 강의한다. 남들과 차별화된 분야를 사람들에게 제시한다. 상품 또는 서비스가 아니어도 개인이 브랜드가 되는 것이다. 이른바 퍼스널 브랜딩이라고 말한다. 온택트 시대에 맞춰 인생을 배울 수 있는 수업이 늘어나고 있다.

인생 수업으로 자존감을 키우다

자존감이 낮은 시기에 제목이 끌리는 책이 있었다. 윤홍균의 저서 《자존감 수업》이다. 구매 당시 베스트셀러였다. 지금은 스테디셀러로 독자들에게 꾸준히 사랑받는 책이다. 아직 자존감이 낮은 상태이지만, 이 책을 3년 동안 완독하지 못했다. 읽지 못한 이유는 첫째, 처음부터 끝까지 정독해야 하는 줄 알았다. 책을 읽는 방법을 몰랐었다. 둘째, 하루에 다섯 페이지씩 오십일 동안 읽기로 계획을 세웠다. 작심삼일로 포기했다. 셋째, 책을 읽는다고 해서 자존감이 생기는 기분이 들지 않았다. 그때 당시에는 책을 읽어야 하는 간절함이 없었다. 끝까지 완독하지 못하고 서랍 안에서 잠들게 했다.

이제 '정독파'를 탈퇴하기로 했다. 이렇게 책을 읽다가는 죽을 때까지 스무 권도 못 읽을 것만 같았다. 글을 써야 했기 때문에 책을 빠르게 읽는 법을 연구해야만 했다. 거침없이 종이를 넘기며 독서를 했다. 오른손에는 펜을 들고 마음에 드는 구절에 밑줄을 그었다. 저자는 독자에게 메시지를 전달하고자 A4 용지 100페이지의 분량의 글을 쓴다. 독자에게 강렬한 메시지를 전달하기란 쉽지 않다. 책에 들어있는 내용 중 '글을 써야 한다'는 한 줄이 마음에 와닿았다. 남은 인생을 바꾸기 위해 인생 수업을 찾아야 했다.

아직 인생의 전환점을 발견하지 못했더라도 동기부여만큼은 잃어선 안된다. 동기부여가 남아 있는 이유는 무언가 배우고 싶은 마음이 강렬하기 때문이다. 필자가 인생 쇼핑을 강조한 이유는 본인에게 투자할 줄 알아야 한다. 스터디, 헬스, 뷰티, 패션 등 본인에게 투자를 아끼지 않는 사람도 있다.

자존감을 키우기 위해 도서를 구매했지만, 특별히 남는 부분은 없었다. 그래도 필요한 부분을 채우기 위해 인생 쇼핑을 멈출 수 없었다. 자존감을 높이기 위해서는 나 자신을 사랑해야 한다. 아직도 거부 반응이 있는 듯하다. 자신을 사랑해야 한다는 부분을 쓰면서도 과연 그럴까? 이런 생각이 먼저 들었다. 그동안 살아오면서 나의 장점을 찾아주거나 칭찬해 주는 사람이 없었다. 자신감이 떨어진 상태에서 인생 수업을 듣게 되었다.

서른한 살이 되었지만, 취미가 게임 말곤 없었다. 또 다른 취미를 찾기 위해 보컬 학원에 다녔다. '배움을 통해 잘하는 일 하나 정도는 있어야 하지 않을까?' 하는 마음이 가장 컸다. 떨어진 자존감을 극복하기 위해 보컬 학원에 다녔다고 말하면, "억지스럽다는 생각 들지 않아?"라고 물을 것이다. 그렇게 생각할 수 있겠지만, 필살기 하나 정도는 있어야 했다. 회식 자리에서 두 곡 외엔 부를 수 있는 곡이 없었다. 그것마저 잘 부르지 못했다. 노래를 배우기 위해 노래수업을 들었다. 석 달 동안 배우면서 실력이 놀랄 정도로 늘긴 않았지만, 한 시간 동안 노래방에서 혼자 불러도 시간이 부족하게 되었다.

책을 인생 쇼핑하면서 인생을 배우고 있다. 책은 하나의 인생 수업이 되었다. 현재 필요한 독서 장르는 자기계발 도서였다. 소설이나 에세이는 밑줄을 긋기 어려웠다. 심장을 때리는 글귀가 보이지 않았다. 책을 읽을 때 중요한 핵심 부분만 발굴해야 한다.

서론이 길면 지루한 책이 될 수 있다. 작가는 독자에게 생산적인 한 줄을 긋게 해줄 공간을 마련해 줘야 한다. 서론 없이 종이에 글을 채우기란 쉽지 않을 것이다. 글의 흐름을 보면 서론, 본론, 결론으로 마무리를 짓는다. 서론은 윤활유 같은 존재이며, 글을 술술 읽히게 도와준다. 최대한 불필요한 부분은 건너뛰어야 한다. 최단 시간으로 생산적인 한 줄을 찾아야 한다. 자기계발 도서는 비슷하면서도 서로 다른 생각이 담겨 있다. 그것이 책을 읽는 묘미라고 볼 수 있다.

책을 읽는 방법은 다양하다. 독서 방법을 알려주는 책은 이미 서점에 널려 있다. 정독법에서 벗어날 수 있었던 건 인생 도서를 읽었기 때문이다. 독서 방법을 몰랐던 사람에게는 생산적인 독서법이 된다. 완독했다는 성취감에서부터 독서는 취미가 아닌 내 삶의 약속으로 바뀌게 된다. 이런 방법을 알리는 책은 계속 출판되어야 한다. 독서 방법에 대한 책을 쓰는 사람들은 독서를 전파하고 있는 것이다.

무엇이든지 자신만의 공식과 방법이 있을 것이다. 아직도 정독법을 고수하겠다면 어쩔 수 없다. 그건 성격이기 때문이다. 정독법으로 다독하는 능력자는 예외이지만, 나처럼 책을 기피했던 사람에게는 속독법을 추천한다. 한 줄 독서법을 통해 다양한 정보를 좀 더 빠르게 얻을 수 있다.

첫째, 자기계발서를 일주일 안에 읽을 수 있다. 둘째, 책 한 권을 못 읽겠다는 불안감에서 벗어난다. 셋째, 핵심 부분을 빠르게 파악할 수 있다. 넷째, 다독할 수 있다는 자신감을 얻는다. 이런 방법으로 책을 거침없이 읽으면 된다.

윤홍균의 저서 《자존감 수업》을 읽고 자존감을 높이고 싶었다. 이 책의 저자처럼 스테디셀러 작가가 되고 싶다. 속독법으로 마음에 드는 구절을 찾을 수 있었다. "자존감을 향상하기 위해선 가정하고 목표를 정하라." 인생 수업으로 자존감을 높이고 있다.

인생
수업
①

• 영혼을 갈더라도 쓰게 된다 •

때론 앞서가고 때론 뒤처지기도 하는 것이 인생일까? 남들보다 앞서가기 위해서는 미래를 준비하는 방법밖에 없다. 나만의 책을 집필하고 싶었다. 방법을 모르던 중 인생 쇼핑으로 동기부여를 얻었다. 책을 읽고 인생의 전환점이 되었다. 인생 수업까지 듣게 되었다. 책 쓰는 과정을 2022년 2월에 등록했다. 이 책에 자세한 내용을 담긴 어렵지만, 이곳에서의 결과는 좋지 않았다. 동기부여를 강조하는 이유는 간단하다. 다시 시작할 수 있었다. 동기부여는 끈기와도 연관되어 있다. 그 이후 인생의 수업을 듣게 되었고, 출판 계약까지 하게 되었다.

글을 써야 하는 목표가 생겼다. 나도 작가가 될 수 있을까? 3년 전에는 작가가 되는 방법을 몰랐다. 1주일도 안돼 포기했었다. 글을 쓰기 위해선 방향이나 기획안이 중요했다. 3월 중순부터 다른 곳에서 책 쓰는 수업을 듣기 시작했다. '라이프 쇼퍼 효과'. 솔직히 처음에는 무슨 말인지 몰랐다. 원고에는 제목을 〈라이프 쇼퍼 효과〉로 해서 투고했다. 글 내용에는 인생을 강조하지 않았고, 우연을 더 강조했다. 인생을 쇼핑하는 사람이 되기 위해선 이렇게 해야 한다는 방법을 제시하지 않았다. 에세이에서 자기계발서로 글을 바꾸는 과정에서 《인생을 쇼핑하는 남자》만큼 나에게 어울리는 기획안은 없는 것 같다.

같은 날 등록했던 동기는 두 달 만에 책 예약판매가 시작되었다. 그 소식을 듣고 마음이 조급해지기 시작했다. 시간은 공평하게 흘러갔지만, 그 안에서 집필하는 속도는 상대적이었다. 내 페이스대로 쓰는 게 어려웠다. 불안감을 이기며 글을 써야 했다. 멘탈이 약한 게 문제였다.

초고를 4월 말까지 작성하고, 퇴고는 5월 말까지 다 마쳤었다. 이제는 인내의 시간이었다. 출판사의 연락을 기다리는 동안 블로그를 시작했지만, 블로그에 글을 쓰는 건 마음이 뜨겁지 않았다. 그동안 부정적인 생각을 갖고 살아왔다. 끈기와 열정은 작심삼일 구간을 넘어선 적이 없었다. 상처를 치유하는데 글만큼 좋은 건 없다고 생각한다. 감추려고 했던 속마음을 글로 표현하고 있었다. 처음 글을 쓸 때 비밀스러운 작가가 되려 했다. 아픔을 굳이 끄집어내서 다른 이들에게 알리고 싶지 않았다. 누구나 아픔이 있을 것이다. 사소한 일에 상처받는 성격일 수 있다. 화가 나도 속으로 삭이는 성격일 수 있다. 이런 성격의 보유자였다. 조금씩 변해 가고 있다. 그 감정을 글로 쏟아버리면 되는 것이었다. 마음에 담아두었던 아픔을 스스럼없이 표현하게 되면 마음이 한결 가벼워진다.

글을 쓰게 되면서 조금씩 변화하는 모습을 발견할 수 있었다. 그동안 도전했던 일은 그 열정이 금방 식었다. 등산을 하게 되면 정상에 오르기 전에 부정적인 생각을 먼저 했다. '정상은 언제 도착하지?', '정상 도착 후 어떻게 다시 내려오지?'라는 걱정을 먼저 하는 스타일이었다. 초고를 언제 다 작성하지? 나 자신과의 싸움이었지만, 그냥 쓰면 되는 것이었다. 끝까지 포기하지 않고 나간다는 건 대단한 일이다.

작가가 책을 집필하는 이유는 다양하다. 돈을 벌기 위한 수단일 수 있다. 그리고 퍼스널 브랜딩하기 위해 집필하는 사람도 있다. 본인의 전문 지식을 독자에게 알려주기도 한다. 《인생을 쇼핑하는 남자》를 통해 책을 읽지 않던 사람이 책에 빠져 책을 집필할 수도 있다는 사실을 알리고 싶다. 인생 수업을 통해 꿈을 놓치지 않고 있다.

인생 수업으로 목표가 생기다

책을 집필하고 있다는 것을 최근에 알게 된 사람들에게만 말했다. 현재 다니고 있는 회사 직원, 모임에서 알게 된 친구, 독서 모임에서 처음 본 사람들 그리고 어머니에게만 알렸다. 나의 성격을 잘 아는 사람으로부터 힘 빠지는 소리를 듣고 싶지 않았다. 시작은 창대했지만, 결과물은 늘 미약했기 때문이다.

글을 쓰고 싶은 사람이 있다면, '카카오 브런치'부터 도전해보는 것이 좋다. 카카오 브런치는 글을 쓰는 공간이지만, 운영진이 '브런치 정식 작가'로 승인해 줘야 글을 외부에 노출할 수 있다. 작가 소개, 기획안, 작성한 글로 신청하게 된다. 운영팀이 글을 읽고 합격, 불합격 여부를 통보한다. 그동안 백업 용도로만 활용했다. 브런치 공간에 글을 발행해 보고 싶었지만, 차일피일 미루고 있었다. '카카오 브런치 작가'가 되고 싶은 마음에 N포 세대를 위한 글로 신청했지만 탈락했다. 정확한 이유는 알려주지 않았다.

"안타깝게도 이번에는 모시지 못하게 되었습니다. 많은 관심에 감사드립니다." 불합격 통보를 이런 식으로 받게 된다. 자신감이 떨어지는 건 사실이다. 네이버 블로그보다 글을 먼저 썼던 공간이었고, 꿈을 만들어 준 건 '카카오 브런치'였다. 어떻게 하면 n잡러가 될 수 있을까? 고민했던 시기에 플랫폼을 접하게 되었다. 3년 전 작가가 되겠다고 브런치에 글을 저장했다. 그 글은 지워지지 않고 그대로 있었다.

시간이 흘러 다시 작가의 꿈을 갖게 되었다. 주변에 말하기가 부끄러웠다. 평소에 책을 읽지 않던 사람이 책을 쓴다고 말하면 얼마나 우스워 보일까? 글을 쓰면서도 자신이 없었다. 전문지식 없이 책을 쓰겠다고? 시작도 하기 전에 걱정부터 했다. 주변에 관심 있게 봐줄 사람도 몇 명 없는데 혼자 고민했었다. 친하지 않은 사람에게 작가가 되겠다고 말을 하고 다녔다. 기대보다 반응이 시큰둥했다. 말해놓고 민망했다. 부끄러움은 한순간이었지만 각오는 더 단단해졌다.

책을 내밀면서 작가란 사실을 알리고 싶었다. 동기부여가 사라지면, 친하지 않은 사람들과 약속하고 집으로 돌아오곤 했다. "다음에 제 책을 드릴게요." 그렇게 혼자만의 약속을 하게 되면, 책을 써야 한다는 강한 의지가 꺾이지 않았다. 누군가와의 약속을 지키기 위해 매일 글을 쓰고 있다. 일방적인 약속일지라도 지키는 게 목표이다. 글을 쓰게 되면 인생 수업을 스스로 배운다. 허무맹랑한 이야기가 아니다. 블로그나 브런치를 하면 나 자신을 세상에 드러내게 된다. 닉네임이 존재하기에 신분을 숨길 수 있지만, 밝히며 활동하는 사람도 있다. 작가의 길을 선택했으니 글을 통해 증명해야 했다.

하교하거나 퇴근하면 바로 집으로 향하는가? 인생 쇼핑을 하거나 인생 수업을 들으러 갈 것이다. 인생을 쇼핑하는 자가 되기 위해선 포기하지 않는 게 중요하다. 친하지 않은 사람에게 혼자만의 약속을 하는 것이다. 한번 실천해 보겠는가?

1. 목표를 확실하게 정해 두기 위해선 친하지 않은 사람에게 약속하고 돌아와라.
2. 한두 번 보고 말 사람이면 그런 사람을 공략하여라.
3. 종이에 적어도 좋지만, 저장 기능이 되는 인터넷 공간을 활용하라.
4. 실패해도 좋다. 그것도 경험이다. 위축돼선 안된다.

인생 수업을 통해 목표가 생지지 않았는가? 계속 도전할 것이다.

영혼을 갈더라도 써야만 했다. 글을 읽는 독자에서 글을 쓰는 저자의 신분이 되기 위해서다. 아침에 눈을 뜨면 자동으로 글을 써야 한다는 생각이 들었다. 오늘 써야 하는 원고 수의 압박이 느껴지는 날도 있었다. 이것이 창작의 고통일까? 출판사의 거절을 경험하며 형편없는 글이었지만, 새로운 글을 써 내려가야 했다. 내일은 또 모르기 때문이었다.

"내가 세운 목표를 보면서 '이걸 다 이룰 수 있을까?'라고 생각했을지 모른다. 그럼 이제 그 목표를 실제로 내가 이룰 수 있는 목표로 바꿀 차례다. 높은 목표는 우리가 노력할 수 있도록 만들어주지만, 너무 황당한 목표는 오히려 노력하고 싶은 의욕을 없애버린다. 열 개의 목표를 다 달성하면 또 새로운 목표가 생겨나고, 그 다음 단계가 생겨난다."[김경록의 저서《내 머릿속 청소법》중에서]

퇴근 시간은 6시다. 집 근처 카페에서 책을 읽고 집에 오면 9시쯤 된다. 매주 수요일, 목요일 온라인 수업을 한두 시간 듣는다. 인생 수업일지라도 졸음이 쏟아졌다. 바뀐 모습을 독자 그리고 지인에게 증명하고 싶었다. 책으로 의식이 바뀔 수 있다는 사실을 알리고 싶기도 했다. 수업이 끝난 후 목표 분량을 쓰는 시간은 서너 시간이 걸렸다. 작성 후 업로드를 하면 시간은 새벽 3시였다. 회사 출근까지 여섯 시간이 남았고, 앞으로 잠을 네 시간 잘 수 있었다. 게임에 빠져있던 시절만큼 글에 빠진 내 모습이다.

영혼을 갈아 글을 쓰다 보면 눈물이 나오기도 했다. 그동안 편한 길만 걸어온 나 자신을 반성하게 되고, 어머니에게 효도하는 아들이 되고자 하는 마음을 담기도 했다. 인생을 바꾸기 위해 모두가 잠든 시간에 글을 쓰고 있다. 다카시마 데쓰지 그의 저서《잠자기 전 30분》에서 "잠자기 전 30분의 습관을 바꿀 수 있으면 잠이 바뀐다. 잠이 바뀌면 아침이 바뀐다. 아침이 바뀌면 일 전체가 격변한다. 그리고 인생 자체가 달라진다."라고 말했다. 잠자기 전 30분의 습관을 실천 중이다.

인생을 바꿀 수 있다면 늦은 시간에도 글을 써야 했다. 물론 학창 시절에 공부를 안 했기에 지금 고생하고 있는지도 모른다. 꿈이 없던 35살 남자가 있었다. 그는 책을 읽고 달라지려 했다. 그동안 책을 기피해 왔다. 그런 사람이 늦은 시간까지 글을 쓰기 시작했다. 그동안 남들과 다른 관점으로 세상을 본 이유가 있었다. 의지력이 약한 사람은 목표를 쉽게 잊는다. 목표가 정해졌다면 약속하고 돌아와라. 상대방도 내심 기대하고 있을 것이다.

• 나만의 생산적 독서 습관 만드는 법 •

세상에 나 같은 사람이 한 명이면 충분하다고 생각했다. 출처를
알 수 없지만, "인생을 왜 사는지 모르겠다."는 글에 수천 명의 공감
댓글이 달려 있었다. 잃을 게 없는 사람은 희망이 없어 보였다. 사
실 이런 생각을 해본 적이 있었다. 젊은 나이에 삶이 무료하게 느
껴졌다. 재능이 부족한 나 자신을 질책했다. 생산적이지 않은 게임
을 하며 시간을 덧없이 보내는 청년이었다. 게시 글을 작성한 사람
의 얼굴은 모르지만, 동질감을 느꼈다.

우물 안의 개구리가 독서 장인이 되었다. 우물 밖의 세상이 궁금
했다. 독서에 대한 것을 겨루고 싶은 마음에 우물 밖으로 나왔다.
다독가를 만날 수 있는 곳은 독서 모임이었다. 독서 장인 타이틀

을 지키기 위해선 지금보다 더 많은 책을 읽어야 했다. 미국 기업가 일론 머스크처럼 도서관에 있는 모든 책을 읽기란 불가능해 보였다. 마음만 먹으면 하루에 책 한 권은 읽을 수 있었다. 이 마음가짐이 중요했다. 나만의 생산적인 독서 습관을 지니고 있어야 했다. "뭐든지 다 이유가 있다." 이 말은 책을 읽으면서 가장 많이 하는 말이다. 독서 장인이 되기 위해선 변해 가는 과정이 중요했다.

경기도 이천에서 초등학교를 졸업했다. 이천은 도자기로 유명한 고장이다. 이천 도자기 축제가 시작되면, 학교에서 견학을 가거나 가족 간에 추억을 쌓기 위해 가곤 했다. 도자기가 탄생하는 과정을 눈으로 지켜볼 수 있었다. '시작은 미약했으나 끝은 창대했다.' 흙을 빚어 도자기가 만들어지는 과정을 볼 수 있었다. 성인이 되어 '흙'을 생각하면 '흙수저'밖에 생각이 나질 않는다. 슬픈 현실이다. 우리는 도자기가 되어가는 과정에 있다.

도자기를 생각하면 고려청자, 조선백자가 먼저 떠오른다. 도자기의 역사를 잘 알지는 못하지만, 도자기를 굽는 사람을 도공 혹은 도예가라고 한다. 도자기를 이용한 예술을 도예라고 말하며, 회색이나 회흑색의 태토 위에 백토로 표면을 마무리한 도자기를 분청사기라고 한다. 고려청자와 조선백자 사이에 존재했다. 고려가 멸망하고 조선이 건국되면서 백성들은 불안하고 삶을 걱정하며 살아갔다.

도공들은 생계를 유지하기 위해 흙을 빚었다. 고객이었던 고려 귀족에서 새로 등장한 신진 사대부로 바뀌었기에 도공들은 이들을 공략해야 했다. 기술은 있었지만, 도공들의 삶은 넉넉하지 않았다. 먹고살기 위해 도자기를 계속 구워야 했다. 유약의 질은 나쁘고 땔감은 부족하여 도자기는 규칙 없이 구워졌다. 자유롭고 화려하지 않지만, 역사적 배경을 도자기에 담았다.

우리는 흙으로 무엇을 만들 수 있을까? 흙을 바닥에 부으면 쌓이게 되지만, 바람이 불면 사방으로 퍼지게 된다. 이런 현실 속에서 살아가고 있다. 독서는 우리의 생각을 반죽시키고 보이지 않지만, 의식으로 남게 된다. 작가가 되는 과정은 도공들과 비슷했다. 그들은 흙이 있고, 작가에게는 펜이 있다. 무엇이든 만들어야 했다. 장인은 하루아침에 만들어지지 않는다. 그들도 수련 시절부터 장인이 되겠다는 목표를 두고 실력을 단련시켰다.

독서도 마찬가지다. 초심자의 독서는 남는 게 별로 없었다. 독서는 수련이다. 의지를 가지고 계속 단련해야 한다. 생산적인 독서를 하기 전에는 '생산적인'이란 의미를 알지 못했다. 소비적인 생활 습관에 익숙해져 있었다. 우선 지금 큰 변화는 게임을 하지 않는 것이다. 그 시간에 독서와 글을 쓰고 있다. 일 년에 책 한 권도 읽지 않던 사람이 독서를 매일 해야 한다고 강조하고 있다. 책 중독에 빠졌다. 그래서 게임이 생각나지 않는다.

독서 장인이 된다는 생각으로 읽어 보자

책과 사랑하는 묘사를 각 장에 담고 있었다. 사랑만큼 간절하고 애틋한 게 있을까? 이 감정으로 책을 읽는다면 남는 독서가 될 것이다. 사랑하지 않으면 생각나지 않는다. 사랑하면 헤어져도 다시 만나고 싶기 때문이다. 생산적인 일에 빠지다 보니 N포세대란 걸 잊고 글을 쓰고 있었다.

나는 연애 고수가 아니다. 연애와 관련된 책을 집필한다고 가정하면, 서툰 연애 방법이나 짝사랑 에세이가 주제가 될 것이다. 자칭 짝사랑 마니아다. 짝사랑은 마음을 아프게 했다. 고백도 못한 경험이 대부분이었다. 가수 장범준이 부른 〈노래방에서〉처럼 사랑이 어떻게 이뤄지는지 연구했고, 그녀를 생각하며 노래를 부르기도 했다. 사랑할 때 감정은 어떠한가? 우선 보고 싶다. 머릿속에서 생각이 떠나질 않는다. 짝사랑은 항상 마음을 아프게 했다. 보고 싶지만 볼 수 없었다. 잊고 싶어도 자꾸 떠올랐다. 애틋하고 간절한 마음을 느낄 수 있었다. 아직 사랑은 서툴지만, 간절한 마음은 소중했다.

애틋하게 책을 대하면 남는 독서이다. 사랑하는 마음으로 인생 독서를 했다. 책꽂이에 아직 잠들어 있는 책들이 있었다. 진심 어린 감정으로 책을 읽는다면, 추억 그리고 배움으로 남게 된다. 독서의 목적은 남는 게 있어야 한다. 그동안 독서는 취미라고 생각했고, 단지 남들에게 보여주기 위한 독서라고 생각했다. 진정한 의미를 깨닫고 독서를 하게 되었다. 몇 가지의 변화가 생겼다. 책을 읽는 독자에서 책을 집필하는 작가가 되었다. 책과 교감을 통한 독서법이 오래간다.

거부 반응이 생길 수 있다. 성장 없이 장인이 되기란 쉽지 않다. 그들은 어떤 일을 하든 최고가 되기 위해 단련한다. 책을 왜 읽어야 하는지에 대해 알지 못했던 청년이 글을 쓰고 있다. 진정한 독서 장인은 작가라고 생각한다. 장인을 만나러 독서 모임에 참여했다. 책을 한 달에 열 권씩 읽는 사람을 만났지만, 독서법에 대해 알려 준 사람은 없었다. 책은 생각보다 친절했다. 그동안 책에 선입견이 있었던 것이었다. 글을 써야 한다는 책은 내 인생의 도서였다. 독서법에 관한 책들은 생산적인 독서법을 알게 해 주었다. 그들에게 배운 이 메시지를 주변 사람들에게 전파하고 있다.

생산적인 독서 습관을 가져야 한다. 명언 자료를 수집하던 중 마음에 와 닿는 말이 있었다. "승리는 가장 끈기 있는 자에게 돌아간다." 나폴레옹이 한 말이다. 나는 그동안 N포세대에게 꿈을 심어 주기 위해 책을 안 읽었던 건 아닐까? 화려하지 않지만 조금씩 변해 가고 있었다. 앞으로 끈기 있는 작가가 되어 여러 권의 책 집필에

승리하고자 한다.

생산적인 독서에 접어든 지 3개월이 지났다. 생산적인 독서를 접하기 전에는 책이 일방적으로 나에게 구애했지만 외면했다. 사랑의 비율로 따지면, 모든 힘을 다해 나를 짝사랑했다. 그동안 책을 안 읽었던 이유는 뜻이 있다고 생각한다. 다 이유가 있을 것이다. 주변에 친구가 많지는 않지만, 그들에게 글을 써보라고 권유하고 있다. 그들은 책을 읽지 않는 사람들이다. 꿈이 아직 남아 있다면 생각을 반죽해야 한다. 실천을 해야 한다. 그것이 모래일지라도 반죽해야 한다. 꿈이 사방팔방으로 퍼지지 않게 더욱더 반죽해야 한다. 반죽하는 행위가 곧 끈기이다.

장인이 되기란 어려운 목표 설정일 수 있다. 독서를 통해 그 꿈이 달아나지 않게 붙잡고 있어야 한다. 책에는 성공 멘토들이 존재한다. 아직 그들을 실제로 만나보지 못했다. 성공한 삶을 살아가는 그들을 만나 이야기를 나눠보고 싶었다. 그들은 나에게 워런 버핏 같은 존재일 수 있다. 비싼 수강료를 지불한 이유도 성공한 사람에게 인생 수업을 듣기 위해서였다. 그들을 언택트로 만나게 되었고, 작가가 될 수 있었다.

• 나의 꿈이 달아나기 전에 •

한국인은 위기를 기회로 바꾸는 능력을 갖추고 있다. 역경을 극복하며 성장하는 민족이다. 우리가 결코 시도해서 안되는 것은 없었다. 바라던 일이 이루어졌다. 우리 기술로 우주 발사체 누리호를 개발했고, 성공적으로 발사됐다. 우리는 늘 불리한 조건에서도 승리해 왔다. '아시아인'이라는 불리한 조건이 있을 수 있다. 우리의 DNA를 믿어야 한다. 한국에서도 새로운 기술을 주도하고 지속적으로 혁신가가 등장하길 바란다.

가시밭길을 걷기 위해서는 두려움을 없애야 한다. 인생 쇼핑을 통해 역경을 헤쳐 나가야 한다. 늘 편한 길만 걸어왔다면, 앞으로 걸을 길은 가시밭길일 것이다. 편한 길은 남는 게 없다. 이제라도 깨달아야 한다. 마음을 비우면 편안하겠지만, 내세울 능력이 없게 된다. 나는 그동안 많은 시간을 헛되게 보냈기에 찔리는 고통을 알면서도 한 발짝 뻗어야 했다. 두려운 감정이 도전을 망설이게 했지만, 아픔과 고통이 없으면 지금보다 더 성장할 수 없을 것 같았다.

어머니의 손을 보며 나 자신에게 시한부 인생을 선고했다. 어머니는 그동안 쉬지 않고 일을 해 오셨다. 삼성카드 설계사, 식당 서빙, 양말 공장 등에서 성실하게 일하셨지만, 하늘은 무심하게도 우리의 삶을 바꿔주지 않았다. 어머니와 눈물로 대화했다. 지금과는 다르게 살기 위해선 새로운 발상이 필요하다고 강조했다. 반면 성실하게 살아온 15년의 뒷바라지를 부정하지 말라고 했다. 맞는 말이었다. 만약 일도 안 하시고 집에만 계셨으면 지금보다 더 힘든 삶을 살았을 것이다. 어머니의 손을 살포시 잡았다. 손은 점점 굳어지고 못생겨지고 있었다. 매일 쉬지 않고 일한 손이었다. 하루라도 쉬게 만들어야 했다. 그렇기에 독한 마음으로 인생의 길을 걷고 있다.

많은 생각이 든다. 호강시켜드리지 못해 미안하다. 만약 성공했더라면 힘든 일을 안 하셔도 되는데, 멈출 수 없는 현실에 화가 난다. 지금 할 수 있는 건 추억을 만드는 일뿐이었다. 영화도 같이 보러 다니고, 뮤지컬도 같이 보고, 여름휴가 때는 여행도 같이 다닌다. 만약 여자 친구나 새 가족이 생긴다면, 아무래도 애인 또는 아내와

많은 시간을 보낼 것 같았다. 어머니에게 먼저 물어본다. "영화 보러 가자." "여행 갈래?" 어머니와 떠난 여행은 인생 수업이었다.

앞에 놓인 길이 가시밭길이어도 나는 밟고 가기로 했다. 그만큼 강한 의지가 생겼다. 나의 꿈은 늘 가벼웠다. 진득하게 내 곁에 있으려고 하지 않았다. 이제는 꿈이 달아나지 않게 해야 했다. 그동안 무엇을 해야 하는지 알지 못했고, 간절함과 절박함 없이 인생을 걸어왔다. 인생은 역전이다. 그동안 한 방만을 노려왔다. 그것은 약간의 노력만으로 성공을 바라는 행위였다.

앞으로 1~2년이 지나면 전성기는 영원히 안 올 것 같았다. 무언가 이룬 것도 없이 1년이란 시간을 그냥 흘려보내게 된다면, 5년 뒤에도 지금의 위치에서 크게 다를 바 없을 것이다. 어머니의 손마저 더 나빠진다면 나 자신을 크게 질책할 것 같다. 독한 마음을 먹게 해 준 건 인생의 책 그리고 어머니의 존재였다. 그동안 시간을 헛되게 보내며 살아왔다. 평범한 사람은 아픔과 고통이 없는 길만 찾으려 한다. 이제는 달라져야 한다. 찔리는 고통의 두려움 때문에 한 발짝 전진하길 망설인다면, 또다시 소중한 시간만 흘러갈 것이다.

우연한 발견으로 인생을 바꾸다

세계보건기구(WHO)는 1968년 홍콩 독감과 2009년 신종플루, 2020년 코로나19에 대해 감염병 최고 경고 등급인 팬데믹(세계적 대유행)을 선언했다. 끝날 기미가 보이지 않는 코로나19는 물론이고 변종인 오미크론은 더 많은 사람을 감염시키고 있다. 언제쯤이면 마음 놓고 마스크를 벗고 다닐 수 있게 될까? 예방 백신 주사와 먹는 백신이 계속 개발되고 있지만, 누군가 신약을 개발하여 종식시키길 소망한다.

20세기 최고의 발명품 중 하나라고 불리는 페니실린을 발견하여 항생제의 아버지라 일컫는 알렉산더 플레밍이 있다. 1881년 스코틀랜드의 작은 시골 마을에서 농부의 아들로 태어났다. 4년간 선박 사무실에서 일하다가 약간의 유산을 받고 학교를 다닐 수 있게 되었다. 1903년에 세인트 메리 병원 의과대학에 입학하고, 1906년에 학위를 취득했다. 자기 관심 분야인 자연 과학에 몰두할 수 있었고 의학을 공부했다.

어린 시절 플레밍은 농장에서 돌보던 어린 양이 죽어가는 모습을 보며 안타까워하는 심성을 가지고 있었다. 그때부터 의사가 되기로 결심했다. 플레밍은 제1차 세계대전 동안에는 영국 왕립 의무대의 장교로 복무했다. 1928년 포도상구균에 대해 연구하고 있던 플레밍은 배양 접시를 실험실 구석에 방치한 채 휴가를 떠났다. 그런데 휴가에서 돌아와 배양 접시를 확인하던 그는 이상한 현상을 발견했다. 포도상구균을 배양하던 페트리 접시에 푸른곰팡이가 살아있는 현상을 발견했다.

다른 사람 같으면 그런 사실을 알아차린 후 페트리 접시를 곧바로 쓰레기통에다 던져버렸겠지만, 플레밍은 달랐다. 포도상구균들이 살아 있는 현상을 주목했다. 그 후 계속된 실험으로 플레밍은 페니실린이 폐렴과 임질, 매독, 디프테리아, 성홍열을 일으키는 세균에도 효과가 있다는 연구 성과를 냈다. 페니실린의 발견으로, 1945년 공동 연구자인 E. B. 체인, H. W. 플로리와 함께 노벨 생리학·의학상을 받았다.

빠른 변화 속에 40·50 세대뿐만 아니라 20·30세대도 포기하는 이들이 많아지고 있다. 세상은 늘 발전해 왔고, 비범한 사람이 세상을 변화시켜 왔다. 세상을 선도하는 나라는 강대국이었고, 그 안에서 새로운 인물이 탄생하였다. 나의 소망은 이 나라를 발전시킬 위인이 나오길 바라는 것이다. 여전히 한국은 발전해야 할 분야가 많기 때문이다.

영화 같은 판타지를 현실로 증명해 내고 있는 천재 사업가 일론 머스크가 있다. 영화 〈아이언맨〉 실제 모델로 알려진 미국의 젊은

기업가다. 그는 현재 전기 자동차 생산 기업 '테슬라 모터스'와 민간 우주 개발 기업 '스페이스엑스'를 경영하고 있다. 그리고 태양광 전문 기업 '솔라시티'의 회장을 맡고 있다. 어린 시절 우주와 과학에 몰두했던 소년의 꿈은 이제 현실이 되었다. 일론 머스크는 우주, 태양에너지, 과학 등 각기 다른 산업 분야에서 믿을 수 없는 성공을 거두었다. 그 결과물들은 궁극적으로 지속 가능한 인류의 미래를 지향하고 있다.

일론 머스크는 독서광으로 유명하다. 시대를 앞서가는 미래에 대한 통찰력과 창의력은 어디서 나왔을까? 그는 초등학교 3~4학년 때 학교와 마을 도서관에 있는 책을 전부 읽었다고 한다. 그 후 브리태니커 백과사전을 읽기 시작했다. 일론 머스크는 "책이 나를 키웠다. 부모님이 아닌 책이 나를 키운 것이다."라고 말했다. 실제로 일론 머스크, 스티브 잡스, 빌 게이츠 등 시대를 앞서가는 혁신가들은 청소년 시절부터 인문학을 가까이했고, 인문학을 바탕으로 창의력을 길러 우뚝 섰다는 공통점을 갖고 있다. 일론 머스크는 어릴 때부터 독서에 관심이 남달랐다. 만화, 인문학, 공상과학 소설에 이르기까지 많은 책을 읽었고, 백과사전에서 우주 산업에 필요한 정보를 얻었다고 한다.

천재적 재능과 무모한 열정으로 기존의 상식을 뛰어넘어 인류의 미래를 설계하고 있다. 그는 현재 진행형이다. 2021년 그는 5년 내 화성에 사람을 보내고 자급자족 도시를 건설하는 내용을 담은 '화성 프로젝트 계획'을 밝혔다. 그는 지금도 인류의 미래를 위한 도전을 계속하고 있다.

그들처럼 먼저 깨달아야 한다. 어린 시절 레고 조립을 즐겨했다. 여러 종류의 레고를 한 곳에 섞은 후 나만의 작품을 만들었다. 지금도 작품을 만들기 위해 열정을 쏟고 있다. 책은 인생의 설명서이다. 인생을 뒤바꿀 기회는 쉽게 찾아오지 않는다. 초ㆍ중ㆍ고를 다니는 동안 12명의 담임선생님을 만났지만, 인생의 멘토가 되어준 분은 없었다. 대학 입학 후 꿈을 찾아 준 교수님도 없었다. 마음이 절실해지니 무엇이든 하게 되었고 책을 읽게 되었다. 인생을 설계해 줄 멘토를 만나기란 쉽지 않다. 마치 마지막 사랑을 찾는 것과 같을 수 있다. 아직 멘토를 만나지 못했다면 책을 통해 만날 수 있다. 꿈이 없던 과거는 얼마나 초라했는지 모르겠다. 꿈꿀 수 있어 행복하다. 내가 적는 미래가 내 앞에 펼쳐질 거라 믿는다. 이것만 약속하자. 꿈과 희망만큼은 잃어선 안된다. 이젠 변명도 지겨울 것이다. 어쩌면 운명은 바꿀 수 있지 않을까? 과거를 뒤돌아보고 오늘의 처절함을 기억하여라. 반드시 꿈을 이룰 것이다.

코르넬리우스 네포스는 "사람은 제각기 그 운명을 스스로 만든다. 즉, 운명이란 결코 하늘이나 신이 지배하는 것이 아니고 각자 자신의 손으로 자신의 운명을 만드는 것이다."라고 말했다.

• 나의 목표는 무엇인가 •

"뚜렷한 목표가 있는 사람은 가장 험난한 길에서도 앞으로 나아가고, 아무런 목표가 없는 사람은 가장 순탄한 길에서도 앞으로 나아가지 못한다." 토머스 칼라일이 남긴 말이다. 삶의 방향을 잃은 듯했다. 한 가지의 목표를 향해 나아가지 못했다. 꿈은 왜 이리 가벼웠을까? 인생을 쇼핑하는 남자가 되기 전의 이야기다. 인생 수업을 듣고 뚜렷한 목표가 생겼다. 앞선 부분에서 스스로 시한부를 내렸고, 가시밭길을 걷는다고 말했다. 불확실한 미래를 벗어나기 위해선 안간힘을 써야 할지 모른다. 험난한 길이여도 앞으로 나아가야만 한다. 뚜렷한 목표가 있어야 가능한 일이다.

어릴 적부터 연예인 이야기를 좋아하는 편이었다. 연말에 진행하는 연기 대상, 연예 대상은 전부 챙겨봤다. 응원했던 배우가 상을 받는 모습에 눈시울이 붉어지기도 했다. 감동이 극대화되는 건 역시 수상소감이 한몫했다. 본인이 받을 거란 생각을 전혀 안 하고 앉아있다 수상자로 호명이 되면, 폭풍 오열하며 무대 단상으로 올라간다. 때론 저것도 연기인가 생각될 정도로 수상소감을 준비한 듯했다. "감사합니다. 저를 사랑해 주시는 모든 팬 그리고 부모님 그리고 소속사 대표님 그리고 늘 케어해 주는 우리 매니저 너무나도 소중하고 감사합니다." 이 정도만 말해도 감동적이고, 팬들에게 축하받을 것이다.

배우 이종석의 연기를 좋아했다. 훤칠한 키에 연기도 잘하고 그가 출연하는 드라마는 항상 시청했다. 2016년 MBC 연기 대상에서 약간의 이슈가 있었다. 〈미니시리즈 최우수 연기상 드라마 W〉로 이종석 배우가 수상하게 되어 담백하게 소감을 하고 내려왔다. 그 다음 여자 부분 최우수 연기상은 상대 역 한효주 배우가 수상하였다. 기대하고 숨죽이며 지켜보는 가운데 연기 대상은 〈2016 MBC 연기대상 W〉의 주인공인 이종석 배우가 연달아 받았다.

이미 소감을 다 말해버렸기에 대상 수상 때는 소감이 준비되지 않았던 모양이다. 대상 수상소감이 너무 짧게 끝나버렸다. 그는 주목 공포증이 있어 청심환 두 알을 먹은 상태였다. 아마 빨리 무대에서 내려오고 싶었나 보다. 오죽하면 MC 김국진이 소감을 마치고 내려가려는 이종석 배우를 다급하게 붙잡았다. 진땀을 흘리며 대상 수상소감을 좀 더 들을 수 있었다. 배우가 대상을 받는 건 최고의 명예이지 않을까 싶다. 배우가 아니어도 무언가 꾸준히 노력하다 보면, 보상을 받는 날이 올 것이다. 마음속에 그 꿈을 이뤘을 때 말할 소감문 하나 정도는 간직하자.

반면 수상소감을 듣고 마음이 뜨거워진 적이 있었다. 2020년 백상예술대상에서 오정세 배우가 TV 부문 남자 조연상을 받았다. 그는 "매 작품 개인적으로 배움의 성장이 있었던 것 같다."고 말문을 열었다. 그의 수상소감을 듣고 꿈은 내 마음속을 파고들었다. "세상에는 참 열심히 사는 보통 사람들이 많은 것 같습니다. 그런 걸 보면, 세상은 참 불공평하다는 생각이 듭니다. 꿋꿋이 그리고 또 열심히 자기 일을 하는 많은 사람에게 똑같은 결과가 주어지는 건 아니니까요. 그럼에도 불구하고 실망하거나 지치지 마시고, 포기하지 마시고, 여러분들이 무엇을 하던 간에 그 일을 계속하셨으면 좋겠습니다. 자책하지 마십시오. 여러분 잘못이 아닙니다. 그냥 계속하다 보면 그동안 받지 못했던 위로와 보상이 찾아오게 될 것입니다."

나는 말주변이 없는 편이다. 그래서 글을 먼저 쓰는 이유가 있다. 청심환을 서너 알 먹어도 사람들 앞에서 발표하는 게 두렵다.

만약 강연가의 삶을 살게 된다면, 준비할 게 많다. 발음이 좋지 않아 스피치 학원에 다녀야 할 것이다. 목표가 있다면 행동하게 된다. 작가라는 목표를 이루기 위해 인생 쇼핑을 꾸준히 하고 있다.

인생을 쓰는 게 목표가 되었다

대학 시절 인생의 목표로 건축 디자이너가 되겠다고 다짐했었다. 강의 시간에 도면 그리는 것을 좋아했다. 그때 당시에는 창조라는 단어를 쓰진 않았지만, 작품을 만들어야겠다는 의지가 남달랐던 것 같다. 인생 도서로 잠들어 있던 잠재력이 깨어났다. 《인생을 쇼핑하는 남자》가 세상에 빨리 나와야 하는 이유가 있었다. 사람은 누구나 재능을 가지고 있다는 사실을 알리고 싶었다. 한편으로는 내 욕심이 컸다. 서른다섯이 될 때까지 책을 기피했던 청년이 단기간에 글을 썼다는 내용을 담고 싶었다. 하지만 출판사로부터 거절당하면서 시간이 흘러갈수록 글 쓰는 힘이 점점 빠져나갔다.

글을 쓰게 되면 목표를 찾을 수 있다. 작가라는 꿈이 아니어도 간절한 마음이 생기게 된다. 간절한 마음, 즉 동기부여를 얻게 된다. 다시 한 번 말하지만, 인생을 쇼핑하는 방법 중 가장 중요한 부분은 동기부여를 잃어선 안된다는 것이다. 무엇이든 다 이유가 있다. 나는 에세이 책을 좋아하지 않는다. 힘겹게 책을 읽어도 마음이 뜨거워지거나 실행해야겠다는 생각이 들지 않았다. 자기계발서를 쓰고 싶었지만 쓸 수 없었던 이유가 있었다. 내세울 만한 능력이 부족했기 때문이다. 한 달에 천만 원 이상 벌기, 블로그로 수익내기, 부동산으로 수익 내기, 대기업에 취업하는 방법 등 그동안 살아온 경험을 가지고 자기계발서를 쓰기에는 그 내용이 부실했다. 아무것도 아닌 사람이 이래라저래라 가르치는 글은 반감이 생기기 마련이다.

출판 계약을 맺고 에세이에서 자기계발서 형태로 손을 봐야 했다. 데드라인은 단 2주였다. 원고량도 늘려야 했고, 87페이지에서 110페이지로 글을 늘려야 했다. 두려운 마음도 컸지만, 원하는 방향으로 글을 쓰게 돼 힘이 생겼다. 뚜렷한 목표가 있으면 초인적인 힘이 생긴다. 새벽의 기적. 이제는 새벽 4시까지 글을 쓰고 출근을 했다. 최종 목표까지 최선을 다해 도달해야 했기 때문이다.

인생 수업으로 뚜렷한 목표가 생겼다. 인생 독서를 하기 전의 주말에는 오후까지 잠을 잤다. 일어나면 게임을 하며 주말을 보냈다. 요즘은 게임을 안 하기에 시간이 많아졌다. 비어 있는 시간에 책을 읽고 글을 쓰고 있다. 의지가 있어야 목표를 달성할 수 있다.

누구나 시간은 똑같이 흘러가지만, 목표를 어떻게 설정하냐에 따라 위치가 달라진다. 생산적인 재능을 발견해야 한다. 사회적 거리두기로 인해 밤 9시가 넘으면 갈 곳이 없던 시기가 있었다. 그래서 지출하는 돈이 줄 수밖에 없었다. 그 돈으로 저축을 하거나 주식에 투자하기도 하고, 쇼핑을 하는 사람도 있을 것이다. 쇼핑에는 즐거움이 있다. 할부라는 시스템이 있기에 사고 싶은 것들을 한도를 넘지 않는 범위에서 구매가 가능하다. 일시적인 능력을 카드사에서 부여해 줬기 때문이다. 통장은 텅텅 비었지만, 카드를 믿고 쇼핑을 하게 된다.

이것마저 못하면 무슨 재미로 살겠는가? 코로나19 장기화로 삶의 패턴이 달라졌다. 신데렐라보다 엄격한 통금시간이 생겼었다. 9시가 되면 집으로 돌아가야 했다. 늦은 시간까지 술 마실 곳도 없었고, 카페는 포장밖에 되지 않았다. 또다시 방역 수칙이 강화되는 날이 올지도 모른다. 그때를 대비하여 목표를 항상 가지고 있어야 한다. 인생의 목표가 없었기에 비생산적인 쇼핑만 했었다.

무명 배우였지만 포기하지 않고 전성기를 맞이하는 배우들이 있다. 최근 넷플릭스 플랫폼에서 한국 드라마가 세계적인 인기를 얻었다. 〈오징어 게임〉은 벼랑 끝에 몰린 456명의 사람이 게임에 참가하게 되었고, 총상금 456억 원이 걸린 데스 게임이 벌어지는 이야기다. 주인공 이정재 배우 그리고 정호연 배우는 미국 SAG(미국에서 2022년 2월에 남우주연상, 여우주연상을 각각 수상했다. 정말 놀라지 않을 수 없었다. 하지만 두 배우가 상을 받기 전, 더 놀라운 일이 있었다. 〈오징어 게임〉에 함께 출연했던 오영수 배우가 지난 1월 미국 골든글로브 시상식에서 TV 부문 남우 조연상을 수상했다. 넷플릭스 측으로 전달한 수상 소감은 다음과 같다. "수상 소식을 듣고, 생애 처음으로 내가 나에게 '괜찮은 놈이야!'라고 말했다. 이제 '세계 속의 우리'가 아니고 '우리 속의 세계'이다. 우리 문화의 향기를 안고, 가족에 대한 사랑을 가슴 깊이 안고, 세계의 여러분에게 감사드린다. 아름다운 삶을 사시길 바란다." 그동안 얼굴은 알았지만 이름은 몰랐다. 존경스럽고 너무나도 멋진 분이라는 걸 알게 되었다.

실적이 좋은 직원에게 상여금을 주는 회사가 있다. 상여금이 크지 않더라도 기대하게 된다. 부모님이나 애인 또는 친구들에게 인정받고 싶을 것이다. 보상이 있는 회사라면 멋진 명언을 머릿속에 담아두고 그 해를 시작하자. 준비된 사람은 그 상황을 머릿속으로 그려두고 이루어진 것처럼 행동한다.

세계적인 명성을 얻은 배우 짐 캐리는 처음부터 성공적인 인생을 산 게 아니었다. 가난한 가정에서 자란 그는 생활고에 시달리면서도 꿈을 갖고 있었다. 비록 낡은 중고차 안에서 잠을 자며 호텔이나 빌딩의 화장실에서 씻으며 전전긍긍했지만, 배우가 되겠다는 목표가 있었다. 백지 수표에 자신의 이름과 1,000만 달러의 금액을 써놓은 뒤 지갑에 넣고 다녔다. 그는 5년간 매일 아침에 수표를 보며 동기부여를 잃지 않았다. 정확히 5년 후 첫 번째 영화인 〈덤 앤 더머〉에 캐스팅되어 출연료 1,000만 달러를 받았다. 그는 "세상이 필요로 하는 걸 채워줄 수 있는 당신의 재능은 무엇인가?"라는 말을 남겼다. 책을 읽고 달라진 경험으로 독자에게 동기부여를 심어주려 한다.

• 지금 안 읽으면 내 자녀들도 안 읽는다 •

행복은 유전되는 것이라고 믿는다. 그 이유는 이성 친구를 만날 경우 그 사람의 가정환경을 보게 된다. 그 사람의 말투와 표정을 보면 행복도가 보이기 때문이다. 긍정적인 말투를 쓰는 사람이 있고, 비속어를 쓰는 사람이 있다. 표정에서 자신감과 여유가 있는 사람과 우울하고 의욕이 없는 사람이 있다. 천성이 나쁜 사람은 없다고 생각했다. 하지만 주변 환경이 그 사람의 인격을 만든다는 생각이 들었다. 태아 때부터 주변 환경의 영향을 받게 된다는 것이었다.

여성은 결혼하여 임신하게 되면 태교에 신경을 쓴다. 태교에는 여러 가지가 있다. 태담 태교, 오감 태교 외에도 다양한 태교가 있다. 우선 태담이란 아기가 엄마 자궁 안에 있을 때 모든 말을 의미

한다. 그렇기에 태아에게 전해지는 말들이 중요하다. 태아에게 안 좋은 것은 부부 싸움이다. 엄마가 흥분하거나 소리를 지를 경우 태아가 놀라고 공포심을 느끼게 된다는 연구 사례가 있다. 임신 중에는 엔도르핀 호르몬이 분비된다. 그래서 기분도 좋아지고 정신도 맑아진다. 긍정적인 생각을 태아에게 전달하고픈 엄마의 모성애에서 나오는 것이다.

오감 태교 중 시각적인 태교가 중요하다. 동서고금을 막론하고 임신 중 임신부의 마음가짐과 주변 환경이 태아에게 큰 영향을 끼친다고 말한다. 임신부가 출산할 때까지 편안한 마음으로 좋은 것들을 바라볼 때 태아에게 창의적, 심리적, 정서적으로 도움을 준다. 태교는 그만큼 중요하다.

태교를 중요하지 않게 생각하는 부모들도 있다. 사는 것도 힘든데 태교에 정성을 쏟기란 쉽지 않을 것이다. 행복한 감정을 배 속에서부터 느끼는 태아도 있지만, 엄마의 우울한 감정을 전달받는 태아도 있다. 행복한 가정은 긴 세월 동안 유대관계가 형성되어 있다. 그것을 아는 부부는 아이에게 똑같이 사랑을 전달하며 좋은 것들을 보게 하려고 노력한다.

주변에 표정이 어두운 사람이 있다. 그 사람을 표정만으로 판단하게 되면 결례를 범할 수 있지만, 사람만의 에너지가 다르다. 같이 있으면 행복하거나 긍정적인 사람이 있는 반면에 불행하거나 부정적인 생각에 빠지게 만드는 사람도 있다. 사람은 두 가지로 나누면 된다. 나에게 도움이 되는 사람 그리고 도움이 되지 않는 사람이 있다.

한국의 부모들은 아이들이 올바른 길로 성장할 수 있도록 보금자리에서 오랫동안 머물게 한다. 장점도 있지만 단점도 있다. 장점은 부모는 자녀들에게 헌신함으로써 자녀는 공부에만 몰두할 수 있다. 하지만 독립성이 부족하게 되고, 스스로 결정하는 결단력을 잃게 된다. 유대감 속에 많은 것을 공유하며, 자녀들은 부모를 보며 자아를 만들어 간다.

코로나19 팬데믹으로 비대면 수업이 늘어났다. 작년 2021년의 경우 사회적 방역 지침으로 등교를 제한시켰다. 자연스럽게 학업을 온라인 수업으로 대체하는 학교가 많아졌다. 오프라인 수업에 비해 온라인 수업이라고 해서 사교육비가 줄어들지 않았다. 학생들의 개인 시간은 많아졌고 학원들이 온라인 수업으로 맞춤 서비스를 제공했기 때문이다. 한 가정에 자녀가 두 명 이상일 경우 지출되는 학원비는 최소 80만 원 이상이었고, 많게는 한 자녀당 200만 원이 넘는 사교육비가 지출되기도 한다.

나는 중학교 시절 과외를 받았다. 하지만 공부하는 게 싫었다. 어머니는 힘들게 버신 돈으로 과외 수업을 받게 했다. 2000년대 초반 20만 원이라는 과외비는 적은 돈이 아니었다. 수업 대신 오락실에 가서 시간을 보냈다. 어머니는 좋은 학교를 보내기 위해 노력하셨지만, 기대에 부응하지 못한 아들이었다.

불행을 물려주기 싫다

공부는 유전자 영향을 받는다. 부모가 좋은 직업을 가졌을 경우 자녀도 괜찮은 직업을 가질 확률이 높다. 그 이유는 본인이 습득한 교육법을 자녀에게 가르치기 때문이다. 교육자 집안의 자녀는 교육 계열 쪽에 종사하는 경우가 많다. 배움이 대물림되는 것이다.

어머니가 임신하셨지만, 외롭게 태교해야 하는 날이 많아졌다. 아버지는 친구들과 술을 마시고 늦게 들어오거나 낚시 여행을 가서 외박을 하곤 했다. 나는 어머니의 사랑만 받았다고 생각한다. 사람은 누구나 약점이 있다. 나의 아킬레스건은 아버지였다. 좋은 아버지가 될 수 있을까? 이런 걱정을 많이 하곤 했다. 나도 좋지 않은 아버지가 될까 늘 두려웠다. 만약 결혼을 하게 된다면, 자녀에게 불행을 물려주기 싫다.

유전자의 영향도 중요하다. 예체능 계열의 가족 구성원들도 있다. 아버지가 운동을 하였거나, 어머니가 가수 또는 뮤지컬 배우인 경우 그 자녀들은 대부분 천부적인 재능을 갖고 태어난다. 자녀들은 어렸을 때부터 부모님의 직업을 보고 자랐기 때문에 자연스럽게 꿈도 같아진다. 부모들은 본인과 같은 길을 걷지 않았으면 하는 바람에 만류하기도 한다. 그 이유는 본인도 실패한 길을 걷게 하고 싶지 않거나, 본인이 걸어온 길이 험난하다는 사실을 누구보다 잘 알기 때문이다.

아이가 태어나면 어떤 환경을 보여줄 것인가? 준비되지 않은 삶을 그대로 보여줄 것인가? 육아가 처음이라 괜찮다고 이야기할 수 있다. 좋은 기억을 아이에게 많이 남겨줘야 한다. 본인의 삶이 풍요롭지 않다면 가난한 생각까지 물려줘선 안된다. 가난한 생각에서 벗어나기 위해 책을 찾았다. 현실이 힘들고 숨이 막힐 수 있다. 지금보다 간절하기 위해선 현재의 가족, 미래의 가족을 생각해야 한다. 그리고 본인을 성장시켜야 한다.

나쁜 습관을 하나라도 없애고 싶었다. 지금까지 살아오면서 생긴 나쁜 습관들을 쉽게 버릴 수만 있다면 얼마나 좋을까? 사소한 것이라도 쉽게 버리고 다시 고칠 수 있었으면 좋겠다. 평소에 시행착오를 즐기는 편이었다. 이런 성격을 이해해 주는 사람은 없었다.

완벽해지고 싶은 바람이 있었지만, 완벽주의자는 아니었다. 이런 고민을 하던 중 책을 읽고 깨달은 부분이 있었다. 탈 벤 샤하르의 저서 《완벽주의자를 위한 행복 수업》을 통해 나의 장단점이 이해되었다. 시행착오를 즐기는 이유는 실패를 통해 성장하는 '최적주의자'였기 때문이다. 이 책을 읽으면서 인생의 최적 조건을 찾고 있다. 나는 좋은 아버지가 되려 한다. 본인의 장점을 모르면 자녀의 장점을 찾을 수 없다. 무작정 공부만 시키는 평범한 아버지가 될 것이다. 책은 정보도 주지만 자신을 해석해 준다. 책은 나를 피드백해 준다. 본인의 장점을 찾으면 자녀에게 최적화된 교육을 시킬 수 있다. 책을 통해 자신을 알아야 자녀에게 맞는 인생 도서를 추천해 줄 수 있다.

아침에 힘겹게 눈을 떴다. 출근하는 날이 힘들었다. 스물아홉 살에 다녔던 직장은 24시간 2교대 근무를 했었다. 이렇게 말하면 보통 사람들은 놀란 표정으로 되묻는 경우가 많았다. "어떻게 사람이 잠을 안 자고 24시간 일을 해요?" 그들을 이해시키기 위해 설명을 해줘야 했다. 아침 8시부터 근무를 했다. 저녁 시간이 되면 조금 한가해진다. 저녁 10시가 되면 잠을 잘 수 있었지만, 새벽 시간에 상황이 발생할 경우 일어나야 했다. 다음 날 아침 8시가 되면, 드디어 퇴근할 수 있었다.

집에 오면 할 게 없었다. 주변 음식점은 아직 문을 열기 전이었고, 갈 수 있는 곳은 PC방이나 카페뿐이었다. 나는 PC방을 선택하였다. PC방에서 점심까지 먹고 돌아오면 오후 3시가 되었다. 집에

오게 되면 다시 할 게 없었다. 집에 오면 시간은 많은데 굉장히 지루했다. 저녁 8시가 되면 점점 초조해졌다. 다음날 또 회사에 24시간 갇혀 있어야 하기 때문이었다. 연휴 같은 것은 없었다. 무조건 다음날은 출근해야 했다. 만약 다음날이 크리스마스여도 출근해야 하는 직업이었다.

이 패턴으로 나는 5년 가까이 아파트 관리실에 근무했었다. 가끔 주변사람들이 "힘들지 않았냐고?" 내게 물어본다. 그럴 때는 "버틸만했다."고 대답했다. 이런 직업을 택한 진짜 이유는 무엇을 해야 할지 몰랐기때문이었다. 이 분야에서 전기 산업기사 자격증은 당직 근무에서 벗어날 수 있는 최선의 방법이었다. 그것을 알면서도 공부를 소홀히 했다. 머리는 내게 공부해야 한다는 사실을 알렸지만, 몸이 공부하기를 거부했다. 24시간 2교대가 익숙해졌기 때문이었다. 이 당시 인생을 쇼핑하는 남자였다면, 성장의 속도가 더 빨리 진행됐을 것이다.

지금도 시설관리직이란 직업으로 근무하고 있지만, 이 일이 전부라고만 생각했었다. 그동안 좋아하는 일이 무엇인지? 장점이 무엇인지? 모르고 살아왔다. 현재 본인이 하는 일을 자녀에게 권유하고 싶지 않을 수 있다. 생계를 위해 어쩔 수 없이 출근하기 때문일 것이다. 지금까지 성실하게 살았다는 사실을 부정하지 않는다. 한 번도 문제를 일으켜 경찰서에 간 적도 없었다. 그동안 성실하고 착하게 살아왔지만, 현실은 바뀌지 않았을 뿐이다. 좋은 아버지, 좋은 남편, 좋은 아들이 되기 위해 책을 통해 인생 수업을 배우고 있다. 행복한 삶을 살고 싶다. 행복함을 물려주고 싶기 때문이다.

Part 04

N포세대에서
Not포세대로

**인생 경험을
해야 한다**

인생
경험
1

• 연애는 잠시 쉼표를 찍었다 •

점점 잃을 게 많아지는 세상이다. 꿈과 희망마저 없어졌기에 N포세대라는 말이 생겼다. 나 역시 N포세대 일원이 되었다. '세상아, 모든 걸 다 가져가야만 속이 후련했냐?' 남은 건 빚과 몸밖에 남아 있지 않았다. 어른이 되면 순탄하게 사는 인생을 꿈꾸었지만, 이런 생각이 위험했다. 유복한 가정에서 태어났으면 고민 없이 살았을지 모른다. 현실은 그렇지 않았기에 더 단단해져야 했다. 제자리에서 벗어나기 위해선 물렁물렁하게 사는 건 의미가 없었다. 그러던 중 '라이프 쇼퍼 효과'에 눈을 뜨게 됐다.

평소에 매지 않던 넥타이를 옷장에서 꺼냈다. 스물일곱 되던 해, 거울을 보며 단장하고 있었다. 여러 벌을 번갈아 입어봤지만, 만족스럽지 않았다. 1시간 전, 여자 친구가 평소와 다른 메시지를 보내왔다. 그녀는 잠깐 보자고 했다. 그날 저녁 성남시 분당구 미금역에서 보기로 했다. 지하철 스크린 도어에 비친 얼굴에는 슬픔이 가득 차 보였다. 지금 헤어지기 위해 가는 길이란 걸 알고 있었다. 약속 장소로 가는 동안 많은 생각을 했다. '평소랑 다르지 않게 행동할까?', '이별의 말을 꺼내지 못하게 화제를 돌릴까?' 착잡한 마음으로 그곳을 향했다. 시간이 지난 후 그때의 기억을 떠올리면 지금은 웃음만 나온다. 그녀도 평소와는 다른 모습으로 치장하고 나왔기 때문이다. 우리는 그날 추억도 없는 장소에서 새드 엔딩으로 마침표를 찍었다.

사랑하는 사람과 헤어지는 과정은 누구나 한 번쯤은 겪었을 것이다. 가족, 연인, 친구일 수 있다. 어찌 됐든 내 옆에는 빈자리가 생겼다. 슬프지만 내 삶의 일부로 받아들여야 했다. 이런 감정을 피할 필요는 없다고 본다. 이별의 아픔이 잠시 태풍처럼 휘몰아치고 나면 언제 그랬냐는 듯이 푸른 하늘로 변해 있을 것이다. 지금보다 더 좋은 인연이 다가올 것이라 믿어라. 이별의 아픔을 견디고 다시 사랑하면 되기 때문이다. 살아가면서 아픈 일들이 계속 발생할 것이다. 끝내 아픔을 버티지 못하는 사람은 마음의 병에 걸리게 된다. 혼잣말도 하고, 혼자 울기도 하고, 괴성을 지르기도 한다.

새로운 만남으로 그 사람이 더 이상 떠오르지 않을까? 전에 만났던 사람을 잊기 위해 새로운 사람도 만나봤다. 연인 관계는 끝나고서야 깨닫는 부분도 있다. 내가 부족했다는 사실과 어느 누구도 그 사람을 대신해 채워줄 수 없다는 사실을. 예외도 있겠지만, 나는 슬픈 감정을 좀 더 간직하기로 했다. 새로운 만남을 잠시 미루기로 했다. 그녀를 잊지 못해 힘들게 살아간 건 결코 아니었다. 단지 이별이란 경험을 겪고 싶었나 보다. 슬픈 감정을 느끼기 위해 앨범 작업 중 애인과 헤어진 발라드 가수처럼 이별의 아픔을 알고 싶었는지 모르겠다. 그 사람과 2년이란 만남 속에 이별은 특별했다. 부족했지만 사랑을 배울 수 있었다.

　나이가 들수록 마음이 조급해진다. 사랑, 성공, 목표 기준치는 이미 높아졌는데 만족하는 삶을 살고 있지 않기 때문이다. 겸허하게 받아들이기란 쉽지 않다. 외로운 감정을 없애고자 시작한 사랑은 결말이 정해져 있다. 사랑이란 감정을 억지로 만들기는 어렵다. 그렇다고 사랑하지 말라는 소리가 아니다. 분명 우리가 인연을 만나지 못한 이유는 본인에게 있는 것이다. 보통 사람들은 어느 정도 본인과 맞는 사람을 만나려 한다. 나에게도 이상형은 있다. 날씬하고 섹시한 여성을 좋아하지만, 그 여성들은 듬직하고 섹시한 남자를 좋아했다. 나는 듬직하지도, 섹시한 타입도 아니었다. 그래서 기준치를 낮추고 만나본 적도 있었다. 그런 관계는 더 쉽지 않았다. 진심으로 사랑할 때보다 더 힘들었다.

오늘을 살아가는 N포세대에게 희망을

　서른다섯 남자에게 사랑은 현실이 되었다. 남들이 하는 것들을 포기할수록 마음은 편해졌다. 내 월급은 세금을 제하고 나면 250만 원이다. 내 월급으로 연애까지 하기에는 그리 넉넉하지 않았다. 매월 지출되는 대출 이자, 보험료, 피부과 병원비, 옷과 신발 구입 비용도 꽤 컸다. 카드 결제 대금을 지불하고 나면 통장에 남는 잔고는 얼마 되지 않았다. 만약 연애까지 했으면 마이너스가 되었을 것이다. 물론 사랑하는 사람이 생기면 소비를 줄이고 만날 수 있겠지만 초라한 현실이었다. 내가 사고 싶은 것도 못 사면서 연애까지 하고 싶진 않았다. 현재 20·30세대는 포기해야 할 것이 많은 N포세대이다. 그 무리의 일원이 되었다.

　앞으로 무슨 일을 해야 하는지 고민하고 있을 것이다. 나도 마찬가지로 무슨 일을 해야 하는지 알 수 없었다. 장점도 모르고 살아왔다. 지금 생각해보면 장점과 단점을 이미 알고 있었다. 살아오면서 주변 사람에게 듣기 싫은 말이 있었을 것이다. 그동안 '여성스럽다', '그냥 착해 보인다', '말을 잘하지 못한 다'는 등 신경 쓰이는 몇 가지의 콤플렉스가 있었다. 모든 걸 바꾸기란 쉽지 않다. 하지만 단점을 장점으로 승화시킬 수 있다.

할리우드 배우 안젤리나 졸리는 영향력을 가진 여배우 중 한 명이다. 영화 제목은 떠오르지 않아도 그녀의 이름을 아는 사람이 많을 것이다. 그녀는 어릴 적 외모 콤플렉스가 있어 자존감이 낮았다. 두툼한 입술은 그녀의 매력으로 승화시켰다. 그녀는 다른 배우와 다른 특별함을 갖고 있었고, 몸을 아끼지 않는 액션 연기로 세계의 많은 사람들로부터 사랑을 받을 수 있었다. 그녀가 단점을 매력으로 승화시키지 못했다면, 우리가 그녀를 알게 되었을까?

주변의 친구들보다 마음이 여린 편이었다. 억울한 일을 당하면 눈물이 쉽게 나오기도 했다. 약점을 강점으로 만들어야 한다. 종이에 단점을 적어 보아라. 단점이 없다면 이미 자존감이 넘치는 사람일 것이다. N포세대라면 지금 포기하고 있는 것들을 종이에 적어 보아라. 7포세대가 되었다면 단점이 많을 것이다. 하나씩 장점으로 승화시키다 보면, 5포세대에서 3포세대로 점점 포기하는 것들이 줄어, 마침내 Not포세대가 될 것이다.

인생을 쇼핑하는 사람이 되기 위해선 꿈과 희망만큼은 지켜야 한다. 막연하게 서른 중반이 되면 풍요롭게 살고 있을 거라 생각했다. 꿈과 희망은 있었지만, 무엇을 해야 할지 막막했다. 서른다섯이 되어 책을 읽기 시작했다. 조금씩 변하게 되었고 새로운 희망이 생겨났다. 책을 읽으며 이런 생각이 들었다. "고장 난 사람은 고쳐 쓸 수 있다." 책을 부정했던 사람이 책을 찾고 있다. 아직 고쳐야 할 부분이 많지만, 나에 대한 의문점이 조금씩 풀리고 있다.

다른 지출을 줄이고 대출을 받아서라도 차를 샀어야 했다. 그 차로 여행도 다니고 여자 친구를 집 앞까지 데려다주었어야 했는데 그러지 못했다. 신호등을 기다리면서 도로 위에 달리는 차를 보면 그들이 부러운 건 사실이다. 난 왜 이렇게 가진 게 없을까? 나 자신이 한심해 보였다. 미래가 없는 사람에게 운명을 맡기는 사람은 없을 것이다. 값비싼 명품이 없다고 해서 그 사람의 가치를 낮게 판단할 수는 없다. 인생을 쇼핑하며 꿈을 갖게 되었다. 꿈을 이루기 위해선 그동안 실패했던 경험이 큰 도움이 되었다. 그것이 인생 경험이다.

현재보다 좀 더 성숙해져야 했다. 초라한 모습으로 과거의 인연들과 마주하고 싶지 않아서다. 중국 극동지방에서만 자라는 모소 대나무가 있다. 4년 동안 뿌리를 내리는 대신 고작 3cm 정도만 자란다고 한다. 겉으로는 성장이 멈춰있던 것처럼 보이지만, 어느 순간 엄청난 성장을 한다. 4년 동안 뿌리를 땅속으로 단단하게 내린다. 5년이 되는 해, 단 6주 만에 15m가 넘는 크기로 자란다. 성장했던 순간을 글에 담으려 하니 떠오르지 않았다. 내 마음속의 뿌리가 성장을 멈추었던 것 같다. 아직 뿌리를 내리는 시기이다. 위로 언제

솟아오를지 알 수 없지만, 지금은 묵묵히 인생 독서를 해야 했다.

  이별의 상처를 되돌아보면 하나의 추억이다. 이별의 아픔을 견디다 보면 성숙해진다. 잠시 쉬어가도 좋다. 스물일곱 시절과 크게 달라진 게 없었다. 오랫동안 한곳에 머물러 있었나 보다. 결국엔 N포세대가 되었지만 벗어나기로 했다. 더 좋은 인연을 기다리기보다는 자신을 성장시켜야 한다. 인생 경험을 통해 더 좋은 사람이 되는 게 중요하다는 걸 이제야 깨달았다. 성공한 사람들은 앞으로 바뀔 미래를 미리 생각하고 대비한다. 연애는 잠시 쉼표를 찍었지만, 마침표는 해피엔딩 뒤에 찍으려 한다.

● 나는 왜 시간을 버리고 있을까 ●

인생을 살아가는 데 중요한 건 경험이다. 무언가를 실행하다 보면 경험치가 쌓이기 마련이다. 때론 돈으로 얻을 수 없는 게 경험이다. 한 달 동안 다녔던 직장에 대해 하소연하는 글도 있지만, 그것도 경험이었다. 글을 쓰고 있는 현실에서 행복함을 찾았다. 주 5일 근무가 아니었다면 주말에 독서 그리고 글쓰기를 생각만 하고 실천하지 않았을 것이다. 과거에 다녔던 인테리어 회사는 행복하지 않았다. 한 달에 하루도 못 쉬고 일했지만, 받는 돈은 열정페이였다.

퇴근 후 시간을 어떻게 활용하는가? 누군가는 이 시간을 남들과 다르게 활용할 것이다. 헬스장에서 몸을 가꾸며 건강을 관리하는 사람이 있는가 하면, 영어 또는 자격증 공부를 하는 사람도 있을 것이다. 내 주변에는 이렇게 열심히 사는 사람을 찾아볼 수 없었다. 나도 마찬가지였다. 자격증 공부 대신 게임 공부에 열성적으로 임했다. 실력을 올리고 싶어 유튜브 영상을 찾아가며 시청하기도 했다. 일 년 동안 1,500시간이 넘는 게임 플레이는 생산적인 일이 아니었다. 이렇게 시간을 버리고 있거나 경험했던 사람이 있을 것이다.

2022년 대한민국 최저임금은 9,160원이다. 최저임금이 만 원이 된다고 해서 인생이 달라지지 않을 것이다. 서울 잠실 주변에서 점심을 먹기 위해선 만 원이 넘는 돈을 지출해야 한다. 직장인으로 만 원을 번다는 건 쉬운 일이 아니다. 유명 축구 선수는 한 시간마다 어느 정도의 수익이 발생할까? 파리 생제르맹 FC 공격수이며 프랑스 국가대표 선수인 킬리안 음바페가 있다. 최근 많은 이적설을 뒤로한 채 현 소속팀과 2025년까지 재계약을 체결하였다. 음바페는 재계약을 체결하면서 현재까지 받던 주급보다 약 2배 이상 인상되었다. 현재 알려진 바로는 100만 파운드(한화 약 16억 원)이다. 대략 한 시간에 세금을 제했을 경우 950만 원 이상을 버는 것이다.

최저임금이 오른다고 해서 마냥 기쁜 일만은 아니다. 물가도 덩달아 상승하기 때문이다. 월급 외 수입이 발생하는 구조를 만들고 싶었지만, 방법을 알지 못했다. 큰 욕심이라고 말하면 그렇다고 할 수 있겠지만, 월급 외 50만 원 정도의 수익이 발생하길 원했다. 그래서 쉽게 투자할 수 있는 주식 그리고 디지털 자산에 희망을 걸었다. 2021년도는 기회의 장이었다. 작년 1월부터 7월까지 수익이 나쁘지 않았다. 매달 300만 원씩 벌더니 천만 원의 수익이 발생한 달도 있었다. 자랑하기 위해 쓰는 게 아니다. 처음에는 50만 원만 벌어도 소원이 없었는데, 500만 원을 벌어도 만족스럽지 못했다.

힘들게 번 돈이 마법처럼 사라졌다. 하루도 안 돼 1,000만 원 이상의 금액이 손실되는 경험을 서너 번 겪었다. 그다음 날이 되어도 당연히 복구는 불가능했다. 정신은 혼미해지고 구역질도 났다. 이런 이야기는 사실 감추고 싶었지만, 실패를 통해 얻은 교훈이 있었기에 책에 담게 되었다. 초심으로 돌아와야 했다. 50만 원의 수익을 만들기 위해 n잡러가 되어야 했다.

출근보다 퇴근 시간을 기다리는 사람이 더 많을 것이다. 아침에 힘겹게 일어나 출근하지만, 퇴근 시간이 다가올수록 없던 힘도 생긴다. 만약 출근이 즐겁고 퇴근이 아쉬운 사람이 된다면, 그 사람의 미래는 달라질 것이다. 그들은 생산적인 일을 찾는 사람이다. 생각하는 방식이 다르다. 주어진 시간은 같지만, 활용도에 따라 삶의 질이 달라진다. 유명 인사들은 시간의 소중함을 강조한다. 그들은 하나같이 성공하려면 주어진 시간에 최선을 다하라고 강조한다. 이제는 한숨이 나오려고 한다. 시간의 소중함을 모르는 사람이 없기 때문이다.

과거에 다녔던 직장에서는 시계가 천천히 돌아가는 것처럼 보였고 손목시계에 눈이 계속 갔다. 시계가 고장 난 게 아닌지 의심이 들기도 했다. 매일 시계만 보는 이유가 있었다. 지금 하는 일이 생산적이지 않았기 때문이다. 부자들은 시간을 소중하게 생각하기에 시간을 귀하게 여기며 하루하루를 보낸다. 오후 6시를 기다리고 있는가? 시간만큼은 공평하다고 생각했다. 누구나 늙어가는 시간은 같았고, 흘러가는 시간도 같았다. 누군가는 시간을 잘 활용한다. 나는 그렇지 못했다. 시간이 돈이라는 사실을 알고 있지만, 시간을 헛되이 쓰고 있었다.

현재 월급에서 만족해선 안된다

부자들은 한 시간을 얼마의 가치로 생각할까? 나처럼 일반 사람이 유명 인사들과 점심 약속을 잡기란 거의 불가능에 가까울 것이다. 유명 인사들은 이미 스케줄이 꽉 차 있는 상태이다. 시도할 용기는 없지만, 성공한 사람을 무작정 찾아가면 문전 박대당할 것이다. 어떻게 하면 그 사람과 마주 앉아 이야기를 나눌 수 있을까? 얼마가 되던 그 사람의 시간을 사야 한다. 유명 인사들의 시간은 돈이다. 부자는 만날 시간을 정해 주고 그 시간의 대가를 받는다. 시간을 사는 행위도 라이프 쇼퍼 효과에 속한다. 더 나은 인생을 살기 위해 비용을 지불하고 부자의 시간을 구매했기 때문이다.

'투자의 귀재'로 알려진 워런 버핏은 세계적인 부자이다. 이 사람을 만나기 위해서는 억 단위가 필요하다. 매년 진행되는 점심 식사 자선 경매는 수백만 달러임에도 불구하고 경쟁이 치열하다. 주식을 언제 사고팔 것인가만 제외하고 모든 질문에 답해 준다. 그들은 무슨 이야기를 나누었을까? 3시간의 대화를 위해 큰 금액을 지불해야 했다. 과연 그에게 얻을 수 있는 것이 무엇일지 궁금했다. 성공은 확신해야 한다. 워런 버핏은 학창 시절부터 미래에 백만장자가 될 거라는 확신을 갖고 백만장자가 된 것처럼 행동했다. 버핏과 식사하는 이들은 이미 백만장자이다. 그들은 확신과 믿음을 얻고 싶어한다. 잘못된 믿음은 지금까지 쌓아온 공든 탑을 무너트릴 수 있기 때문이다.

공든 탑을 무너트린 사람으로서 확실하게 말할 수 있다. '시간은 공평하다'는 개념에서 벗어나야만 한다. '시간이 돈이 된다'는 사실은 누구나 주장할 수 있다. 그것을 알면서도 누군가의 시간을 대신하여 저렴한 비용으로 본인의 시간을 버리고 있다. 우리 직장인의 삶이라고 본다. 물론 고액 연봉자는 예외이다. 성공한 사람들은 고용인을 통해 시간을 확보한다. 확보한 시간으로 고용비보다 더 많은 돈을 번다. 시간은 공평하다고 생각했지만, 시간은 냉정했다. 2022년 올해 서른다섯이 되었다. 같은 시간 속에 누군가는 월등하게 벌고 있을 것이다. 그 이유는 시간이 공평하지 않았기 때문이다.

하루 24시간 속에 자신이 변할 수 있는 틈은 많다. 그 틈을 비집고 들어가야 한다. 할 엘로드가 쓴 《미라클 모닝》을 읽은 지 넉 달이 지났지만, 아직 실천을 못하고 있다. 잠을 포기할 수 없었기 때문이다. 십분 일찍 일어나는 것도 힘든데 한 시간은 무리였다. 사람이 최소 여덟 시간은 자야 하는 거 아닌가? 내가 새벽에 일어나는 건 쉽지 않은 일이었다. 그 대신 새벽 늦게까지 업무를 본다. 낮에는 직장인, 밤에는 프리랜서로 활동 중이다. 예비 프리랜서로 봐주면 좋겠다.

백화점에 가게 되면 직장에서 그랬던 것처럼 시계만 바라보는 사람을 만나볼 수 있었다. 회사가 잠실역 근처에 있다 보니 백화점을 지나치는 경우가 많았다. 에피소드 또는 영감을 얻기 위해 백화점에 자주 가고 있다. 백화점 공간에 있는 사람들을 관찰하면, 각기 다른 세계 사람들이 한 공간에 스쳐 지나가는 것 같다. 시간 가는 줄 모르고 럭셔리하게 쇼핑하는 사람이 있는 반면, 답답하고 따분하게 생각하는 사람도 보였다. 같은 공간에서 시간이 다르게 흘러가는 것 같았다. 조심스럽지만 누군가는 고용주를 위해 일을 한다.

저렴한 비용으로 고용이 되어 일하는 건 나도 마찬가지다.

　명품관에 들어가기 위해 기다려보기로 했다. 놀이 기구를 타기 위해 대기하는 기분이었다. 구매하기 위해 대기하는 사람들은 보이지 않는 경쟁을 하고 있다. 저 안으로 들어가면 본인이 원하는 신상품이 있고 대부분은 한정품이다. 누군가 한정품을 구매해 가면 다음을 기약해야 한다. 놀이공원에서는 '프리 패스'라는 프리미엄 티켓이 있다. 일반 티켓보다 비싸지만 대기 시간을 줄일 수 있어 더 많은 놀이 기구를 탈 수 있다.

　조금이라도 줄을 빨리 서기 위해 백화점이 개점하자마자 달려가는 사람들이 있다. 이미 앞에 30명이 있으면, 대기 시간은 2시간 정도 걸린다. 힘들게 입장하였지만, 마음에 드는 가방이 없을 수 있다. 누군가는 대기 줄에 대신 서 있는 경우도 있다. 그것이 '오픈 런 알바'이다. 그 시간을 사는 사람은 식사도 하면서 여유 있게 본인의 순서를 기다린다. 우리는 시간을 버리는 행위를 정당화하며 살아왔다. 이 문제에 대해 의구심을 품어본 적이 없었다. 이것이 과연 생산적인 삶이라고 말할 수 있을까? 남을 위해 2시간 동안 본인의 시간을 버리고 2만 원 또는 3만 원을 받아 간다. 시간은 냉정하다는 사실을 라이퍼 쇼퍼가 되어서야 깨달았다. 시간을 구매한 사람은 두 시간 동안 많은 것을 얻는다. 시간은 공평하게 주어지지만 대가는 다르기에, 지금이라도 생산적인 일을 찾아야 한다.

시간은 돌고 돌아 00:00로 리셋된다

사람이 어리석은 이유는 실수를 반복하기 때문이다. 비록 오늘은 실패하였지만, 다시 기회가 올 수 있다. 이 사실을 모르는 사람이 많을 것이다. 나의 시간은 금값에 못 미친다. 월급에서 30일로 나누면 일당 10만 원이 되지 않는다. 금 1g의 가격은 거의 30만 원이다. 하루 일해서 버는 수익보다 높았다. 누군가는 돈보다 시간을 중요시한다. 그 사람들은 이미 평범한 삶에서 벗어났다.

천오백만 원을 24시간으로 나누어 계산기를 두들겨 보니 625,000원이었다. 나의 시급은 마이너스 625,000원이었다. 숨만 쉬어도 돈이 증발했기 때문이다. 반대로 시간당 10만 원 이상을 벌어야 복구되는 인생이다. 그동안 비생산적인 일에만 초점을 맞췄다. 인생을 쇼핑하는 사람이 되기 위해선 깨달아야 한다. 한 시간의 가치를 지금 보다 높여야 한다. 이미 학교에서 생활 계획표 작성을 방학 과제로 내주었을 것이다. 시간을 세분화시켜야 하며, 틈새 시간에 생산적인 일을 해야 한다. 지금 시곗바늘이 오전 1시를 가리키지만, 독서를 마치고 글을 쓰고 있다. 그동안 헛되게 보냈던 시간의 가치가 너무 컸기 때문이다.

• 꿈이 빛나는 별로 만들다 •

현재 후반전을 달리는 청년이 되었지만, 꿈을 잊고 인생을 어떻게 살아야 할지 막막하기만 했다. 글을 쓰기 전의 나에게도 꿈이 있었는지 기억이 나지 않았다. 현실은 냉혹했다. 현실의 벽에 부딪히는 경우가 많았다. 현실의 벽을 넘으려 한 적이 있었는지 스스로 질문해 봤다. 열정은 항상 남들보다 빨리 식었다. 오늘의 꿈은 다음날이 되면 바꼈다. 그렇게 새로운 꿈을 꾸었지만 이룬 꿈은 없었다. 꿈은 생각만 해서 이룰 수 없다는 사실을 이제야 알게 되었다. 이제는 더 이상 새로운 꿈마저 보이지 않게 되었다.

꿈을 잊은 채 살아가는 청년들이 많다. 반면 꿈이 있는 사람은 명확한 목표가 있으며, 긍정적인 생각을 하고 있다. 두 부류를 날씨로 표현하자면, 하늘에 먹구름이 잔뜩 끼었고 금방이라도 비가 내릴 것처럼 보인다. 반면 화창한 봄 날씨에 하늘은 뭉게구름이 피었고 햇빛마저 따사하다. 내 안에서 간절함이 생기면 보이지 않았던 꿈을 찾을 수 있다.

이력서에 취미, 특기 입력란에 무엇을 적는가? 자기소개서만큼 이 부분이 가장 어려웠다. 좋아하는 일이 무엇인지 딱히 떠오르지 않았다. 매일 두세 시간씩 하는 게임 말고는 이력서에 쓸 수 있는 취미가 없었다. 겨우 생각해서 입력한 건 운동뿐이었다. 이마저도 열정이 금방 식어 헬스장에 다니다가 한 달 만에 포기했었다.

나는 정말 잘하는 것이 없을까? 그동안 찾지 못한 장점을 찾게 되었다. 인생 도서를 만나고 난 뒤 잠재력을 발견하게 되었다. 글을 쓰는 거 자체가 남들보다 잘할 수 있는 재능 같았다. 누구나 재능은 내 안에 잠들어 있다. 인생 경험으로 찾을 수 있다.

나 자신을 알아야 꿈을 이룰 수 있을 것 같았다. 나이 서른다섯이 되었지만 내 장점을 아직도 찾고 있었고, 하고 싶은 일이 진정 무엇인지 몰랐다. 희망적인 미래는 보이지 않았다. 내일을 알 수 없는 남자가 사랑하기란 더욱 어려웠다. 불투명한 미래를 갖고는 누군가의 인생을 책임질 수 없었다. 결혼은 외로워서 하는 것이 아니란 생각을 오래전부터 갖고 있었다.

나는 좋은 유전자를 받지 못한 것인가? 나는 별 볼 일 없는 사람인가? 이런 생각을 가져 본 사람이 있을 것이다. 그동안 희망적이지 않았다. 잘하는 것이 없어 자신감이 부족했다. 이력서에 특기를 지어내서 적어야 했다. 내세울 능력이 없는 거 같아 한숨이 나오기도 했다. 무엇이든 잘하는 것을 찾아야 한다. 나에게도 꿈이 있었다. 하지만 스쳐 지나간 꿈들이었다. 이 간절함은 오래가지 못했었다.

인생 쇼핑을 하며 꿈을 찾게 되었다. 이번에는 오랫동안 내 곁에 있어 줬다. 책은 나에게 설명서 같은 존재였다. 부모님은 아들의 장점을 찾아주지 못했다. 그리고 친구들, 선생님들도 나에게 장점을 알려 준 적이 없었다. 요즘은 책을 통해 나를 알아가고 있다. 이제는 이력서 공란에 무엇을 써야 하는지 알게 되었다.

나는 좀 더 나은 삶을 살아가는 게 목표이다. 지금까지 가난했으면 충분했다. 드디어 명확한 꿈이 무엇인지 알게 됐다. 눈물이 날 정도로 벅찬 꿈을 갖게 되었다. 이제는 자신감 넘치는 표정이 저절로 지어진다. 부를 쌓기 위해선 꿈을 찾아야 한다. 시작은 누구나 어렵다. 2022년 1월 24일부터 늦은 시간이어도 초조한 감정과 희망적인 감정이 뒤섞인 채 글을 쓰고 있다. 실패를 두려워하는 마음에서 벗어나야 한다. 이제는 성공을 경험해야 하기 때문이다. 꿈을 이루기 위해선 땀과 노력이 필요하다는 사실을 깨달았다. 지금도 꿈이 없었다면 글을 쓰고 있지 않았을 것이다. 책도 펼쳐보지 않았을 것이다.

잠들어 있는 잠재력을 깨워야 한다

나는 대한민국 국민으로 태어난 것이 자랑스럽다. 자랑스러운 한국인이기 때문이다. 나라가 위기에 처하면 내 목숨까지 기꺼이 바칠 것이다. 나라를 위해 할 수 있는 건 애국심뿐이었다. 세계에 대한민국의 위상을 높이는 K-pop 스타, 스포츠 스타들이 있다. 현재 K-pop의 영향력은 대단하다. 대한민국 아이돌로 데뷔하여 세계적인 K-pop 스타가 된 방탄소년단(BTS)이 있다. 일곱 명의 멤버들은 '가수'라는 꿈을 갖고 최정상의 위치에 올랐다. 그들은 얼마나 많은 땀과 눈물을 흘렸을까? 끊임없는 노력으로 완성형 아이돌이 되었다. 하루아침에 스타가 된 것이 아니었다.

세계 축구 팬의 마음을 사로잡은 손세이셔널 손흥민 선수, 1억 6천만 명이 동시에 시청하는 글로벌 게임 '리그 오브 레전드' 프로게이머 페이커 이상혁 선수가 있다. 그리고 전 세계에 감동을 전한 피겨 여왕 김연아 선수가 있다. 한국을 알린 대표적인 인물들이다. 이들의 공통점은 레전드이자 노력으로 꿈을 이룬 스타들이라는 것이다.

2000년대 초반, 두 개의 심장을 지닌 캡틴 박지성 선수가 있었다면, 현재 진행형 아시아 넘버원 캡틴 손흥민 선수가 있다. 축구의 본고장 독일 분데스리가와 영국 프리미어리그에서 활약하며 세계적인 축구 스타가 된 손흥민은 UEFA 챔피언스리그 아시아인 역대 최다 득점, 한국 선수 최초 FIFA 푸스카스상 수상, EPL 득점왕 수상 등 업적과 기록을 계속 만들어 가고 있다. 화려한 성공 뒤에는 감춰진 노력과 열정도 있었지만, 아버지의 가르침도 컸다고 생각한다. 탄탄한 기본기와 즐기는 마인드를 아들에게 가르쳤다. 손흥민 선수는 처음부터 양발을 잘 쓰는 선수가 아니었다. 약발인 왼발 슈팅을 보완하기 위해 매일 오전 웨이트 트레이닝에 이어 곧바로 1,000번의 슈팅 훈련을 반복했다. 드리블과 빠른 스피드도 주목받지만, 그의 슈팅력은 세계 최고의 수준으로 인정받고 있다.

e스포츠는 이미 세계적으로 엄청난 규모를 자랑한다. 이상혁 선수는 '리그 오브 레전드'라는 게임을 하는 프로게이머이다. 데뷔 이후 국내 및 해외 대회에서 무려 20번이나 우승 트로피를 받았다. 전 세계 e스포츠 역사상 가장 많은 인기를 누리고 있는 선수이다. 프로게이머 직업은 하루 최소 10시간 넘게 연습한다. 타고난 실력과 노력으로 세계 최초 롤드컵 3회 우승이라는 기록을 남겼고, 현재 진행형이다. 게임을 좋아하지만 타고난 재능이 뒷받침되어야 했다. 10시간 넘게 게임을 해도 프로게이머처럼 실력이 늘어나지 않았다. 스트레스를 풀기 위해 게임을 했지만, 오히려 독이 되었다. 게임은 승리를 쟁취해야 성취감이 생기지만, 이 게임은 승패와 상관없이 스트레스였다. 본인만 잘한다고 이기는 게임이 아니었다. 5

인 플레이어가 마음이 맞아야 스트레스를 안 받았다.

김연아 선수는 대한민국 국민들에게 감동을 선사했다. 김연아 선수는 처음부터 뛰어난 선수가 아니었다. 라이벌인 아사다 마오 선수가 연습할 때 실수를 안 하는 모습에 부러워하기도 했다. 김연아 선수의 연습 영상을 찾아봤다. 수없이 넘어져도 다시 일어나는 모습을 보고 울컥했다. 그녀는 수천 번을 넘어져도 다시 일어나는 불굴의 의지가 있었다. 이런 노력이 올림픽과 세계선수권대회에 이어 4대륙선수권대회와 그랑프리 파이널까지 모두 석권하면서 여자 싱글 선수로는 역대 최초로 그랜드슬램을 달성한 피겨 선수라는 이름을 남기게 되었다.

어떤 상황이든 최선을 다하는 사람도 있지만, 무엇을 어떻게 해야 할지 모르는 사람도 있다. 성공한 사람은 많다. 그들의 자서전에는 좌절했던 순간들이 있었고, 주인공이 성장하는 과정이 쓰여 있었다. 영업에는 비밀이 있다. 반면 그들은 성공의 노하우를 책으로 알려준다. 책으로 용기를 얻을 수 있다. A4 용지 2장 분량을 채우기 위해 10시간 넘게 글을 쓰는 날도 있었다. 엉덩이에 땀이 나기도 했고, 글이 안 써지는 날에는 불안하고 초조하기도 했다. 가끔은 피와 땀과 눈물을 흘려야 할지 모른다. 간절하게 하고 싶은 일이 무엇인가? 잠들어 있는 잠재력을 깨워야 한다. 잠들어 있는 잠재력을 깨우게 만든 건 책이었다.

• 미래를 그리는 남자가 되었다 •

공부를 왜 해야 하는지 모르고 살아왔다. 결과적으로 남들보다 뒤처진 삶을 살게 됐다. 최선을 다해서 공부하지 않았다. 고등학교 2학년 내신 등급만 잘 나오면 됐다. 공부는 왜 해야 하는지 세상에 묻고 싶었다. 공부 말고도 할 수 있는 일은 많은데 왜 공부를 강요하는지 이해하기 힘들었다. 정작 무엇을 해야 하는지 알 수 없었고, 무엇을 해야 남들에게 인정받는 삶을 살 수 있는지 알 수 없었다. 꿈은 늘 도망갔다. 그려두었던 미래는 다음 날이 되면 지워졌다. 오랜 시간 반복됐다. 하지만 지금은 아니다. 꿈이 잔상으로 남아 있었다. 책을 통해 미래를 그리는 남자가 되었다.

시간은 흘러갔지만 무엇을 해야 할지 알 수 없었다. 또한 주변에서 알려 주지도 않았다. 부모님은 공부를 좋아하지 않으면서 공부를 시켰다. 살아오면서 공부 때문에 죽고 싶었던 적은 있었지만, 학창 시절은 아니었다. 학교 그리고 집에서 먹기 싫은 보약을 매일 내주었다. 보약? 쓴맛 때문에 그냥 먹기 싫었다. 몸에 좋은 건 알지만 쓴맛 때문에 먹지 않았다. 공부는 나에게 쓰고 맛이 없는 것이었다.

책을 읽은 후 어떤 다짐으로 남은 인생을 살아야 하는지 인생 배움을 얻었다. 생애 35년 동안 책 열 권도 읽지 않았다. 사람이 변하는 건 단 한순간이라는 걸 증명하기 위해 오늘도 글을 쓰고 있다. 누구나 꿈이 있다. 그 사실을 모른 채 살아갈 뿐이다. 프랑스 작가 귀스타브 플로베르는 "천재란 인내의 대가"라고 말했다. 사람이 좋은 방향으로 바뀌었는지는 그 사람의 끈기를 보면 된다. 한 달에 한 권도 읽지 않던 내가 열 권이 넘는 책을 읽고 있다. 한 달에 열 권이 넘는 책을 인생 쇼핑하고 있다. 매일 두려움이 휘몰아치고 사라진다. 그 순간이 가장 겁이 난다. 책을 읽으며 꿈이 달아나지 않게 붙잡고 있다.

'또 게임에 빠지면 어떡하지?', '글을 못 쓰게 되면 어떡하지?' 이런 생각이 머릿속에 가득 채워지면 다시 책을 펼쳤다. 종교는 없지만, 끈기는 불안한 마음을 물리치는 십자가 같은 존재라고 생각한다. 끈기 있는 사람이 성공한다고 믿는다. 35년 동안 성공을 못한 이유는 공부를 안 한 것도 컸지만, 끈기가 부족했기 때문이다. 그동안 흥미가 없는 일은 포기가 빨랐다.

성공을 경험한 사람들은 "작은 성공을 먼저 경험하라."고 조언한다. 책에도 이런 내용이 담겨 있었다. 인생 독서를 알기 전에는 '작은 성공이 어떻게 성공한 삶으로 이끌 수 있을까?' 하는 생각이 들었다. 지금까지 살아온 방식에서 벗어나야 하지만, 주변에 남은 악당이 재등장했다.

자격증 공부를 하고 있던 시기, 유일하게 남아 있던 친구가 게임을 같이 하자고 했다. 24시간 당직 근무 후 오전에 퇴근한다. 오후 2시부터 5시까지 수업을 들었다. 저녁을 먹고 헬스장에서 운동하고 다시 학원으로 돌아왔다. 7시부터 10시까지 수업을 듣고 귀가했다. 그렇게 5개월 동안 공부를 했다. 코로나19 때문에 시험은 한 달이 미루어졌고, 1차 시험은 취소가 되었다. 그렇게 끈기는 내 손에서 벗어났다.

끈기 있는 자가 금메달리스트다

2022년 베이징 동계 올림픽에 참가한 선수들은 국민들에게 희망을 주었다. 석연찮은 판정 속에도 값진 메달을 획득한 선수들에게 감사의 인사를 전하고 싶다. 코로나19 장기화로 2020년 도쿄 올림픽이 연기가 되었다. 선수들은 금메달을 따야 하는 목표가 있다. 그들은 절실한 마음으로 훈련에 임했을 것이다. 올림픽 참가 선수가 되는 것도 결코 쉬운 일이 아니다. 올림픽에 나간다는 자체가 영광일 수 있고 쉽게 찾아오는 기회가 아니다. 2021년 7월에 도쿄에서 올림픽이 개최됐다.

메달을 목표를 두고 훈련하면서 수많은 좌절과 불안감이 공존했을 것이다. 그들은 금메달을 목표로 훈련한다. 매 순간 흔들리는 경우도 많았을 것이다. 그 훈련 과정을 지켜보진 않았지만, 얼마나 많은 땀과 눈물을 흘렸을까? 올림픽에 출전한 대표 선수들이 존경스럽고 대단하게 느껴졌다. 도쿄 올림픽은 1년 연기되었었다. 내가 만약 운동선수였으면 답답하고 불안한 마음을 못 이겨 이미 포기했을 것이고, 혹여나 연기된 기간에 부상으로 출전을 못하게 되면 큰 절망 속에 빠져 폐인처럼 살았을 것이다. 인내하고 끈기 있게 올림픽에 출전한 선수들을 존경한다.

집값 상승은 주춤했지만, 여전히 집값은 비싸다. 집을 포기하며 사는 사람도 많을 것이다. 나 역시 N포세대 일원이다. 잊고 있었던 꿈을 다시 떠올려봤다. 그동안 오래된 집에서만 살아왔다. 지인들을 초대해도 부끄럽지 않은 집에서 살고 싶었다. 집 내부를 SNS에 올려 자랑할 수 없었다. 40년 넘은 빨간 벽돌로 된 다세대주택에 살고 있기 때문이다. 근무하고 있는 건물 옥상에 올라가 주변을 살펴보면, 많은 아파트들이 눈에 들어온다. 하지만 그 많은 아파트 중에는 내 집이 없었다. "어떻게 이 많은 아파트 중 내 명의로 된 아파트 하나 없지. 제발 하나만 가져보자!" 소리치고 싶었다.

고양이 다섯 마리를 키우고 있다. 고양이로 인해 집 안은 온통 난장판이다. 그런 고양이들에게 미안한 마음이다. 고양이들을 키운지 5년이 되었다. 처음엔 러시안블루 고양이 2마리를 4년 동안 키웠다. 작년 2021년에는 주식 투자로 수익을 올려 일하지 않아도 삶이 여유로웠다. 자존감과 자신감이 높았던 시기였다. 집도 살 수 있다는 희망에 부풀었다. MBC 프로그램 〈구해줘! 홈즈〉를 시청하며 좋은 집에서 사는 꿈을 가졌다. 그렇게 나만의 꿈이 생겼다. 하지만 돈이 돈으로 안 보였다. 욕심이 자꾸 생겼다. 다시 결과는 좋지 않게 되었다.

물리학자 다케우치 히토시는 말한다. "꿈이 실현되지 않는 원인은 그 바람이 비현실적이기 때문이 아니라, 그 바람을 실현하고자하는 의지와 노력이 부족했기 때문이다." 성공보다 실패를 더 많이한다는 사실은 누구나 알 것이다. 나는 이 과정이 인생 경험이라고 말한다. 초고 작성을 완료하고 4일 정도 휴식을 취했다. 담배를 피우는 사람들이 담배를 끊지 못하는 이유를 이해했다. 이 기간에 얼마나 게임을 하고 싶었는지 모르겠다. 인생 쇼핑으로 좋아하는 일을 하루라도 빨리 찾아야 한다. 그래야 그 일을 꾸준히 할 수 있다.

꿈만으로 성공할 수 없다는 사실을 잘 알고 있다. 막연하게 결혼을 꿈꿨지만, 현실은 결혼을 포기하게 했다. 자녀는 생각도 할 수 없었다. 책을 통해 그런 생각이 조금씩 달라지고 있다. 더리치 아카데미와 남상효가 공동으로 저술한 《우리 아이 부자 습관》에서는 우리가 몰랐던 선진국 부모들의 자녀 경제교육법을 잘 설명해 주고 있다. 학창 시절, 선생님이 질문하는 시간을 굉장히 두려워했다. 선생님과 눈을 마주치지 않기 위해 책상을 보고 있었다. 지금도 상대방의 질문을 두려워한다. 만약 누군가 아이들을 어떻게 키우고 싶은지에 대해 질문을 한다면 "올바른 경제관념과 끈기를 길러주고, 아이들에게 자립심을 키워주는 아버지가 되기를 꿈꾼다."고 말할 것이다.

곁에서 힘이 되어준 건 어머니뿐이었다. 그런 어머니의 삶을 행복하게 만들어드리고 싶다. 어머니는 늘 "아들아, 우리보다 못 사는 사람도 있단다. 우리도 못 살지만, 그들을 도와주고 싶단다. 그렇지만 현실은 녹록지 않구나. 아들아, 우리 꼭 성공해서 좋은 일을 하며 살자."고 말씀하셨다. 이런 현실에 눈물이 나오기도 한다. 지금 이런 삶을 사는 이유는 그동안 끈기 없이 살아왔기 때문이다. 긍정적으로 생각해봤다. 가난을 겪어보지 않으면, 가난의 아픔을 공감할 수 없다고 생각했다. 인생 경험은 삶을 단단하게 만들어준다.

이제 인생 목표가 생겼는가? 인생 쇼핑을 통해 동기부여의 중요성을 잘 알고 있을 것이다. 동기부여를 잃지 않으면 인내심, 끈기, 노력은 자연스럽게 따라오게 된다. 올림픽 선수처럼 좌절과 두려운 마음을 이겨내며, 미래를 그려보자. 먼 미래가 아니어도 좋다.

● 글 쓰기로 당당해진 나를 발견하다 ●

공부를 열심히 했지만, 결과가 좋지 않은 경우가 있다. 회사에서 남들보다 성과를 많이 냈지만, 인정을 못 받는 경우도 있다. 안타까운 경우지만, 지금처럼 인생의 목표를 설정하고 걷다 보면 좋은 결실을 맺을 것이다. 하지만 노력만으로 안 되는 게 있다. 누군가를 진심으로 사랑했지만, 그 사랑이 끝내 이루어지지 않는 경우가 많기 때문이다. 네이버에 '노력'이란 단어를 검색하면 가수 박원의 〈노력〉이란 노래가 상단에 노출된다. 가사는 "널 만날 수 있는 날 친굴 만났고 끊이지 않던 대화가 이젠 끊기고…(중략)…그렇게 널 만나러 가"라고 되어 있다. 이 노래는 현재 만나는 사람이 있지만, 아무리 노력해도 사랑하는 감정이 생기지 않기에, 그래서 이별의 말을 어떻게 꺼낼지 고민하는 내용이다. 좋아하는 감정이 없으면 노력해도 생기지 않는다. 일도 마찬가지다.

하기 싫은 일, 하기 싫은 공부 등을 어쩔 수 없이 하며 살아가는 이들이 있다. 억지로 하는 건 동기부여를 잃게 된다. 또한 생산적이지 못하다. 하지만 죽을 정도로 한 고생은 피와 살이 된다. 소방공무원이 되고 싶어 안 하던 공부를 7개월 동안 했다. 지하철 안에서 오고가는 시간 동안 영어단어를 2시간씩 외웠고, 새벽까지 공부했다. 대학입시 공부를 하지 않았기에 국어가 무척 어려운 과목이란 걸 처음 알았다. 오히려 영어가 더 쉬운 과목으로 느껴졌다. 비문학, 문학 독해는 글이 읽히지 않을뿐더러 띄어쓰기는 매번 틀리기를 반복했고, 사자성어는 외우기 힘들었다. 그래도 남는 것이 분명히 있었다. 그때 배웠던 맞춤법 강의가 지금도 도움이 되고 있다. 모든 일에는 얻는 것이 있다.

오늘도 쓰는 글이 배움이라고 생각한다. 나는 N포세대이지만 n잡러가 되고 싶었다. 디자이너가 되고 싶었고 작가도 되고 싶었다. 하지만 방법을 몰랐다. 블로그를 시작하면서 알지 못했던 영역에 관심을 갖게 되었다. 나는 아직 시도하지 않은 게 많지만, 머릿속으로 구상 중이고 앞으로 진행할 계획들이다.

지금 경험한 것들이 언젠간 도움이 될 것이다. 나는 독서를 극도로 싫어하던 사람이었다. 서른다섯이 되었지만, 책을 열 권도 읽지 않았다. 지금은 독서가 내 삶의 일부가 되었다. 불확실한 미래가 겁이 났다. 나 자신을 지키기 위해 라이프 쇼퍼로 살기로 마음먹었다. 무엇이든 시작해야 했다. 발명왕 에디슨은 실패를 두려워하지 않았다. 오히려 즐겼던 것 같다. 수천 번의 실패가 그에게는 경험으로 남았기 때문이다. 앞으로 일 년 뒤 불행이란 표현을 자주 쓰고 싶지 않다. 처음부터 긍정적이지 않았던 사람도 있을 것이다. 그들도 어떤 계기로 변하게 되었고, 긍정적인 사람이 되라고 조언한다. 나는 아직 부정적인 사람이지만 조금씩 긍정적인 사람이 되기 위해 노력 중이다.

"인생을 바꾸려면 지금 당장 시작하여 눈부시게 실행하라. 예외는 없다." 윌리엄 제임스가 남긴 말이다. 불행을 행복으로 바꾸고 싶다. 사람마다 행복의 기준은 다를 것이다. 확실한 건 아직 행복에 대해 모른다는 것이다. 긍정적인 글귀가 책에 쓰여 있다. 내가 경험한 행복은 책 안에서 찾는 것이었다. 내 글에도 행복과 도전을 전하려 한다. 인생을 쇼핑하는 남자는 이렇게 말했다. "인생을 바꾸려면 인생 쇼핑을 실천하라. 그 결과 눈부시게 아름다운 꿈을 얻었다. 무엇이든 얻는 게 있을 것이다."

사랑했던 게임과 이별을 했다

살아가면서 몇 가지 철칙이 있었다. 그것은 담배와 술을 멀리하는 것이었다. 어렸을 때부터 담배는 죽어도 안 핀다는 의지를 갖고 있었다. 왜냐하면 집에서 담배를 피우는 사람도 없었고, 담배 냄새가 머리를 아프게 했다. 서른다섯 살까지 잘 지켜지고 있다. 나는 고집이 센 편이다. 하지만 내 주장을 강하게 하는 편은 아니었다. 이유는 말솜씨가 부족했기 때문이다. 논리 정연하게 맞받아치고 싶었지만 그러지 못했다. 글은 책상 서랍과도 같은 존재다. 기록해 두었던 단어들이 정리되어 보관되기 때문이다.

한 가지를 더 지켜야 했지만 지키지 못했다. 그건 게임이었다. 초등학교 시절부터 PC방, 슈퍼 앞에 있는 오락기, 집에 있는 조이스틱을 즐겨했다. 공부와 담을 쌓게 되었고, 세 시간은 기본으로 게임을 했다. 어머니가 힘들게 버신 돈으로 과외를 받게 하고 학원을 다니게 했지만, 흥미 없는 일은 열심히 하지 않았다.

하루 10시간 넘게 게임을 했지만, 프로게이머처럼 잘하진 못했다. 스트레스를 해소하기 위해 시작했다. 그러나 캐릭터 성장, 게임 실력을 늘리기 위해 미친 듯이 게임을 해야 했다. 남자들은 다소 오락에 목숨을 거는 경향이 있다. 초등학교 시절 블리자드 엔터테

인먼트에서 제작한 '스타크래프트'는 세계적으로 인기 있는 게임이다. 지금도 이 게임을 하는 유저들이 있다. 이 게임을 어느 정도 잘한다고 생각했었다. 고등학교 진학 후 새로운 친구와 승부를 겨뤘지만 처참하게 패했다. 두 판, 세 판 아니 열 판을 해도 이 친구를 이길 수 없었다. 이기고자 하는 마음이 불타올랐다. 어떻게든 이겨보기 위해 게임 삼매경에 빠져버렸다.

게임은 하면 할수록 문제가 많았다. 오히려 스트레스가 쌓였고 화가 많아졌다. 쉽게 끊을 수 없는 니코틴 같았다. '실패는 성공의 어머니'라는 유명한 말이 지금도 인용되어 사용된다. 전부 마음에 와 닿는 말은 아니지만, 어느 정도 이해가 된다. 잘못된 재테크로 많은 실패를 거듭했다. 사람은 동물이기에 실수하며 살아간다. 삼십 대 중반, 여전히 똑같은 삶을 살았었고, 퇴근하면 집에서 게임을 했었다.

그동안 당당하게 어필할 수 있는 부분은 없었다. 과거에 경험했던 에피소드를 글로 적고 있다. 글을 쓰기 시작하면서 사고방식이 달라졌다. 우선 막연함에서 벗어나고 있다. 그동안 운명론을 믿어왔다. 어떻게든 좋은 방향으로 흘러갈 것이라 믿었다. 노력하지 않고 꿈이 이뤄지길 바라는 행위는 그만둬야 했다. 만약 글쓰기에 관련된 책을 읽지 않았더라면, 아직도 게임에 빠져 소망만 읊조리고 있었을 것이다.

그렇다고 독자에게 게임만 하면 실패한 인생이라고 말할 수 없었다. 게임으로 돈을 잘 버는 사람이 많기 때문이다. e스포츠 초창기, 프로게이머에 대한 인식은 좋지 않았다. 스타크래프트 프로게이머로 세계적으로 이름을 알렸던 임요환 선수가 게임으로 이룬 업적은 대단했다. 그때 당시 TV 예능에 출연하게 되면 다른 출연진에게 무례한 질문을 받곤 했다. 그만큼 게임에 대한 인식은 좋지 않았다. 하지만 게임을 좋아했던 사람들은 임요환 선수를 응원했고 롤 모델로 삼았다. 그는 우리나라 게임 문화 발전에 공헌했고 게임의 역사에 큰 획을 그었다. 게임을 인생의 목표로 두기엔 남는 게 하나도 없었다. 상위권 경쟁자와 간극이 좁혀지지 않았다. 재능이 부족했던 것이다. 아무리 좋아하고 노력해도 실력이 늘지 않았다. 게임도 재능이 있어야 했다. 인생에 있어 노력만으로도 안되는 건 분명히 있다. 부정적인 측면에서 이야기하는 게 아니다. 때론 빠른 포기가 성공의 지름길이다.

글을 쓰면 알 수 없는 힘이 생기게 된다. 그 경험을 토대로 글을 쓰고 있다. N포세대이지만 행복한 미래를 꿈꾸게 되었다. 인생의 전환점에 대한 내용을 앞부분에 둔 이유는 그만큼 중요하기 때문이다. 한두 번의 실패로 인생의 전환점이 찾아오면 축복이다. 인생 경험으로 전환점이 되기도 한다. 인생 경험이 쌓이다 보면 세상을 보는 관점이 바뀌기 때문이다. 직접 경험하고 부딪쳐야 한다. 잠시 눈을 감고 수만 개의 전구를 떠올려보자. 그 전구들이 사방으로 '파바박'하고 터지는 광경을 머릿속으로 그려보는 것이다. 마치 전구가 머릿속 밖으로 빠져나가는 게 그려진다. 글을 쓰다 보면 무언가 깨닫는 순간이 있다. 이제는 게임이 생각나지 않게 되었다. 이것도 하나의 인생 경험이다.

• 성공했으면서 책을 왜 읽는 걸까? •

만화책을 읽는 사람보다 책을 읽는 사람이 적다. 커피를 좋아하
는 사람보다 책을 좋아하는 사람이 적다. 옷을 사는 사람보다 책
을 사는 사람이 적다. 책을 읽는 취미를 가진 사람보다 술을 마시
는 취미를 가진 사람이 많다. 통계를 찾아봐도 한국인의 독서량이
OECD 다른 국가들에 비해 현저히 낮다. 이마저도 더 이상 정보가
갱신되지 않는다. 아마 긍정적인 순위 변동이 없는 듯하다. 책을 삶
의 일부라고 말하는 사람은 인생을 쇼핑하는 사람이다.

아침에 일어나면 어떤 생각이 먼저 드는가? 나는 겨우 정신을
차린 뒤 어떤 커피를 마실지 고민한다. 잠을 깨우는 모닝커피는 힐
링이 된다. 이제는 내 삶의 일부분이 되었다. 회사 출근길에 빵집에

서 커피 한 잔을 구매하여 사무실로 올라간다. 커피 한 모금이 아직 잠들어 있는 세포로 흘러, 하루가 시작되었음을 다시 한 번 알려준다. 많은 사람이 카페에서 커피를 마신다. 친구들과 이야기를 나누기도 하고, 거래처 직원과 일의 진행을 위해 토론하기도 한다. 다른 이들은 노트북으로 업무를 보는 사람도 있다. 그중에 책을 집중하며 보는 이들도 있다. 하지만 전체 인원 중 독서 인원은 소수이다.

북카페가 아닌 일반 카페는 시끌벅적하다. 평소에 시끄러운 공간을 좋아하지 않는다. 무선 이어폰을 착용한 후 카페에서 음악을 들으며 책을 읽는다. 일상 속의 루틴이 되었다. 시끄러운 공간이지만 볼륨을 높여 뮤지컬 음악을 들으며 독서를 시작한다. 힐링이 되는 커피도 마셔주니 글을 맛있게 읽을 수 있었다.

앞으로 읽어야 할 책이 많다. 오늘도 책을 주문했고 내일도 책을 주문할 것이다. 내일도 일어나자마자 커피가 생각이 날 것이고, 출근 후 카페라테를 마실 것이다. 커피를 마시면 늘 행복하다. 여태껏 담배를 피우지 않았기에 커피 한 잔이 스트레스를 날려주었다. 인생을 쇼핑하는 남자가 되면서 눈을 뜨면 먼저 찾는 건 책이었다.

그들은 아침에 눈을 뜨면 어떤 생각을 할까? 그들은 성공적인 하루를 보내기 위해 어떤 일을 먼저 할까? 확실히 그들은 잠을 좋아하지 않는다. 하루에 12시간 잠을 자는 사람을 보게 되면 한심하게 생각할 것이다. 아침에 '일찍 일어나야 한다'는 내용의 도서들이 기상 시간을 30분씩 단축시키며 새로운 제목들로 탄생한다. 누군가는 하루를 설계한다. 하지만 보통 사람들은 아침에 일어나기도 벅차다. 그들의 삶처럼 살고 싶다면 내 삶의 일부분을 바꿔야 한다.

패턴은 하루아침에 만들어지지 않는다

아침 7시에 일어나는 행동을 반복하면 알람 없이도 눈이 저절로 떠지게 된다. 한 번쯤은 경험해봤을 것이다. 생체리듬 때문이라고 생각한다. 심리학에서 인간은 생체리듬의 패턴을 찾아내려는 본능이 있다고 말한다. 심지어 패턴이 없어도 스스로 패턴을 만들려는 습성을 가지고 있고 그것을 만들어 착각하게 만든다고 한다.

생체리듬 연구로 세 사람의 학자들이 2017년 노벨 생리학·의학상을 받았다. 제프리 C. 홀(미국), 마이클 로스 배시(미국), 마이클 W. 영(미국)의 연구 성과는 하루를 주기로 하여 생체 시계가 어떻게 밀접하게 적응되는지 알아냈고 영감을 얻었다. 생체시계는 동식물과 인간을 포함한 다세포 유기체의 세포에서 같은 원리로 작동한다는 사실을 밝혀냈다. 생체시계가 인간의 행동이나 호르몬 수위, 수면 체온, 신진대사 등 매우 중요한 기능을 통제한다는 사실을 증명했다.

인생 쇼핑 이후 책에 대한 인식이 달라지고 있다. 친절하기도 하고 신기한 존재라고 느껴졌다. 책을 읽다 보면 왜 이런 성격을 갖게 되었는지, 의문점이 풀리고 있다. '지금껏 왜 이렇게 살아왔는지', '나란 존재는 무엇을 위해 살아가는지'에 대한 이유를 설명해주는 것 같았다. 지금껏 성공했던 패턴들이 조금이라도 실수를 줄여주는 역할을 했다. 그렇기 때문에 아침에 알람 없이도 일어나는 경우가 있었다. 만약 매일 들쭉날쭉한 패턴을 가지고 있다면 작은 성공의 경험을 하지 못할 것이다.

그들은 성공의 패턴이 익숙하다. 아침에는 정해진 시간에 일어나 독서도 하며 하루를 설계한다. 우리가 아직 꿈속에 갇혀 있을 때 그들은 꿈을 실천하고 있다. 이미 생체시계와 성공 패턴들이 몸에 배어 있다. 나쁜 습관은 버리기 힘들다. 그렇기에 좋은 습관도 버리기 힘들다. 체계적으로 훈련한 사람은 결과도 좋을 것이다. 책을 좋아하지 않는 독자라면 독서를 하기 위해 다짐을 해야 한다. 서점 방문 또는 인터넷 구매도 망설이게 된다. 어떤 책을 선택하고 읽어야 하는지 모른다. 책의 가격에 망설여지기도 한다. 이미 나쁜 습관을 지니고 있었기 때문이다. 책을 읽는 것이 나쁜 습관이라고 말하는 사람은 없을 것이다. 그들은 성공했으면서도 책을 읽는다. 그들의 삶의 일부분이기 때문이다.

스케줄이 꽉 짜인 사람과 스케줄이 비어 있는 사람으로 나눌 수 있다. 스케줄이 꽉 짜여 있다는 건 그 사람의 능력이다. 그 사람과 만나고 싶어서 부탁하기도 한다. 그 사람은 남에게 부탁하지 않는다. 부탁하지 않아도 자연스럽게 얻는 것들이 있다. 예를 들면, 그 사람에게 정보를 얻기 위해 선물을 감사의 표시로 전하기도 한다. 반면 스케줄이 비어 있는 사람은 자신을 찾아달라고 부탁한다. 본인 홍보도 직접 해야 한다. 부탁을 받는 것보다 부탁해야 하는 것이 많다. 다른 사람에게 선물을 받는 경우도 없다.

우리는 스케줄이 비어 있을 것이다. 있는 스케줄마저도 인생에 도움이 안되는 스케줄일 것이다. 이제는 비어 있는 시간을 설계하면 된다. 과거에 시간계획표를 한 번쯤은 만들어 봤을 것이다. 하지만 실천하기 어려웠다. 지금도 마찬가지일 것이다. 예전과 다른 점은 우리가 어른이 되었다는 점이다. 실패의 경험도 많이 겪어 봤을 것이다. 탄탄하게 설계된 시간표에서 살아야 한다.

매일 다이어리를 쓰는 사람이 있는가? 나는 매일 글을 쓰기 때문에 쓴다고 말할 수 있다. 매일 글을 쓰는 건 쉽지 않은 일이다. 똑같은 이야기를 반복적으로 쓸 수 없기 때문이다. 책이 어렵게 느껴진 시절도 있었지만, 현재는 미래를 바꿀 수 있는 독서 패턴을 유지하고 있다. 매일 쓰는 글은 몇 년 뒤의 미래를 바꿀 것이다. 성공한 사람이 쓰는 메모는 역사로 남는다. 그 메모는 자서전이 되고 명언이 될 것이다. 또는 미래를 예측하기도 한다.

독서를 해야 한다는 글을 쓰면서도, 쉬운 일이 아니란 걸 잘 알고 있다. 본인 일상의 패턴으로 만들게 되면, 아침부터 책이 먼저 떠오르게 될 것이다. 성공한 사람들이 책을 꾸준히 읽는 이유는 이렇다. 이미 생체리듬이 되어, 누가 시키지 않아도 본인 스스로 책을 찾는 것이다. 나 역시 인생 경험을 통해 이런 글을 쓰게 된 것이다.

나는 '독서광'에 관한 책을 찾아보았다. 그중에 나폴레옹이란 인물을 자세히 알아야겠다는 생각이 들었다. 그는 작은 키에 명석한 두뇌를 가졌던 인물이다. 그는 전쟁터에도 책을 가지고 다녔다. 수레에 책을 싣고 이동할 정도로 독서광이었다. 그는 책을 자세하게 정독하는 스타일이었다. 읽고 잊어버리지 않기 위해 인상 깊은 글은 발췌하여 기록했다. 말을 타고 책을 읽었다는 기록도 남아 있다.

성공한 이들은 안주하는 삶을 살지 않는다. 그들도 걱정이 있다. 오늘보다 내일이 좋아야 하고, 어제의 자신보다 오늘을 마주하는 자신이 형편없으면 안된다. 나에게 완벽주의자 삶을 살라고 하면 할 수 없다. 내 성격을 잘 알고 있기 때문이다. 성공한 사람들은 완벽주의자에 가깝다고 생각했다. 탈 벤 샤하르가 쓴《완벽주의자를 위한 행복 수업》이란 책을 읽고 의식이 바뀌었다. 앞으로 맛보게 될 성공은 단지 일직선으로 도달을 못할 뿐, 단지 시간이 지체된다는 것이다. 하지만 반복된 실수로 성장한다는 사실을 이 책을 통해 알게 되었다.

나폴레옹의 유명한 "내 사전에 불가능은 없다."는 말처럼 '내 삶의 불가능은 없다'고 생각한다. 책을 읽고 글로 기록 중이다. 나에게도 신념과 소신이 있다. 오늘도 나의 소신을 기록 중이다. 독서를 망설일 필요가 없다. 매일 책이 내 인생에 들어오게끔 만들어야 한다. 책을 읽지 않아 허전함을 느끼게 되면, 그들처럼 생체리듬이 생긴 것이다.

• 나의 인생 작품을 찾아라 •

유명 배우가 캐스팅되어 주인공으로 출연하는 영화를 기대하는
편이다. 히어로 시리즈 영화를 즐겨봤지만, 한 번 본 영화를 두 번
이상 보는 편은 아니었다. 스토리의 흐름, 결말까지 알고 있기에 흥
미가 반감되었다. 두 번 이상 본 영화는 내게 인생 영화라고 말할
수 있었다. 그중 배트맨 시리즈 〈다크 나이트〉는 2008년에 개봉되
었다. 고담시는 범죄와 부패로 들끓었다. 정의로운 검사 '하비 덴
트', 청렴한 경찰로 배트맨의 협력자 '짐 고든', 범죄 현장에 경찰보
다 먼저 나타나는 '배트맨'이 있었다. 배트맨을 제거할 계획을 세우
던 범죄 조직들은 악당 '조커'의 냉혈한 행동에 굴복되어 그 밑으
로 들어가게 된다. 악당들이 고담시 전체를 깊은 혼돈 속으로 빠트
리자, 주인공 배트맨이 고군분투하게 되는 영화다. 이 영화는 선과

악의 경계에 대한 고찰을 영화에 담아냈다. 섬세한 인물 구도, 탄탄한 스토리가 밑바탕이 되어 블록버스터 영화의 완성도마저 높였다. 흥행에도 성공했다. 지금까지 본 영화 중 최고의 영화였다. 하지만 이 영화를 보고 생각이 바뀐 부분은 없었다. 선과 악의 경계에 서 있지 않으며, 범죄를 꿈꾸지도 않기 때문이다.

인생의 경험이 부족한 건 사실이다. 연예인 이야기를 최대한 줄여야 했지만, 그들에게도 배울 수 있는 점이 있었다. 성공한 사람들과의 인터뷰를 못해 본 대신 영상으로 간접적으로 할 수 있었다. 초·중·고 12년 동안 12명의 담임선생님을 만났지만, 인생의 멘토가 되어준 분은 단 한 명도 없었다. 어머니에게 "계모세요?"라고 질문했던 담임선생님, 임신 스트레스로 손가락 마디를 회초리로 체벌했던 담임선생님, 음악을 좋아해서 방과 후에도 리코더를 강압적으로 시켰던 담임선생님, 어수선한 분위기 속에 한마디 떠들었다고 나에게만 혼을 냈던 담임선생님 등이 있었다.

인생은 스스로 개척하는 게 맞다. 하지만 많은 이들이 살아가면서 방향을 잡지 못하고 갈팡질팡한다. 누군가의 도움이 필요할 것이다. 부모님의 지도로 좋은 대학에 입학할 수 있고, 좋은 스승님을 만나 꿈을 갖고 성공한 스타들도 있다. 단지 운이 없었다고 말하고 싶다.

학창 시절에 꿈을 키워 준 선생님은 없었다. '선생님이 신도 아닌데 한 명 한 명 어떻게 신경을 쓰냐고?' 되묻는 사람도 있을 것이다. 학교뿐만 아니라 집에서 받는 교육도 중요하다고 말해 왔다. 어머니는 나를 선한 사람으로 키우셨다. 어머니의 교육 방식은 남들에게 해를 끼치지 않고, 불우한 사람에게 선행을 베푸는 사람이 되라고 가르치셨다. 비록 공부는 실패했지만 내면은 성공했다고 말하고 싶다. 가르쳐 주신 스승을 비판하려는 것이 아니다. 그분들 인생 속에 나란 존재는 기억조차 없을 것이다. 그뿐이다.

아무것도 하지 않으면 변화는 일어나지 않는다. 책만큼 본인을 빠르게 성장시켜 주는 도구는 없다. 공부 외에 무엇을 해야 하는지 알려 준 스승은 없었다. 환경을 탓하며 남은 인생을 사는 건 의미가 없다. 성실하게 살아도 바뀌지 않는 현실 때문에 좌절하고 포기하기를 반복했다. 결국엔 본인의 자리는 본인이 만드는 것이다. 이미 성공한 사람들은 독자들에게 그 방법을 자세히 알려 준다. 아직 멘토를 만나지 못했다면 책에서 찾아야 한다. 꿈을 키워주고 가르침을 주는 스승을 만날 수 있다.

내 인생에서 꿈을 찾아준 책

아직 책을 통해 현실이 바뀌진 않았지만, 성장할 수 있게 해 준 건 분명하다. '라이프 쇼퍼 효과'를 깨닫는데 시간이 오래 걸렸다. 무언가 도전하고 싶은 목표가 문득 떠오르기도 한다. 이것을 실천 하는 것만으로도 반은 시작한 거라고 할 수 있다. 그만큼 실천하는 게 중요하다. 새해가 되면 미뤘던 운동을 하겠다고 결심하지만, 실 행하는 데 많은 의지력이 필요하다. 미래를 위해 공부를 다시 시작 하려고 하는 이들도 많지만, 번번이 실패한다. 보통 어떤 계기를 통 해 시작하는 경우가 대부분이며, 의지력이 약해 동기부여를 놓치 는 사람이 많이 있다고 생각한다.

다시 한 번 되짚어 보겠다. 인생 쇼핑으로 동기부여를 얻어야 한 다. 인생의 전환점은 그 이후이다. 그동안 어떻게든 좋은 방향으로 흘러갈 거라 믿었다. 성실하고 선하게 살다 보면 희망이 찾아올 거 라고 믿었던 것 같다. 돌이켜보면 막연한 생각을 하고 살아왔다. 막 연한 생각을 버려야 한다. 좀 더 처절하게 살아갈 필요가 있다. 현 실은 냉혹한 만큼 독해져야 한다. 본인 스스로 깨우치고 변하고자 할 때 인생의 전환점이 찾아온다.

대한민국 농구계를 대표하는 국보급 센터이자 농구 역사에서도 손가락에 꼽혔던 서장훈이 있다. 은퇴 이후 방송인으로 전향해 제 2의 인생을 살고 있다. 농구 경기를 시청하지 않았기에 이 사람에 대해 잘 알지 못했었다. MBC 프로그램 〈무한도전〉에 잠깐 게스트로 출연하여 시청하게 됐는데, 개그맨처럼 유쾌한 사람으로 보였다. 그의 선수 생활은 대단했지만, 게임 중 집중 견제 때문에 분을 참지 못하는 그의 모습이 카메라에 찍히기도 했었다. 성격 차이로 이혼의 아픔을 겪기도 한 그를 잘 알지 못했기에 선입견이 있었다.

KBS Joy 〈무엇이든 물어보살〉을 첫 회부터 시청했다. 선녀 보살 서장훈과 동자 이수근이 진행을 맡아 고민을 풀어주는 프로그램이었다. 프로그램 신청자들의 사연은 가정 폭력, 이혼, 사업 문제, 이성과의 문제, 가족 간의 문제였다. 다소 민감한 사연들을 상담해 주었다. 서장훈의 냉정하고 명쾌하게 조언하는 모습에 팬이 되었다. 사연자들에게 해주는 조언이 마음에 와 닿았다. 옳은 말로 들려왔다. 그가 한 말 중 유명한 말이 있다. "인생을 즐겨라? 그건 뻥이다." 라는 말을 통해 그가 어떤 목표를 갖고 인생을 살아왔는지 예측이 되었다. 본인에게 냉정하고 남에게 관대한 사람이 되어야 한다고 강조했다.

책에는 멘토들이 존재한다. 달콤한 말은 남은 인생을 바꿔주지 않는다. 인생의 책을 찾기란 쉽지 않지만, 인생 쇼핑을 하다 보면 찾을 수 있을 것이다. 인생 수업으로 멘토를 찾게 되었다. 아직 그 사람과 만나본 적이 없지만, 직접 대화하는 날이 온다면 벅찬 마음에 눈물이 흐를 것 같다. 그동안 멘토를 간절히 만나고 싶었던 것이었다. 막연하게 살아왔지만, 책을 통해 꿈을 찾았다. 헨리 데이비드 소로우는 이렇게 말한다. "한 권의 책을 읽음으로 자신의 삶에서 새 시대를 본 사람이 너무 많다." 인생을 바꾸기 위한 경험을 통해 인생의 전환점을 발견하기도 한다. 단기간에 작가가 될 수 있었던 건 책을 읽었기 때문이었다. 이 경험을 독자에게 알려주고 싶었다.

인생 경험을 요약하자면, 2년 전 작가란 직업을 갖고 싶었다. 아무런 주제 없이 막연하게 몇 페이지의 글을 쓰고 포기한 적이 있었다. 시간이 흘러 영화 모임에 참석한 날. 이 글을 다시 읽게 되었다. 어머니가 다음 날 '글을 쓰면 성공하게 된다'는 책을 선물해 주셨다. 우연의 연속이었다. 인생의 전환점 시기였다. 책을 읽은 게 계기가 되어 잊고 있었던 작가의 꿈이 강렬하게 다가왔다. 하지만 꿈이 가벼웠나 보다. 자꾸 도망가려 했다. 인생 쇼핑은 뮤지컬 관람이었다. 내가 할 수 없는 영역에서 끝까지 해내는 배우들의 모습을 보고 동기부여를 얻었다. 저들은 얼마나 연습하고 또 연습했을까? 연습하는 과정이 머릿속에 그려졌다. 무언가 해야겠다는 사실은 알았지만, 방법을 몰랐다. 그래서 인생 수업을 듣게 되었고, 뚜렷한 목표가 생겼다.

인생을 쇼핑하면서 우연의 연속이었다. 인생을 살아가면서 겪는 일은 다 이유가 있다고 생각한다. 지금까지의 실패는 인생 경험이었다. 성공한 사람들은 쓴소리를 책에 담기도 한다. 나에게 필요한 소리는 쓴소리다. 천하 태평한 소리는 거부감이 들었다. 악마는 달콤한 말로 현혹한다. 듣고 싶은 말만 들으려 하므로 악마의 속삭임에 넘어간다. 죽을 각오로 노력해야 한다는 현실 조언이 거부감이 되어 눈과 귀를 막게 했을 것이다. 천사는 눈앞에 나타나지 않는다. 현실 조언이 깃들인 책이 천사의 말이다. 당신의 인생을 뒤바꿀 책은 이 세상에 존재한다. 이것이 나의 인생 경험이다.

● 처음으로 긍정적인 생각을 갖게 되었다 ●

지방 출장을 창원으로 간 적이 있었다. 호수가 내려다보이는 호텔에 숙소를 잡았다. 직장 상사는 창밖을 보며 "경치 좋지 않니?"라며 내게 물었다. "네"라고 짧게 대답했다. 나는 호수의 수심에 더 관심 있었다. 한 폭의 그림 같은 풍경이 눈앞에 펼쳐져 있지만, 심정에 따라 다르게 보일 수 있다. 인생을 쇼핑하는 남자가 되었다. 그곳을 다시 가보고 싶어졌다. 여유롭게 커피를 마시며 그 호수를 다시 보고 싶다. 그때 느끼지 못했던 행복한 감정을 느낄 수 있을 것 같았다. 잃어버린 행복을 찾고 있다.

부정적인 사람을 '악당'이라고 정의하고 싶다. 주변을 둘러보면 긍정적인 생각을 하는 사람보다 부정적인 생각을 하는 사람이 더 많은 듯하다. 이들의 특징은 열등감을 느끼고 있고, 남을 깎아내리려 애쓴다. 자기중심적으로 대화를 하며 실수는 변명하고, 책임은 회피하는 등 여러 가지 유형이 있다. 나는 '착한 악당'이라고 표현하고 싶다. 남들에게 열등감을 느끼고 있지만, 남을 깎아내리는 일에는 관심이 없다. 단지 나 스스로 부족하고 형편없다고 단정 지을 뿐이다. 나를 괴롭히는 악당이었다.

상대방을 관찰하며 장점을 찾으려는 성격이었다. 유머 감각이 괜찮고 말을 잘하는 친구에게 영업직이나 강연가로 활동할 수 있다고 용기를 주었다. 친구가 옷을 추천해 달라고 하면 어울리는 옷을 검색해서 추천해 주거나 선물로 주기도 했다. 책은 아직 다른 사람에게 추천해 주거나 선물로 준 적은 없다. 아마 지금 집필하고 있는 이 책이 출판되면 많은 사람들에게 선물로 줄 것 같다. 그동안 부정적인 생각을 갖고 살았지만, 상대방이 잘되길 응원해 왔다. 막상 친구가 성공하면, 열등감을 느끼기도 했다. 내가 성공하게 되면 이런 감정도 없어질 거라 믿는다.

상대방에게 긍정적인 말을 계속하면서 스스로 행복감을 찾을 수 있다. 그 사람의 장점을 찾는 순간 알려주었다. "이런 옷 스타일이 잘 어울리시네요.", "이런 성격을 갖고 있어 부러워요.", "이런 재능을 갖고 있어 부러워요." 등 상대방의 장점을 찾는 게 즐거웠다.

여기서 오해하면 안되는 게, 남의 비위를 맞추기 위한 행동은 아니라는 것이다. 내가 가지고 있지 않은 부분을 부러워했다.

정작 나에게는 엄격했다. 상대방과 비교하며 자존감이 낮아진 건 사실이다. 상대방의 장점이 내 눈에는 잘 보였다. 나 자신을 사랑하지 않았으며 비관적인 생각을 자주 했다. 성격 중 괜찮은 부분이 있었다. 차분한 성격이라 사건이 발생하면 냉정하게 생각했다. 특정 사건이나 주제에 한쪽으로만 생각하지 않았다. 연예인 사생활 논란 또는 직장에서 벌어진 사건들의 정보가 확실해지기 전까지 섣불리 판단하지 않았다. '일하다 보면 그럴 수 있지.', '그런 상황이 온다면 나였어도 당황했을 거야.' 등 상대방을 이해했지만, 때로는 나의 배려가 무시당하는 일도 종종 있었다.

모든 사람에게 인정받기란 불가능에 가깝다. 독일 시인 라이너 마리아 릴케는 이렇게 말했다. "한 인간이 다른 인간을 사랑하는 것은, 우리가 해야 할 일 가운데 어쩌면 가장 어려운 일인지도 모른다. 그것은 가장 결정적이고 최종적인 시험이며, 다른 모든 일들은 그것을 위한 준비에 불과하다." 글을 쓰며 독자에게 희망을 주는 사람이 되려 한다. 요즘 20 · 30 세대는 '워라밸'이 중요하다고 말한다. 일과 삶의 균형을 통해 자신의 행복을 누리려는 사람들이 늘어나면서, 구직자 또는 이직 희망자들이 회사를 선택할 때 기업의 워라밸을 알아보고 입사 지원을 한다. 매일 글만 쓰고 싶은 마음도 있었다. 경제적 자유가 없는 상태에서 글만 써서는 행복하지 않을 거란 사실을 잘 알고 있었다.

선행하는 사람이 행복한 사람

과거에 명확한 꿈은 없었지만, 행복한 삶을 꿈꿔왔다. '다른 이들에게 행복을 전해 줄 수 있다면, 행복한 사람이 되지 않을까?'라는 생각도 해봤다. 남모르게 선행하는 사람들이 있다. 그들의 선한 마음을 닮고 싶다. 얼굴도 모르는 사람에게 백만 원을 기부한다는 건 대단한 일이다. 1억 원을 기부하는 삶을 살고 싶다. 만약 갑자기 10억 원이 생긴다면? 1억 원을 바로 기부하지 못할 것 같다. 상상속의 금액일지라도 1천만 원밖에 못할 것 같다. 나는 아직 부족한 면이 많다. 하지만 누군가를 위하는 마음으로 살아가고 싶다. 종이에 적은 1억 원 기부는 남은 삶 속에서 서서히 이루고 싶다.

고등학교 시절, 3년 연속으로 받은 상이 있었다. 1학년 때 방과후 교무실 청소 당번이 되었다. 선택권이 있었는지 기억나지 않지만, 5명이 학교에 남아 교무실 청소를 해야 했다. 어느 날 나머지 4명이 청소를 하지 않고 도망쳐버렸다. 고민이 되었지만, 나 혼자 할 수밖에 없었다. 담임선생님은 공포 그 자체였다. 다음날 허벅지에 퍼렇게 멍든 세 개의 줄이 새겨질 게 확실했다. 결국 혼자 남아 교무실 청소를 해야 했다. 그런데 그다음 날 칭찬의 말과 함께 첫 상장을 받았다. 사실 혼나는 게 무서워서 혼자 청소를 한 것뿐인데 봉사상을 받은 것이었다.

2학년 때도 봉사상을 받았다. 담임선생님이 수술을 받는 바람에 임시로 부 담임선생님이 2주간 반을 맡게 되었는데, 그 선생님은 수학을 가르치셨다. 나는 그나마 점수가 높은 과목이 수학이었다. 그때 공교롭게도 봉사상을 주는 시기와 맞물렸다. 선생님은 수학 점수가 높은 3명을 호명했다. 어려운 수학 문제를 먼저 푸는 사람에게 주는 게 아니었다. 간단하게 '가위바위보'를 해서 이긴 사람에게 봉사상을 준다고 하는 것이었다. 그렇게 두 번째 봉사상을 받게 되었다. 상을 두 번 받았다고 해서 인정해 주는 사람은 없었다. 수학 그리고 엑셀을 잘한다고 인정은 받아봤지만, 봉사상에 대해 기억해 주는 친구는 한 명도 없었다.

3학년이 되었다. 학급 부서 활동을 정해야 했다. 사실 관심이 없었다. 적극적으로 나서는 걸 싫어했다. 마지막 자리가 남았다. 방과 후 분리수거를 해야 하는 일이었다. 10분이 흘렀지만, 나서는 사람이 없었다. 1년 동안 고생하는 친구에게 봉사상을 준다고 했다. 조심스럽게 손을 들었고, 세 번째 봉사상을 받았다.

존재감 없이 학창 시절을 보냈다. 누군가의 기억에 남고 싶었던 건 지금뿐만 아니라 과거에도 그랬나 보다. 봉사상을 세 번 받은 건 운이 좋았기 때문이라고 생각한다. 이 에피소드를 글로 쓴 건 인정받기 위해서가 아니다. 기부는 어쩌면 내가 해야 할 숙명이 아닐까? 거창한 말로 표현했지만, 진심으로 좋은 일을 하고 싶다. 그래도 뿌듯한 기억이 아직 남아 있었다.

버킷리스트에 1억 원을 기부한다고 작성했지만, 실행하기에는 아직 여유가 없었다. 이렇게라도 흔적을 남기는 이유가 있다. 내뱉은 말은 지켜야 한다. 기록한 글은 평생 남는다. 이 약속을 지키기 위해 적는 것이었다. 나는 한다면 하는 성격이다. 유명인처럼 많은 돈을 한꺼번에 기부하기는 힘들겠지만, 조금씩 기부하는 삶을 살고 싶다. 누군가에게 인정받기 위해 하는 건 아니다. 누군가를 도와주는 삶이 행복이라고 종이에 적었다.

나답게 사는 게 행복일지 모른다. 인생 독서를 시작한 후 부정적인 생각에서 조금씩 벗어나고 있다. 글을 쓰는 삶이 행운처럼 느껴졌다. 책에 약속을 남기고 싶었다. 세상에 흔적을 남길 수 있는 작가는 매력적이다. 어떤 가난한 작가가 있었다. 그 작가는 운이 좋아서 훌륭한 멘토를 만나 책 한 권을 집필했다. 그 이후 엄청난 인기를 얻게 되었다. 책 한 권으로 다른 이들에게 강의도 하며 큰돈을 벌었다. 그 작가는 욕심이 생겼다. 가난했던 과거를 잊은 채 돈만 밝히게 되었다. 그 작가는 십 년이 지나도 책 한 권 외에 집필하지 못했다. 누군가의 도움을 받아 성공하는 이들도 있다. 솔직히 성공하고 싶다. 성공 후 주변에 베푸는 사람으로 남고 싶다. 기부하라고 강요하는 건 아니다. 앞으로도 선한 생각을 잃지 않겠다. 나만의 초심이다.

선한 생각을 하게 되면 마음이 따뜻해질 수 있다. 나답게 사는 게 행복일지 모른다. 타인으로부터 자신을 지켜야 한다. 인생 독서를 시작한 후 부정적인 생각에서 벗어나고 있다. 글을 쓰는 행복감이 긍정적인 생각을 갖게 해 주었다. 여러분의 장점이 무엇인지 모르겠다면 나를 찾아오길 바란다. 또는 DM을 보내주길 바란다. 점쟁이는 아니지만, 이야기를 듣고 어울리는 책을 추천해 주고 싶다. 이 약속을 지키기 위해선 다양한 책을 독서해야 할 것이다. 버킷리스트에 1억 원 기부 작성 당시에는 그냥 써놓고 봤다. 나 혼자만 아는 사실이었고, 누군가에게 말해 본 적도 없었다.

누군가에게 인정받고 싶은가? 기부하라고 쓴 글은 아니다. 단지 성공한 후에 초심을 잃어선 안된다. 나는 지금보다 더 나은 삶을 살아갈 것이다. 종이에 초심을 잃지 않는 사람이 되겠다고 많은 이들에게 약속했다. 앞으로도 글을 계속 쓰는 게 목표이다. 출판 계약 사실을 주변 사람에게 알린 후 책을 구매해 주겠다는 지인 또는 블로그에 달리는 댓글을 보면 감사하고 행복하다. 꿈을 잃은 이들에게 글을 쓰며 기부하는 작가가 되겠다. 그 사람의 가치를 찾아주고 싶다.

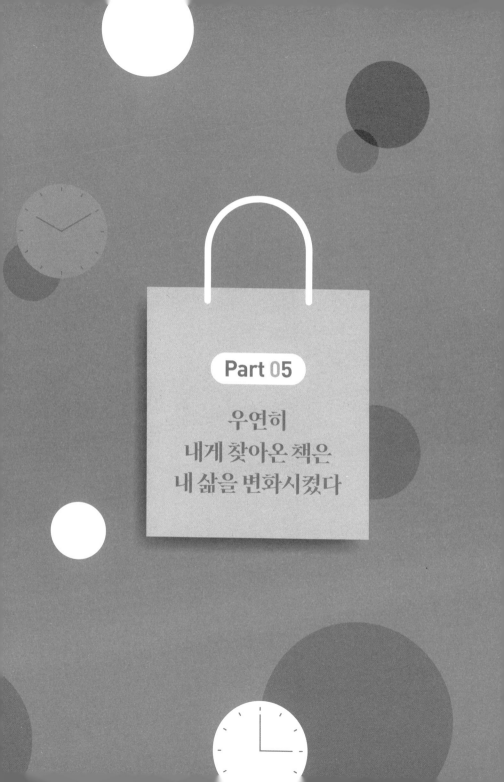

Part 05

우연히
내게 찾아온 책은
내 삶을 변화시켰다

인생 독서를
해야 한다

• 내가 우연히 만난 책 한 권 •

생각에 잠기는 경우가 있는가? 그것이 생산적인 행동이라면 괜찮다. 최근에 새로운 책 한 권을 완독했다. 그 책을 완독한 후 경험에 대해 글을 쓰려고 하니 마땅한 주제가 떠오르지 않았다. 첫 직장이었던 인테리어 회사에는 한 달 만 다니고 퇴사하겠다고 말했다. 퇴사 후 월급은 한 달 뒤에, 경비는 두 달 뒤에 받을 수 있었다. 첫 직장이 중요하다고 하는데 한 달 만에 그만둔 것이다. "다른 사람은 버티는데 너는 그것도 못 버티냐?" 이 말을 듣는 게 제일 무서웠다. 버티지 못한 나 자신에게 문제가 있다고 생각했던 것 같다. 지금도 특별한 직업을 가지고 있지 않지만, 그 당시에는 세상을 바라보는 시야의 폭이 좁았다.

글쓰기 관련 도서는 내게 인생 도서라고 말할 수 있다. 책을 읽고 생산적인 습관이 생겼다. 책을 아낌없이 구매하고 있다. 책이 회사 또는 집으로 찾아온다. 요즘 취미는 도서 쇼핑 그리고 독서이다. 하루가 다르게 변하는 세상에서 도태되면, 아무것도 못하는 사람이 될 가능성이 높다. 새로운 취미가 멈췄던 꿈의 동력을 다시 작동하게 했다. 부끄럽게도 최근 5년 동안 책 한 권을 제대로 읽지 않았다. 하루에 A4 용지 2페이지에서 많게는 4페이지 분량의 글을 쓰고 있다. 아직은 머릿속에서 맴도는 단어를 어학 사전을 검색하며 찾고 있다.

기초학문이 부족했고, 독서도 많이 하지 않았기에 한계가 찾아올 것만 같았다. 열정은 금방 식었고, 오늘의 목표는 내일이 되면 사라졌었다. 하지만 이번만큼은 달랐다. 책을 하루에 최소 1시간, 많게는 3시간을 읽게 되었다. 책을 읽는 독서법에 관한 책들이 있는 줄 몰랐다. 책을 집필하기 위해선 독서를 하라는 메시지가 큰 깨달음을 얻었다. 지금까지의 의식을 완전히 바꾸게 해 주었다.

책에서는 알 수 없는 에너지가 뿜어져 나오는 것 같다. 이 알 수 없는 에너지가 우연으로 다가와 책장을 넘기게 되었다. 책과의 인연으로 새 운명이 찾아온 것이었다. 한 페이지 읽을 때마다 중요한 부분은 밑줄을 쳤다. 짧은 글귀가 나의 현재 상황과 일치하였다. 왜 이제야 이 책을 펼치게 되었을까? 그동안 꿈 없이 살아온 이유가 있었던 것이었다. 물론 책 한 권으로 인생이 바뀌는 일은 드물겠지만, 인생의 전환점이 되었다.

　인생 도서를 찾아야 한다. 독자들은 어떻게 찾아야 하는지 물을 것이다. 우선 독서를 좋아하는 편인가? 독서를 좋아한다면 긍정적인 요소가 충분하다. 나처럼 책을 집필해보는 건 어떤가? 누구나 잠재력은 존재한다. 그걸 깨울 수 있는 건 책이다. 이미 책을 많이 읽고 있다는 건 지식이 어느 정도 축적이 되어 있는 상태일 것이다. 흥미가 생겼다면, 내게 작가가 되는 방법을 다시 물어볼 것이다. 주제가 있어야 하기에 기획안이 필요하다. 저자는 인생 수업을 듣지 않았는가? 또 다른 배움을 통해 작가의 길을 걸을 수 있다.

　게임을 좋아했던 과거의 나처럼 책을 좋아하지 않는 사람이 있을 것이다. 강렬한 무언가에 이끌렸다. 준비가 되지 않았던 사람도 글을 쓰고 있다. 무언가를 시도해야 한다. 만약 꾸미는 걸 좋아하거나 본인의 분야에서 인생 경험이 쌓였다면, 유튜브 채널을 개설해 보는 것도 하나의 방법이 될 수 있다. 퍼스널 브랜딩을 키우는 것도 본인에게 있어 좋은 방법이 될 것이다. 예를 들어 우연히 친구에게 운동하는 걸 가르치다 본인의 재능을 발견할 수도 있다. 그 결과, 운동 강사가 되어보는 것도 괜찮다고 생각한다. 강렬한 무언가에 이끌려 인생 독서를 하고 있다.

책을 하루라도 빨리 찾아야 한다

돈이 부족하면 명품을 구매하기가 쉽지 않다. 월급보다 비싼 명품을 구매할 때 고민하게 된다. 이것을 구매하게 되면 몇 달을 절약하며 살아야 하기 때문이다. 명품을 구매하려는 사람과 명품이 필요 없는 사람으로 나뉜다. 개인에게 취향이 있다. 명품에 목매는 사람도 있을 것이다. 그 사람은 많은 걸 가져서 나쁠 것이 없다고 말한다. 맞는 말이다. 능력이 된다면 소비해야 한다. 그 소비를 통해 기업은 매출이 발생하고 결국 많은 일자리가 생기기 때문이다. 생산 구조 시스템의 개념을 알기에 명품 소비를 부정적으로 바라보진 않는다.

지긋지긋한 가난에서 벗어날 수 있는 길은 무엇일까? 천만 원짜리 명품 가방 구매 대신 저축을 한다고 부자가 되지는 않는다. 여기서 큰 이익을 얻는 주식 매매와 재테크가 있다면 모두 부자가 될 수 있을 것이다. 잘못된 투자로 원금이 반 토막이 되기도 한다. 차라리 매수를 하지 않았다면 명품 가방이라도 남았을 것이다. 우리가 인생 쇼핑을 해야 하는 이유는 리스크를 줄여 본인에게 필요한 상품을 남겨야 하기 때문이다. 나도 명품은 있다. 중고로 구매한 태그호이어 시계가 있다. 재테크에 실패하였지만, 이거라도 있어 작은 위안이 되기도 한다. 서른다섯에 아직 차가 없다. 이 현실이 어둠으로 뒤덮일 때가 있다. 빛이 명품이고, 어둠은 빚과 가난이라고 생각한다. 빛이 나는 사람으로 거듭나고 싶다. 더 나은 삶을 살기 위해 학원에 다니기도 했고, 집에서 자격증 시험도 준비해 봤다. 어둠에는 유일한 장점이 있다. 사람을 안주하지 않게 하는 것이다. 절망에서 벗어나기 위해 안간힘을 쓰게 만든다. 그래서 간절함을 강조하는 이유가 있다.

본인 스스로 변하고자 마음먹는 것은 쉽지 않은 일이다. 깨어 있는 상태가 아니기 때문이다. 이제는 의식이 바뀌어야 한다. 나이 서른다섯이 되었다. 평범한 직장인이며, 글을 쓰고자 마음먹었다. 평범한 직장인의 말에는 울림이 없었다. 나의 외침은 그저 초라한 절규에 가까웠다. 인생 독서를 해야 하는 이유에는 몇 가지가 있다.

첫 번째, 의식이 바뀌게 된다. 게임보다 재미없는 책을 왜 읽어야 하는지 이유를 알지 못했다. 그랬던 사람이 인생 도서를 읽은 뒤 매일 책을 찾게 되었다. 이제는 책이 옆에 없으면 불안하고 재미없는 하루가 된다.

두 번째, 앞의 장에서도 이야기했지만, 뚜렷한 목표를 갖게 된다. 받아쓰기는 50점을 넘지 못했고, 국어 점수도 좋지 않았다. 책마저 기피했던 사람이었다. 이런 사람이 글을 썼다는 걸 독자들에게 알려주고 싶은 마음이 컸다. 글은 쓰면 쓸수록 늘게 돼 있다. 올해 1월에 썼던 초고와 최근 블로그에 작성한 글을 비교해 보면 글의 수준이 확연하게 다르다. 글 쓰는 거 겁먹지 않아도 된다. 처음부터 완벽한 글은 없다.

세 번째, 생각했던 일들을 실천하게 된다. 매스컴에서 SNS는 중독이라고 하도 떠들어대서, 그동안 부정적으로 인식하고 있었다. 아무것도 하지 않으면 발전할 수 없다. 세상에는 해야 하는 일이 있고, 하지 말아야 하는 일이 있다. 인생 독서 이후 생각만 해서는 인생이 바뀔 수 없다는 걸 깨달았다. 자기 PR시대이다. 블로그, 유튜브, 인스타그램 등 하나라도 시도해야 한다.

투자의 귀재 워런 버핏이 아니어도 성공한 사람은 많다. 하지만 우리를 쉽게 만나주질 않는다. 그들에게 물어보고 싶은 말은 많았다. 책을 통해 그들과 간접적으로 대화할 수 있었다. 나는 가성비를 중요시한다. 중고 서점에 가면 만 원의 행복을 느낄 수 있다. 그곳에 가면 책 한 권을 구매하고도 돈이 남는다. 책을 구매하면 또 다른 경험치들이 쌓이게 된다. 겉표지가 예쁜 일러스트를 보고, 디자이너의 꿈이 다시 꿈틀거렸다. 영감을 얻는 방법은 다양하다. 책의 제목을 맞닥뜨린 순간, 뇌리에 꽂히게 되었고 책장을 넘기게 되었다. 운명의 상대가 있듯이 운명의 책도 있다고 믿는다.

정지웅이 쓴《나를 바꾸는 독서 습관》에는 초심자를 위한 6가지 독서법이 수록돼 있다. 이 책은 독서 방법에 대해 글을 쓰는 데 큰 도움이 되었다. 저자는 "책을 통해 돈에 대한 관념을 바꾸고 사고 방식을 바꿀 수 있었다. 부자가 되기 위해서는 저축하고 절약하는 습관이 있으면 좋은 것이 사실이다. 그러나 매달 백만 원씩 저금해서 언제 큰돈을 모으겠는가? 큰돈을 벌고 싶다면 나의 가치를 올리는 데 백만 원을 투자해야 한다."고 서술하고 있다. 책을 읽은 후 작가에게 사인을 받고 싶었던 적은 처음이었다. 저자는 책을 통해 사고방식이 달라질 수 있다고 주장했다. 나와 비슷한 생각을 하고 있었다. 책은 만 원이 조금 넘는다. 지출을 줄여서 가끔은 책 한 권을 사길 권해 본다. 인생 도서를 하루라도 빨리 찾아야 한다.

● 책에 빠진 이유는 책 때문이었다 ●

전체 인구의 5~10% 정도, 국내에서도 약 5% 정도가 난독증을 앓고 있다는 연구결과가 있다. 읽을 때 오류가 계속 발생했다. 단어 속 자음, 모음의 순서를 헷갈리는 경우가 많았다. 세 음절 이상으로 된 말 그리고 조사 등을 읽을 때 생략하거나 대체하는 경우도 있었다. 읽는 순간을 최대한 피하고 싶었다. 읽어야 하는 순간이 점점 다가오면 수업이 끝나길 간절히 기도했다. 책을 펼치면 어떤 생각이 먼저 떠오르는가? 나는 글을 보면 유창하게 읽지 못할 거라는 생각이 먼저 들었다. 독서를 멀리한 이유 중 하나였다. 학창 시절, 번호 순서대로 교과서를 읽는 시간이 두려웠다. 반에서 번호가 10번이면, "10번 누구야? 일어나서 읽어 봐!" 이 순간을 피하고 싶었다. 어린 시절부터 난독증을 앓고 있었다.

책을 또박또박 읽지 못했다. 친구들 앞에서 책 읽는 게 굉장히 부담스러웠다. 지금도 누군가 앞에서 글을 읽어야 하는 상황이 오면 심장 박동수가 올라간다. 청소년기와 어른이 되어서도 읽기 속도는 느렸고 힘겨웠다. 이 정도면 왜 독서를 기피했는지 알 수 있을 것이다. 국어 시간에는 시를 완벽히 외운 적이 거의 없었다. 나 자신을 바보라고 생각했다.

우선 책 한 권을 읽기 어려웠다. 글자가 겹쳐 보이진 않았지만, 조사(을, 를, 이, 가)를 탈락시키거나 단어를 바꿔서 읽었다. 또한 윗줄과 아랫줄을 구별하는 데 큰 어려움을 갖고 있었다. 난독증을 앓고 있으면 불편한 점이 많았다. 책을 읽지 못할 정도로 글자들이 춤추기도 한다. 난독증을 앓게 되면 평범한 사람보다 더 노력해야 한다. 난독증을 앓았던 할리우드의 유명 배우로는 톰 크루즈, 성룡, 올랜도 블룸 등이 있었고, 국내 연예인 중에서도 난독증을 앓고 있는 이들이 있었다.

배우 톰 크루즈는 7살 때 난독증을 진단받아 읽거나 쓰는 것은 물론이고 발음이 정확하지 않았다. 게다가 일상생활에도 어려움이 있었다. 그는 배우가 되었지만, 난독증 때문에 포기하고 싶었던 순간도 있었을 것이다. 영화 제목처럼 그에게는 불가능이란 없었다. 상대방이 읽어주는 대본을 통째로 외워버릴 만큼 열의를 보였다.

배우 톰 홀랜드는 마블 시네마틱 유니버스에서 새로운 스파이더맨 역을 맡아 열연했기에 알게 되었다. 그는 어린 시절 친구들에게 따돌림을 당한 아픈 기억이 있다고 고백했다. 그는 난독증을 극복하기 위해 갖은 노력을 다했다. 주변의 친구들은 그의 노력을 시기와 질투의 눈으로 바라보았다. 끊임없는 노력에 결실을 맺었다. 결국 그는 전 세계 마블 팬들에게 큰 사랑을 받는 배우가 되었다.

국내 연예인 중 개그맨 김신영이 있다. 그녀는 슬럼프가 찾아와 자신감도 잃고, 난독증까지 있다고 밝혔다. 난독증 때문에 자괴감에 빠져있을 당시 선배 정선희는 돈을 건네며 위인전을 사서 큰 소리로 읽으라고 조언했다. 김신영은 위인전 100권을 읽기에 도전하였다. 이런 노력 덕분에 그녀는 난독증을 이겨내고 현재 라디오 DJ로 활동하며 인지도를 넓히고 있다. 그녀가 한 것처럼 나도 입에 펜을 물고 큰 소리로 책도 읽어봤지만, 고쳐지지 않았다. 김신영처럼 위인전 100권을 읽는 노력을 하지 않았다. 변명하는 것으로 보일 수 있겠지만, 만화책을 읽는 시간도 오래 걸렸다. 현재 책 읽는 두려움을 극복하는 중이다. 35년 동안 책을 열 권도 읽지 않았다. 학창 시절, 반에서 존재감이 없었다. 발표하기를 겁내 했고 지목당하지 않기 위해 선생님의 눈을 피하는 학생이었다. 생산적인 독서를 알게 된 후 변해 가고 있다. 책 한 권을 일주일 만에 읽을 수 있게 되었다. 글을 쓰는 사람이 되었다. 책 구매에 돈을 아끼지 않고 있다. 아직 난독증에서 완전히 벗어나지 못했다. 이제야 비로소 남들보다 더 노력하고 있다.

조금 부족할지라도 해내는 게 중요하다

그동안 책을 열 권도 안 읽은 이유가 있었다. 남들보다 책을 읽기 어려운 제약이 있었다. 이제는 난독증에서 벗어나야 했다. 아직 한국어가 어렵다. 만약 영어를 잘했다면 외국 생활을 오래 하다가 온 교포라고 소개하고 싶었다. 현재 책에 빠져있지만, 소리 내서 읽을 때 틀리지 않고 읽을 수가 없다는 생각이 가장 먼저 들었다. "나는 한 글자도 틀리지 않고 읽을 수 없다."고 생각하며 포기부터 하고 독서를 했다. 유창하게 한국말을 못한다는 사실에 화가 났다. 늘 대화를 할 때면 불안한 마음과 콤플렉스를 갖고 있었다. 긴 시간 동안 자신감 없이 살아왔다.

착하게 살아야 한다는 콤플렉스를 갖고 있었다. 상대방에게 내 의사를 확실하게 말해야 하는 상황이 생기면 그냥 참았다. 또 하나의 스트레스를 스스로 만들었다. 상대방과 언쟁이 있을 때는 분노를 내 안에 담았다. 말싸움은 최대한 회피하고 싶었다. 대화를 장기전으로 끌고 가면 이길 수 없을 것 같았다. 마음속 한구석에 하고 싶은 말을 담고 또 담았다.

청소년 시기, 방황은 하지 않았지만 정체기였다. 무엇을 해야 할지 몰랐기 때문이다. 잘할 수 있는 일을 하나라도 찾고 싶었다. 그것이 글쓰기였다. 내 안에 담아둔 말을 끄집어내기 시작했다. 글을 쓰는 건 내가 가진 생각을 끊임없이 다른 사람에게 잘 전달할 수 있는 수단이었다. 글도 쓰다 보니 조금씩 늘게 되었다. 그냥 떠오른 생각이 가끔 멋있게 느껴진 건 사실이다. 그 생각을 종이에 적었다. 독자에게 운명의 책이 있다고 강조했다. 단 하나의 메시지가 인생의 전환점이 될 수 있다는 사실을 알려주고 싶었다. 만약 난독증도 없고 말을 유창하게 잘하는 사람이었다면, 글을 쓰고 있지 않을 가능성이 높았다. 하고 싶은 말을 해야 직성이 풀리는 성격이었다면, 내 안에 담아둔 상처와 분노, 그리고 독자들에게 전하고 싶은 말도 없었을 것이다.

나처럼 상처를 마음속 한구석에 담아두는 사람도 있다. 세상에는 뭐든지 다 이유가 있다고 생각한다. 독자 여러분이 나의 성격을 눈치 채셨겠지만, 자신감 없고 의기소침하며 자신을 부정했던 사람의 성장 과정을 밝힌 글에서 느껴졌을 것이다. TMI이지만 MBTI는 INFP이다. 이 유형을 간단하게 설명하자면, 조용한 성격이며, 자신과 관련된 사람이나 일에 관해서는 책임감이 있고 챙겨주려 한다. 한 가지의 일에 꽂히게 되면 활활 타오르는 열정을 가지고 있다. 생각이 많고 사람을 관찰하는 것을 즐긴다. 혼자 작업하는 것을 선호하며 감성적인 글을 잘 쓰는 편이다. 모든 MBTI의 성격을 파악하는 심리 공부를 하지 않았지만, 나와 비슷한 유형이 있다면 글을 쓸 수 있다는 자신감을 심어주고 싶다. "그럼, 저는 IFNP인데 왜 작가가 아닐까요?"라고 묻는 사람도 있겠지만, 나는 난독증도 앓고 있지 않은가. 마음먹기에 따라 가능하다.

작가가 되고 싶은 생각은 전혀 없는데 작가의 꿈 이야기를 해서 미안하다. 나는 단지 부족한 사람도 무언가 해낼 수 있다는 걸 독자에게 알려주고 싶었다. 지금 열심히 목표를 이루기 위해 도전하고 있을 것이다. 돈을 잘 벌고 싶을 수 있고, 직장을 구하기 위해 면접을 보러 다닐 수 있다. 원하는 학교에 들어가기 위해 공부도 하고 있을 것이다. 나는 돈을 잘 버는 방법은 아직 모른다. 내가 자신 있게 말할 수 있는 부분은 동기부여이다. 그리고 인생 목표이다. 인생을 쇼핑하는 남자가 되어 독자들과 만날 수 있게 되어 기쁜 마음이 크다. 난독증을 앓고 있는 사람이 글을 쓸 수 있었던 원동력은 간절하고 처절한 마음이 강했기 때문이다. 때론 강한 신념을 갖고 글을 쓰지 못하면, 나는 이 세상에 존재하지 않는 것 같았다. 서른 중반이 되어서야 열정이 불타올랐다.

무엇이 되고 싶은지 이제야 알게 되었다. 작가가 되기로 했다. 나는 콤플렉스가 많은 남자였다. 집안도 좋지 않았다. 직업도 학벌도 좋지 않았다. 게다가 말도 유창하게 못했다. 취준생 시절, 영업직은 할 수 없다는 생각에 포기했다. 그런 내가 누군가의 앞에서 강연하는 상상을 하고 있다. 사실 말만 잘하면 "그까짓 것 불러만 준다면 할게요."라고 말할 수 있다. 그동안 "나는 못해. 나는 안돼. 나는 이룰 수 없어."라는 부정적인 생각으로 자신감이란 게 없는 사람이었다. 자신감을 갖게 해준 건 책과 글쓰기였다.

난독증은 지능 저하와는 무관하다는 것으로 알려져 있으며, 세계 유명인 중 난독증을 앓고 있는 경우가 있었다. 리처드 브랜슨, 레오나르도 다빈치, 피카소, 스티븐 스필버그 등이 난독증을 앓았다. 그들은 누구나 아는 유명 인물들이다. 영국의 억만장자이자 '버진그룹 회장'인 리처드 브랜슨은 "상처를 받았다면 상처를 치유하고 다시 일어나라. 최선을 다했다면 앞으로 나아갈 시점이다."라고 말했다. 난독증에서 벗어나기 위한 방법은 글을 쓰는 것뿐이었다. 가끔 잘난 척을 했다면 죄송하다. 짧은 시간에 글 솜씨가 제법 늘었다. 글쓰기는 인생의 터닝포인트가 되었다. 꽉 잡기 위해선 책을 계속 읽어야 했다.

현실의 벽 뒤에 있는 삶이 궁금해지기 시작했다. 지금도 난독증을 앓고 있다. 평범한 사람보다 부족한 5%의 존재이다. 단지 남들보다 분리한 조건에서 시작했지만, 내 인생의 전환점은 비범했다. 말에는 힘이 존재하고 글에도 힘이 존재한다. 책을 통해 인생을 다시 돌아봤다. 내일을 바꿀 수 있다는 희망을 품게 되었다. 과거에는 책이 두려웠지만, 현재는 필요한 존재가 되었다. 평범 이하인 사람도 할 수 있다. 인생을 쇼핑하는 남자는 말한다. "우리는 고독을 한 편으로 즐기지만, 어느 순간 막 아프기도 하고 슬프기도 합니다. 그래도 더 외로워지려고 해요. 내 안에 들어있는 감정을 글로 써보는 겁니다. 생각보다 쉬울 수 있어요. 상처가 치유되는 경험을 하실 거예요."

• 비범한 사람은 꿈의 등급도 높다 •

꿈이 없는 인생은 삶의 한계와 마주하게 된다. 생명이 단축되기도 하고, 희망이 보이지 않는 어둠 속에서 살아간다. 인간은 누구나 죽는다. 병원에서 시한부를 선고받을 수도 있다. 스스로 시한부를 선고하는 이들도 있다. 35년 동안 희망이 보이지 않았고 꿈도 없었다. 부정적인 생각에 가득 찬 남자였다. 한때 "이렇게 살 바엔 안 사는 게 낫지 않을까? 이렇게 살아도 우린 절대 잘될 수 없어!"라고 어머니의 가슴에 못을 박는 말도 서슴없이 했었다. 하루살이는 미래가 없었고, 내일 죽어도 아쉽지 않았다. 그렇게 머릿속에 안 좋은 생각을 하며 힘들어했던 시절도 있었다.

대학을 졸업하고 인테리어 회사에 다니던 시절은 지금까지 살아온 인생 중 가장 최고의 암흑기였다. 고작 35년을 살았으면서 인생의 경험이 얼마나 있겠냐고 비꼬는 사람도 있을 것이다. 그동안 하루살이였고 내일 죽어도 여한이 없을 정도로 눈을 뜨고 싶지 않은 날이 많았다. 병도 없고 신체도 멀쩡한데 가난은 긍정적인 생각을 하지 못하게 만들었다. 돈이 없어도 행복하다고 말하는 사람이 있다. 하지만 가난이 행복한 삶이라고 말하는 사람은 없다.

인테리어 시공팀 업무는 적성에 맞지 않았고, 매일 하는 출근이 고통스럽게 느껴졌다. 상사와 다른 지역으로 출장을 가는 일이 빈번했다. 보통 공사 기간은 한 달에서 길면 두 달이었다. 낯선 지역에서의 생활은 힘들었다. 가족은 물론 애인도 자주 만날 수 없었고, 집에 가는 것은 엄두도 못 냈다. 일이 끝나면 모텔방에 들어가 노트북 전원을 켜고 문서 작성을 해야 했다. 그날 진행된 상황을 보고서로 작성한 후 회사 이메일로 보냈다. 그리고 나서도 할 일이 남았다. 다음날 공정 스케줄을 한 번 더 체크하고 공사 업체와 통화를 해야 했다. "일정 취소되면 안됩니다. 내일 꼭 와야 합니다." 그 후 현지에 있는 업체에 전화를 걸어 "돈은 나중에 지불할 테니 우선 먼저 일 좀 해주시길 바랍니다."라는 부탁의 말도 해야 했다. 그렇게 60일 동안 하루도 못 쉬고 자유 없이 회사에 다녔던 시절이 바로 나의 암흑기다.

매일 희망도 없었고 더불어 몸과 정신은 지쳐갔다. 좌절은 누구나 겪는다. 나이가 어리다고 해서 그냥 버티라는 말은 전혀 도움이 되지 않는다. OECD 가입국 중 왜 우리나라가 자살률 1위겠는가? 본인에게 시한부를 내리는 사람은 줄지 않고 있다. 현실이 그렇다. 만약 현재 등급이 D등급 또는 F등급이었다면 인생을 쇼핑하는 남자가 되지 못했을 것 같다. 잘 살아야 한다는 잠재된 의식이 강했기 때문에 욕심을 가지고 있었지만, 이룬 결과물이 없어 좌절을 반복했다. 그렇게 자존감은 바닥이 되었다.

현재 궁극적인 목표 지수는 S등급이다. 매일 꿈을 이루기 위해 간절하게 글을 쓰고 있다. 퇴근 후 카페에 들려 커피를 마시며 독서를 하거나 글을 쓰고 있다. 이제는 성장해야만 했다. 내 위에는 너무나도 많은 등급이 존재했다. 현재의 C등급으로는 명품 하나 사면 다음 달이 힘들어지는 인생이었다. 쇼핑을 좋아했고, 매달 옷을 사기도 했다. 지금은 책을 쇼핑하는 남자가 되었다. 등급을 올리기 위해서 책을 사고 있다. 누군가는 수많은 독서로 삶이 변했다. 나는 책 구매로 사고방식이 달라졌다. 부정적인 생각에서 조금씩 벗어나고 있다. 누구나 책을 쇼핑해야 한다. 책을 산다고 해서 나쁜 방향으로 흘러가지는 않는다.

어제보다 비범하게 걷자

항상 어중간한 위치에 서 있었다. "중간만 가자. 가늘고 길게 살아야지!" 하는 마인드로 인생을 살아왔다. 비범하게 살아야 한다고 가르쳐 준 사람은 없었다. 이렇게 큰 꿈을 오랫동안 품어본 적이 없었다. 그동안 구체적인 계획을 세워본 적이 없었고, 비범이란 단어도 생각해본 적이 없었다. 인생 도서를 통해 꿈을 놓지 않는 방법을 배웠다. 무엇이 되었든 실행 후 결과물을 얻는 경험이 필요하다. 성장을 하기 위해선 성취감을 축적해야 한다. 그것이 경험치다. 주변에 성취감을 얻을 수 있는 일은 다양하다. 청소를 통한 성취감, 공부를 통한 성취감, 주변 이웃을 도와줌으로써 얻는 성취감, 독서를 통한 성취감 등이 있다. 무엇이든 경험치가 쌓이면 레벨업한다.

인생 쇼핑을 하는 이유는 동기부여를 얻기 위함이었다. 좀 더 생동감 있게 영감을 얻고 싶은 부분도 있었다. 큰돈을 들이지 않아도 충분히 동기부여를 얻는 방법은 있다. 책은 이미 여러 번 소개했으니, 그 외에 노래를 들으며 동기부여를 얻을 수도 있다. 인터넷만 되는 핸드폰, 컴퓨터만 있으면 된다.

"모든 걸 버리고 나서 문득 깨닫게 됐어. 의미 없던 날들도 나에겐 다 준비였어. 두 팔을 크게 펼치고 눈은 높은 곳으로 나의 마음을 투명한 종이 한 장에 담아보네. 언제부터인가 생겨난 조급한 욕심 모두 접어서 태양이 기울은 저 하늘에 조용히 날리네. 처음의 마음이 한결같기를 시간 지나가도 언제나 변치 않길, 좀 더 좀 더 좀 더 좀 더 지금보다 강해지는 내가 되길. 시련이 닥쳐도 언제나 이겨내길 조금의 자만심도 내 안에 사라지길." [저녁 하늘의 종이비행기(애니메이션 <더 파이팅> OST) 중에서]

오늘은 어제보다 좀 더 강해져야 한다. 그동안 책 한 권을 읽는 데 시간이 오래 걸렸다. 그동안 어울리지 않는 책들만 골라 읽었다. 필요하지 않은 책, 기억에 남지 않는 책, 읽기 어려운 책들만 접했기 때문이었다. 독서 방법에도 문제가 있었지만, 주변에 책이 친절하다고 알려주는 사람도 없었다.

동기부여를 얻을 수 있는 책, 명품 독서 방법 책, 정보를 얻을 수 있는 자기계발서 책을 읽고 있다. 그중 명품 독서 방법 책이 미처 몰랐던 독서법을 알게 해 주었다. 미국 유명 대학에서는 학생들이 책을 처음부터 완독하지 않아도 목차 한 부분만 읽고 책 한 권을 다 읽었다고 말한다. 한국에서는 처음부터 끝까지 다 읽어야 완독했다는 사고방식을 갖고 있다. 그렇다고 목차만 읽고 책을 덮으라는 이야기가 아니다. 필요에 따라 그럴 수 있겠지만, 그동안 책을 어렵게 읽어 왔다. 이해하기 어려운 부분을 십 분 동안 읽고 또 읽었다. 쉽게 지치는 독서법이었다. 앞으로 독서법에 관해 쓰겠지만,

다양한 독서법이 존재한다. 부끄럽지만 이런 책들이 있는 줄 몰랐고, 내 주변에 이런 독서법을 알고 있던 이들도 없었다.

만약 책에 대한 부정적인 생각을 하고 있거나 매번 독서를 결심하지만, 실패하는 이들에게 말해 주고 싶다. 우선 독서법에 관한 책을 읽어야 한다. 생각보다 매우 많다. 한 권이라도 읽었더라면 책의 가치를 빨리 알았을 것이다. 그동안 미처 몰랐던 독서법을 통해 글까지 쓰는 사람이 되었다. 꿈도 꾸게 되었다. 책 한 권을 완독하는 습관에는 사람을 변화시키는 힘이 있다고 믿는다. 지금이라도 독서 습관을 S등급으로 올려야 한다. 그렇게 되면 인생의 등급도 올라가게 된다. 독서로 C등급에서 A등급 이상의 삶을 설계하고 있다. 글을 쓰며 미래를 시각화한다. 부모님이나 선생님들은 평범하게 살아야 한다고 가르치셨다. 평범하면 보통 사람으로만 살게 된다. 그래서 우리는 비범해져야 한다.

비범한 사람이 되기란 쉽지 않다. 희망도 없고 방향을 잃은 나에게 새로운 길을 열어준 건 책이었다. 책을 통해 아는 것이 없던 시절보다 레벨업하고 있다. 앞으로 남은 여정은 긴 여행이 될지도 모른다. 레벨이 낮았던 시절에는 어려운 퀘스트(quest)가 발생하면 포기를 했을 것이다. 등급을 올리기 위해선 책을 곁에 두고 읽어야한다. 동기부여를 끊임없이 얻어야 한다. 마음에 와 닿는 글에 밑줄도 치고 종이에 기록을 남겨야 한다. 인생의 목표를 좀 더 타이트하게 정해야 한다. 데드라인을 정해두는 것이다. 1년 안에 책 두 권 집필하기, 꿈을 키워주는 강연가로 활동하기, 2년 뒤 내 집 마련하기. 그런 인생 그리고 목표가 내가 바라는 S등급이다. 책을 읽고 꿈의 등급마저 올라갔다.

• 내 주변에서 독서 장인으로 등극했다 •

주변의 친구들은 꿈이 없어 보였다. 주변에 어떤 친구들이 있는 가? 만약 미래를 대비하는 친구를 곁에 둔다면 자극을 받게 된다. 즉 동기부여를 얻을 수 있지만, 술 마시고 노는 것을 좋아하는 친구를 곁에 두면 술과 노는 것에 빠지게 된다. 꿈 없이 하루를 시작하는 사람과 명확한 꿈을 가진 사람이 있다. 어떤 삶을 살고 있는가? 대학 시절의 꿈은 디자이너였다. 독특한 상상력으로 작품을 남기고 싶었다. 디자이너가 되는 것은 쉽지 않았다. 미술을 배운 적이 없었고, 4년제 대학을 졸업하지 못했다. 전공과목 시간에 그림을 그렸지만 형편이 없었다. 어느덧 서른세 살이 되었다. 주변에 직장이 없는 친구가 있었다. 그런 친구를 보면 많은 생각이 들었다. 무엇을 해야 성공하는 삶을 살 수 있을까? 무엇을 해야 준비된 노년을 보낼 수 있을까? 성공을 갈망했던 시기였다.

현재 작가의 꿈을 가지고 있지만, 마음 한구석에 디자이너의 꿈을 이루지 못한 아쉬움이 남아 있다. '디자이너 회사에 다니고 있는 사람이 주변에 있었으면 좋겠다'라는 생각을 해본 적이 있었다. 꿈을 이루는 방법을 몰랐기 때문에 누군가 조언해 주길 바랐다. 지금은 이룰 수 있다고 믿는다. 미적 감각이 전혀 없진 않은 듯하다. 종이에 쓴 결심이 디자이너로 만들어 줄 것이다.

이제 서른다섯이 되었다. 꿈을 찾기 위해 친구들과 이별했지만 달라진 건 없었다. 내가 대단한 사람이 아니었기 때문이었다. 아직 준비가 되지 않은 상태였다. 하지만 나는 비범해져야 했다. 이런 독한 마음이 없었으면 친구들과 이별하지 않았을 것이다. 남자는 나이가 들수록 고독해진다. 친구들이 결혼을 하게 되면 한 명씩 연락이 끊기는 시기가 온다. 옆에 끝까지 남아 있는 친구가 베스트 프렌드이자 나의 거울인 셈이다.

회사 시스템에는 계급이 존재한다. 외국계 회사 또는 자유로운 회사가 아니라면 직급이 있다. 상하관계를 중요시하는 게 대부분이다. 직급이 높다는 건 실무 경험이 풍부하고 다른 직원들에게 모범적인 모습으로 보일 것이다. 가끔 회사에서 월급을 받는 기계라고 생각이 들 때가 있다. 만약 직장 내에서 직급이 낮다면 반드시 글을 쓰라고 권하고 싶다. 나만의 무기를 만들어야 하기 때문이다.

지금껏 살아오면서 친구에게 책을 추천받아 본 적이 없었다. 친구에게 추천받은 건 오로지 게임뿐이었다. 책을 선물 받아 본 기억도 없었다. 평소에 책을 좋아하지 않은 걸 알고 있기에 안 해준 것 같았다. 주변에 책을 좋아하는 사람이 단 한 명도 없었다. 책을 열심히 읽었던 적도 있었다. 그때는 군인 신분이었다. 정말 할 게 없었다. 기욤 뮈소의 《구해줘》, 《당신, 거기 있어 줄래요?》라는 책 두 권을 읽었다. 내 인생의 생산적인 독서는 아니었다. 회사에서 책을 좋아하는 사람도 없었다. 책으로 공감대가 형성되는 경험도 없었다. 유일하게 책 읽는 사람들을 발견할 수 있었다. 그곳은 독서 모임이었다. 그들은 각자 책을 읽은 뒤 서평을 발표할 때는 말도 잘했고 지식인처럼 보였다. 독서를 진심으로 사랑하는 사람들을 만나게 되었다.

독서 장인을 만나다

책을 매주 읽어야 하는 동기부여가 생기게 되었고, 처음 대하는 사람들을 경이롭게 바라봤다. 그동안 책을 읽으라고 말한 사람은 어머니가 유일했다. 잔소리로 들렸지만 추천받은 책은 글 쓰는 삶이 성공한다는 내용이었다. 그 후부터 글을 쓰는 인생으로 바뀌었다. 이력서에 적는 장점은 항상 똑같았다. 좋아하는 일에 몰두하면 누구보다 열심히 한다고 적었다. 만약 내가 공부를 좋아했다면 명문대학교에 입학했을 것이라고 확신한다. 진정으로 좋아하는 일을 해야만 하는 성격이었다. 디자이너 일을 했다면 컴퓨터 앞에서 밤샘 작업을 해도 즐겁다고 말했을 것이다. 지금은 새벽까지 글을 쓰고 출근하고 있다.

원하는 것을 얻기 위해서는 그 분야의 전문가들과 교류해야 한다. 변화와 자극이 있어야 삶도 조금씩 레벨업할 수 있다. 주변에 도움이 안 되는 사람을 곁에 두게 되는 경우도 많을 것이다. 프랑스의 유명한 정신과 의사인 스테판 클레르제의 저서 《기운 빼앗는 사람, 내 인생에서 빼버리세요》에서는 옆에 두면 안되는 사람들의 유형을 알려준다. "멘탈 뱀파이어와 누군가에게 기가 빨리고 있는 것이 맞는지 알고 싶은가? 그 사람의 옆에 있으면 기분이 어떤지, 그 사람과 어울리고 난 후, 곧바로 기분이 어떤지 생각해보는 것이 제일 좋은 방법이다. 일반적으로 우리의 기분은 그날그날에 따라 달라진다. 하지만 멘탈 뱀파이어와 함께 있으면 정신적으로든, 감정적으로든 행복하거나, 힘이 나거나 충만한 기분이 거의 들지 않는다. 그보다는 피곤하고, 우울하고, 의기소침하고, 긴장되고, 혼란스럽고, 불안하고 탈진된 기분, 나아가 힘이 쫙 빠지는 기분이 든다."

곁에서 굳은 결심을 꺾어버리는 사람이 존재할 수 있다. 그 사람과 멀리해야 한다고 생각은 하지만, 쉽게 연을 끊기란 어렵다. 나처럼 연을 끊는다고 현실이 지금 당장 변하진 않는다. 하지만 옆에 목표가 있는 사람을 두어야 한다. 그렇지 않으면 새로운 사람을 만나도 꿈이 없는 사람을 만날 것이다.

책을 추천하는 사람이 되기로 했다. 곁에서 꿈과 의지를 꺾는 사람보다 백배 낫다고 본다. 책을 추천받는 이들도 손해 보는 일은 없을 것이다. 내 주변에 책을 읽는 사람이 없었기에 책이란 존재를 잊고 살아왔다. 책은 누군가가 읽고 있지만, 그들을 따라 하기엔 동기부여가 부족했다. 십분 독서 습관을 길러보려 했지만 실패했다. 인생 쇼핑으로 동기부여를 얻어야 한다. 책을 진심으로 대하는 사람들을 독서 모임에서 발견했다. 독서 모임에 참석하기 위해선 매주 책을 읽어야 했다. 서평을 쓰는 것은 어려운 일이었다. 하지만 써야만 했다. 발표 시간에 단순하게 "책 내용이 좋네요."라고 말하면 이 모임에서 강제 퇴출되었을 것이다. 한 달에 책 열 권을 읽는 사람을 처음 보았고, 일 년에 책 열 권을 읽는 사람도 만날 수 있었다.

다들 책을 좋아하는 사람뿐이었다. 게다가 말솜씨도 좋았다. 책

한 권을 일주일 안에 읽고 참석해야 했지만, 그러지 못한 상태로 독서모임에 참석했었다. 발표도 엉망이었고, 책을 제대로 소개하지 못했다. 아쉬움이 크게 남았다. 그래서 일주일에 꼭 책 한 권을 읽어야 하는 미션을 만들었다. 회원들이 강제로 시킨 것이 아니었다. 스스로 만든 목표였다. 책은 주변에서 읽으라고 강요해도 본인의 마음을 바꾸기란 쉽지 않다. 독서의 습관을 갖기는 참으로 어렵다. 주변에 독서하는 친구가 있으면 그 친구를 가까이 해야 한다. 만약 독서하는 친구가 없다면 독서 모임에 참여해 볼 것을 권한다. 그곳에 가면 독서 장인을 만날 수 있다.

독서를 꾸준히 하는 것도 중요하지만, 글로 남겨야 한다. 독후감 또는 서평을 통해 글 쓰는 실력도 늘고, 좀 더 생산적인 독서를 할 수 있다. 서평 쓰는 건 어려운 일이 아니었다. 누구나 시도하면 다 할 수 있다. 서평 쓰는 방법을 인생 수업 시간에 배우게 되었다. 조금씩 나만의 방법으로 바꾸었다.

PART 1

첫 번째, 이 책을 어떻게 얻었는가? 출판사에서 받은 도서라면 어떤 경로로 받게 되었는지 간략하게 쓰면 책을 무료로 받는 정보를 주기도 한다. 보통 인터넷이나 서점에서 구매할 것이다. 그런 다음 책을 구매하게 된 동기를 쓰면 된다. 그리고 책의 이미지를 업로드하면 된다.

두 번째, 작가의 프로필을 간략하게 작성하면 된다. 살짝 귀찮은 부분이기도 하지만 정성 있게 쓰려면 타이핑을 하면 된다. 아니면 프로필 부분만 사진을 찍어 업로드하면 된다.

세 번째, 목차를 작성한다. 이 부분도 정성이 필요한 부분이다. 사진을 찍거나 파워포인트 또는 한글로 깔끔하게 이미지 파일로 만들면 보기가 더 좋다. 깔끔하게 포스팅하고 싶다면, 이분에서 구분 선을 긋는다.

PART 2

네 번째, 책 속의 문장을 적은 후 본인의 생각을 적는다. 각 목차 중 괜찮은 부분을 선별한다. 3개에서 5개 정도면 충분하다. 너무 많으면 읽지 않고 스크롤을 내릴 사람이 더 많다. 한 번 더 구분 선을 긋는다.

PART 3

마지막으로 최고의 문장과 느낀 점을 쓰면 된다. 책의 내용 중 괜찮은 부분을 찾은 뒤 작성하면 된다. 그리고 이 책에서 얻은 내용, 전체적인 느낀 점을 마지막에 적으면 된다. 이 책을 읽었으면 하는 분들이 떠오를 것이다. 그들에게 추천한다는 글을 마지막에 적어주면 좀 더 알찬 서평이 될 것이다.

책을 읽기도 쉬운 일이 아닌데 서평까지 쓴다면, 독서 장인이라고 말해도 부끄럽지 않을 것이다. 인생 독서를 하면서 많은 일들이 벌어졌다. 글을 쓰고 있고, 블로그를 하고 있고, 출판 계약을 맺었고, 독서 후 서평까지 쓰고 있다. 주변에 어떤 사람으로 비추어지겠는가? 독서를 하게 되면 여러모로 변하게 된다. 인생 독서로 주변에서 장인으로 등극해 보자.

• 매일 읽으며 약속한다 •

독서는 어떤 장소에서 하는 게 좋을까? 어디에 있든 책을 펼치면 되지만, 장소에 따라 집중력이 떨어질 수 있다. 지하철이나 버스 안에서 책을 읽게 되면 민망할 때가 있다. 읽는 사람이 보이지 않기 때문이다. 독서는 의지력이 중요하다. 실행력을 갖고 있어도 끈기가 부족하면 금방 포기하게 된다. 남는 독서가 되기 위해선 읽는 행위만 해서는 안된다. 그렇다면 생산적인 독서가가 되기 위해선 무엇을 해야 할까? 책을 읽어주거나 소개해 주는 유튜버나 블로거가 많이 있지만, 그래도 구독자와 약속하고 책을 읽어주는 사람이 대단하다고 생각한다. 내가할 수 없는 영역이고, 소통하며 책을 추천하는 게 생산적인 독서라고 생각한다.

이루고자 하는 마음이 생겼을 때 실행하는 게 가장 중요하다. 그걸 방해하는 존재가 주변에 널려 있다. 독서보다 흥미 있는 것들이 존재하기 때문이다. 평소에 시끄러운 공간을 싫어하지만, 오히려 카페에서 책 읽는 걸 선호한다. 도서관은 고요하고 지루한 기분 때문에 따분했다. 자유로운 분위기에서 책을 읽는 것이 집중이 더 잘된다. 카페에서 책을 읽을 때는 주변의 말소리 때문에 집중력이 떨어지게 된다. 평소에 좋아하지 않는 노래가 나오면 독서의 흥이 깨지기도 한다. 그동안 수십 가지의 변명을 갖고 독서를 회피했었다. 독서를 하다가 나도 모르게 옆 테이블에서 떠드는 이야기를 듣게 되는 때가 있었다. 유심히 듣다 보면 몰랐던 사실까지 알 수 있었다. 일부로 들으려고 한 건 아니었지만 자연스럽게 귀에 들어왔다. 옆 사람의 웃긴 이야기를 듣게 되면 입꼬리가 올라간 경우도 있었다. 그래서 귀에 이어폰을 꽂고 책을 펼쳐야 했다.

학창 시절부터 집에서 공부할 때는 집중이 잘 안됐다. 집중을 방해하는 컴퓨터가 있었기 때문이다. '30분만 할까?' 이런 생각이 가장 위험했다. 컴퓨터 전원을 켜면 세 시간 넘게 게임을 했었다. 집에서 인터넷 강의, 자격증 공부, 학교 과제를 하면 집중력이 흐트러졌다. 무조건 학원에서 수업을 들어야 하는 스타일이었다. 독서도 마찬가지였다. 책꽂이에 잠들어 있는 책들을 바라보며 '내일은 반드시 독서를 하겠다'는 다짐만 했었다.

녹초가 된 상태에서도 책을 펼쳐야 했다. 꿈이 없던 과거로 돌아가지 않기 위해서다. 부를 얻어 서재가 있는 집으로 이사를 꿈꾸기도 한다. 집안을 카페처럼 꾸며 독서를 하고 싶다. 집에서 즐겨 마시는 커피와 함께 독서에 빠진 내 모습을 상상해본다. 집에서 글은 잘 써지지만, 독서는 집중력이 떨어진다. 집에서는 집중을 못하는 스타일이지만, 카페 혹은 지하철에서의 독서는 생산적으로 하고 있다. 카페에서 하는 독서는 한두 시간을 읽어도 지루하지 않았다. 예전에 PC방 의자에 앉아 게임을 즐겨할 때와 비슷했다. 사실 카페에서 6천 원 하는 음료를 주문한 후 세 시간 넘게 앉아있기는 민망했다. 그래서 중간에 한 잔을 더 마셨다. 어느덧 시간은 두 시간이 흘렀고, 노트북이나 태블릿 기기를 챙겨 온 날이면 글을 작성했다.

카페는 비록 시끄럽지만, 마음이 정화되는 공간이 되었다. "카페에서 책을 읽으면 집중이 되겠어?"라고 말할 수 있다. 집에는 방해하는 존재들이 많아 독서 분위기를 낼 수 없었다. 어디에서든 펼쳐볼 수 있는 자신만의 공간을 찾아야 한다.

생산적인 독서 3개월 차

한 줄이라도 기억하기 위해 책을 매일 펼쳐보는 것 같다. 비록 짧은 시간일지라도 하루도 빠짐없이 책을 내려놓은 적이 없었다. 어떻게든 책을 매일 읽고 있는 편이다. 출근하면 회사가 있는 잠실역까지 25분이 소요됐다. 출퇴근할 때 이용하는 지하철이 독서 공간이 되었다. 이곳만큼 생산적인 독서를 할 수 있는 공간은 드물다고 생각한다. 목적지에 도착하기 위해선 대중교통 또는 본인의 차를 이용한다. 그냥 흘려보내는 시간에 남는 일을 하는 게 중요하다. 예전에는 웹툰을 보거나 눈을 감고 꿀잠을 잤다. 지하철에서 독서가 잘되는 이유는 경쟁자가 없기 때문이다. 그 공간에서 책을 읽는 사람을 찾아보기 힘들다. 책을 펼치는 순간 유일한 존재가 된다. 책을 읽기 전 지하철에서 독서하는 사람을 보면, 열심히 사는 사람이라는 생각이 들었다. 지금은 누군가 그렇게 봐주길 하는 마음도 있다.

어쩌다 독서인을 만나게 되면 보이지 않는 선의의 경쟁을 시작한다. 경쟁자가 없던 지하철에서 누군가 책을 펼치는 모습을 보면 필사적으로 읽으려 했다. 독보적인 존재라는 타이틀을 빼앗기고 싶지 않아서였다. 지하철에서 책을 읽어보길 권한다. 어차피 회사까지 가는 동안 무엇을 하든 시간은 흘러간다. 정해진 시간을 잘 활용하다 보면 남들과 다른 시간 개념을 갖게 되는 것이다. 출근을 피할 수 없다면 출퇴근 시간을 이용한 독서를 통해 인생을 즐겨야 한다.

출근하며 25분, 퇴근하며 25분의 독서 습관을 유지하고 있다. 지하철을 기다리는 시간 10분을 합하면 1시간 동안 지하철 안에서 인생 독서를 하고 있는 것이다. 매일 읽는 삶은 미래를 바꿀 수 있다는 사실을 믿는다. 많은 책에서 그렇게 이야기한다. 지하철에서 아침의 기적을 만들고 있다. 독서 전에는 두 눈을 감고 '출근하기 싫다'는 생각을 했었다. 책을 읽기 시작하면서 미래를 그리고 있다. 오늘 아침도 '반드시 더 나은 삶을 살 것이다!'라고 다짐하며 출근했다. 독서 습관을 기르다 보니 30분도 짧게 느껴졌다. 이렇게 조금씩 성장하는 내 모습이 낯설게 느껴지기도 한다.

최근에 새로운 문명의 이기를 알게 되었다. 그것은 바로 오디오북이다. 오디오북은 AI가 대신 책을 읽어주는 시스템이다. 가격은 한 달에 9,000원~15,000원 정도이다. 본인에게 투자를 주저하는 사람은 발전하기 어렵다고 말해 왔다. 결제를 하면 최근에 발간된 책들을 접할 수 있다. 가성비가 최고이다. 물론 모든 책이 있는 건 아니다. 텍스트나 오디오로 유명 베스트셀러, 스테디셀러를 보고 들을 수 있는 유료 서비스이다. 다양한 오디오북 회사가 있으니 비교해서 들어보길 권한다. 첫 달은 무료 서비스로 진행하니, 한 달 전에 구독 취소를 하면 된다. 손해 볼 일이 아니므로 실천해 보는 것도 좋다. 웹툰을 보거나 핸드폰 게임을 할 때 이어폰으로 듣는 걸 추천한다.

독서는 편안한 장소에서 해야 한다. 매번 독서에 실패하는 이유는 여러 가지가 있었다. 책은 지루한 존재라고 생각했다. 독서는 끈질기게 해야 한다. 그것을 너무나 늦게 깨달았다. 우주의 법칙에 관한 책들이 있다. 대표적인 책으론《연금술사》,《시크릿》이 있다. 2010년 대학생 시절, 저자 론다 번의 〈시크릿〉 책을 읽었다. 끌어당기는 힘, 우주의 법칙, 성공의 법칙이 그 당시에는 마음에 와 닿지 않았다. 지금은 비슷한 생각을 갖게 되었다. 출퇴근하며 미래를 그리고 있다. 지금은 지하철을 타고 출퇴근하고 있지만, 미래에는 제네시스를 타고 오디오북을 들으며 출퇴근하는 모습을 그리고 있다.

지금까지 일어난 일들이 다 이유가 있을 것이며, 독서를 통해 인생을 쇼핑하는 남자가 된 이유가 있다고 믿는다. 과거에 독서를 하지 않았던 이유, 그리고 게임을 미친 듯이 했던 이유도 있다고 생각한다. 매일 하는 독서가 의식을 바꾸게 해 주었다. 독서로 인해 어떤 삶을 살아갈지 명확한 목표를 세울 수 있었다. 독서를 거의 안 하던 사람이 글을 쓸 수 있고, 책에 매혹 당했다는 사실을 알려 주는 사람이 되었다.

독서는 편안한 장소에서 해야 한다. 매번 독서에 실패했던 이유를 잘 파악해야 한다. 정확한 원인을 찾지 못한 채 책은 지루한 존재라고 단정 지었을 것이다. 생산적인 의미를 잘 기억해야 한다. 독서는 약속된 장소, 정해진 시간에 하는 게 중요하다. 그동안 약속을 어겨왔을 뿐이다.

인생
독서
6

• 책을 기피했다. 지금은 깊이 빠져있다 •

세계 보건기구(WHO)는 2020년 3월 11일 코로나19에 대해 세 번째 팬데믹을 선언했다. 그전에도 악명 높았던 질병이 있었다. 중세 유럽을 거의 파멸로 몰아갔다고 해도 과언이 아니다. 약 7,500만 명이 넘는 유럽인의 생명을 앗아간 흑사병이다. 부끄럽지만 팬데믹 단어를 모르고 살았다. 흑사병이 어느 지역에서 발생했는지 알지 못했다. 배움에는 끝이 없다고 한다. 하지만 대학 졸업 후 회사 업무, 그리고 사회생활 이외에 배울 기회는 점점 줄었다. 그리고 책마저 기피했다. 책을 통해 인생의 전환점을 맞았다. 이전과 다른 폭풍 성장이 느껴진다. 시간이 갈수록 책의 도움이 필요했다. 독서로 창의성을 키우는 중이다.

토머스 에디슨은 세계적으로 위대한 발명가 중 한 사람이다. 그는 어린 시절부터 엄청난 상상력과 모든 일에 호기심을 가졌다고 한다. 그는 디트로이트 도서관에 있는 책을 어떻게 다 읽을 수 있었을까? 에디슨은 위인전을 통해 우리에게 친숙하다. 그는 연구에 대한 열정으로 발명한 것이 1,000종을 넘을 정도로 많은 발명을 하였다. 에디슨은 미래를 앞서 나간 발명가이다. 미래를 위해 발명한 것들이 우리 삶에 꼭 필요한 일부가 되었다. 그의 3대 발명품 중 하나로 1877년 '축음기'를 발명했다. 지금도 널리 쓰이고 있는 '백열전구', 그리고 가정용 영사기인 '키네토스코프'를 발명했다. 그의 아이디어는 몇백 년을 내다본 혁신이었다. 물론 그의 아이디어뿐만 아니라 여러 기술자, 엔지니어, 과학자들이 개발한 실용적인 제품도 많이 있다. 그중 니콜라 테슬라도 있다는 사실을 알았다. 책을 읽을수록 깊게 파고들어야 했다. 꼬리에 꼬리를 무는 책의 이야기였다.

아직 코로나19 팬데믹은 끝나지 않았다. 또 다른 전염병 팬데믹에 대비해야 한다. 경기 침체로 희망적인 이야기를 하지 못할망정 쓸데없는 소리를 한다고 말할 수 있다. 그러나 코로나 이전부터 치사율이 높은 바이러스는 이미 존재했었다. 1918년 '스페인 독감', 1957년 '아시아 독감', 1968년 '홍콩 독감', 1975년 '조류인플루엔자', 2003년과 2009년 '사스', 2012년 '메르스' 등이 발병했었다. 만약 WHO가 선언하는 네 번째 팬데믹이 오기 전 무엇을 갖추고 있어야 할까? 미래를 대비해야 한다.

마스크를 이렇게 오랜 기간 착용할 거란 생각을 코로나 발병 이전에는 단 한 번도 해 본 적이 없었다. 이미 2019년 이전부터 수많은 질병이 존재했음에도 이런 걱정 없이 살아왔다. 이제 소설에서만 나오는 재난이 몇 년 뒤 발생할지도 모른다. 황사로 인해 산소마스크를 착용해야 하거나, 물 부족으로 정해진 할당량만 구매해야 하는 세상이 올지도 모른다. 미래에 인류를 다른 행성으로 이주시키려는 과학자들의 프로젝트가 비현실적인 것이 아닐지도 모른다.

위기는 다시 찾아올 것이다. 2020년 3월 19일, 이날을 잊을 수 없다. 팬데믹 사태로 코스피 지수가 1,457까지 떨어졌다. 삼성전자 주가는 43,000원 밑까지 떨어졌다. '정말 대한민국이 망하면 어떡하지?' 하는 불안감이 생겼다. 누군가는 공포 심리를 이용해 투자하는 사람도 있다. 그들에게는 이 상황이 기회의 장이었다.

경제는 항상 굴곡이 있다. 부동산도 마찬가지다. 고점이 있으면 다시 내려오게 된다. 삼성전자를 사야 한다는 사실은 알지만, 돈은 부족했고 매수하기를 주저했다. 경험이 부족하면 매수할 타이밍에 망설이고, 매도 타이밍에 화끈하게 매수한다. 초보자는 늘 이런 실수를 반복한다. 기회는 위기에서 찾아온다. 긍정적인 방향이든, 부정적인 방향이든 책을 읽고 미래를 예측해야 한다.

뒤늦게 시작하면 이미 뒤처진 사람

선구자들의 특징은 상상력이 풍부하고 실행력이 빠르다. 일반 사람들보다 상식 밖의 생각을 미리 하고 결과물을 창조했다. 나는 세상이 변해 가는 속도에 따라가지 못했다. 뒤늦게 시도했지만, 다른 이들은 새로운 플랫폼에 적응하고 있었다. 우리가 사는 이 시대에 성장 없이 멈춰있게 되면 변화를 두려워하게 된다. 할머니는 올해 처음으로 스마트폰을 구매하셨다. 그전부터 스마트폰을 권유했지만 "늙은이가 스마트폰을 써서 뭐 하냐."고 거절하셨다. 지금은 열성적으로 스마트폰에 적응 중이시다.

새로운 분야에 도전하는 건 나 역시 힘들다. 마이크로소프트 [window] 11 버전이 2021년 10월 새롭게 출시가 되었다. 아직 설치를 하지 않았다. 새로운 [window]를 쓰게 되면 익숙해지는 시간이 필요했기에 지금까지 미루고 있다. 기존 버전을 편리하게 사용하고 있는데 굳이 바꾸고 싶지 않았다. 기술은 하루가 멀다 하고 발전에 발전을 거듭해 왔다. 만약 스마트폰이 없었다면 우리는 어떤 삶을 살고 있을까? 증권사에 전화를 걸어 주식 주문을 체결해야 하고, 회사 면접을 보러 가는 도중 여러 명에게 길을 묻고 있을 것이다. 인터넷 검색을 위해 PC방을 찾을지 모른다. 스마트폰 하나로 우리의 생활이 달라졌다. 일상 속의 변화는 끊임없이 이루어졌다.

앞으로 미래는 어떻게 달라질까?

   책을 통해 미래를 분석해야 한다. 새로운 일에 도전하는 걸 즐기는 편이었지만, 깊이 파고드는 성격은 아니었다. 그럴 만한 끈기도 없을 뿐더러 호기심도 없었다. 항상 막차를 탔다. 누군가 이미 습득한 일을 뒤늦게 시작했다. 인터넷을 검색하며 이미 지나간 일을 탐구했다. 성장이 벌어질 수밖에 없었다. '왜 성공한 사람들은 지금도 책을 읽을까?' 궁금했다. 최근 '메타버스', '디지털 화폐', 'NFT' 관련 도서들이 출간되고 있다. 과거였다면 어떤 것들인지 모르고 지나쳤을 것이다. 메타버스(metaverse)는 meta에 세상을 뜻하는 universe의 verse를 붙인 말이다. 현실을 초월한 세상, 새로운 가상 세상을 의미한다.

   메타버스는 가상공간의 세계이다. 그동안 해왔던 게임과 비슷한 느낌이었다. 모르는 사람과 대화하고 가상의 캐릭터를 꾸미는데, 아낌없이 돈을 지불하기도 했다. 그 캐릭터로 다른 이들에게 강연을 하기도 하고, 재택근무 시 새로운 개념으로 회의를 하기도 했다. 메타버스에 대해 깊이 파고들면 들수록 사실 머리가 아팠다. 하지만 '메타버스' 관련 도서는 이미 서점에서 많이 판매되고 있다. 책을 안 읽었다면 관심도 두지 않았을 것이다. 앞으로 메타버스 전망이 밝다고 한다. 새로운 변화를 달갑지 않게 생각하는 이들도 있다. 가상공간이 생기게 되면, 최소한의 장소만 있어도 회사

운영이 가능하다. 현실화가 되는 날이 올지 모른다. 가상 세계와 현실을 넘나드는 세계관을 그린 〈매트릭스〉라는 영화가 1999년에 상영되기도 했다. 엉뚱한 말로 들리겠지만, 어떤 책에는 우리의 삶이 가상 세계라고 쓰여 있었고, 전문가도 그럴 가능성이 20~50%라고 인터뷰했다. 정신 나간 소리 같지만, '메타버스' 책에 그렇게 적혀 있었다.

가상현실 게임이 상용화가 되었다. 우리가 일반적으로 쉽게 접할 수 있는 컴퓨터 게임에서 벗어나, VR는 컴퓨터를 통해서 가상현실 체험이 가능하다. 사용자는 원하는 방향으로 조작하거나 선택할 수 있다. 3차원 가상공간에서 실제와 같은 시각을 느낄 수 있도록 하는 최첨단 기술이다.

스티븐 스필버그가 감독한 영화 〈레디 플레이어 원〉은 2018년도에 개봉되었다. 이 영화는 2045년 미래를 배경으로 만들었다. 내가 생각했던 미래와 달랐다. 인구 과잉, 식량 부족 등으로 황폐한 도시였다. 암울한 현실에서 잠시나마 벗어나는 방법은 가상현실 '오아시스'에 접속하는 것뿐이었다. 그 속에 들어가면 무엇이든 할 수 있었다. 게임 머니로 현실에서 살 수 없는 게임 장비와 의류 구매가 가능했다. 대부분 시민들의 유일한 낙은 가상 세계 접속이었다. 이 영화를 2018년도에 봤었다. 최근 '메타버스' 관련 도서에서 이 영화가 항상 등장했다. 이 도서의 저자들은 어떤 메시지를 전달하고 싶은 것일까? 궁금했다. 새로운 플랫폼을 만들어야 한다고 강조했다.

　메타버스와 NFT 관련 도서에서는 대체할 수 없는 사람이 되어야 한다고 말한다. NFT는 쉽게 말하면 대체할 수 없는 토큰이라고 말한다. 현재 NFT 개발은 초기 단계이다. 디지털 자산은 아직 법으로 보호받는 시스템이 아니기에 위험 자산이다. 하지만 많은 이들은 '비트코인'을 구매하고 있다. 문과도 아니었고 이과도 아니었다. 하지만 과학을 믿는다. 미래가 어떻게 급변할지 모르기 때문이다. 토머스 에디슨, 일론 머스크, 스티브 잡스, 빌 게이츠는 독서로 미래를 읽었다. 대체 불가능한 인생을 만들기 위해선 책이 필요하다.

• 오늘도 다시 태어나는 중 •

하루를 어떻게 보내야 할까? 나는 작심삼일 인생이었다. 그것보다 못한 하루살이로 산 적도 있었다. 변화가 필요했다. 그래야 캄캄한 미래에서 벗어날 수 있을 거라 믿었다. 이 세상에 언제 떠날지 모르겠지만, 하루살이로 살기에는 앞으로 많은 날이 남아 있었다. 작심삼일로 포기했던 이유들은 늘 변명에 지나지 않았다. 힘든 일은 하루 만에 포기했고, 할 수 있음에도 시도조차 하지 않았다. 이제 더 이상 이렇게 살지 않기로 다짐했다. 나에게 신선한 피가 필요했다. 드라큘라 또는 뱀파이어는 아니지만, 무언가를 흡수해야만 했다. 그렇지 않으면 뇌가 점점 굳어지고 생각 없이 남은 인생을 살아갈 것 같았다. 나에게 신선한 피는 바로 책이었다.

나는 종교가 없다. 글을 거창하게 쓰다 보니, 독자들이 이 책의 저자는 신을 믿는다고 생각할 수 있겠다. 이 책의 일부 내용은 뮤지컬 관람에서 많은 영감을 받아 쓴 것이다. 신념과 창조를 강조하면서 이렇게 많이 생각해 본 적이 없었다. 하루살이가 신념을 갖게 되었다. '무식하면 용감하다.'라는 개념이 아니다. 마음속의 생각을 신념이라고 한다. 신념을 갖게 되면 생각과 행동이 점점 바뀌게 된다.

3개월 동안 책 70권을 구매했다. 그동안 몰랐던 내 삶의 일부를 찾게 되었다. 나에게 포기란 나약함이었다. 이 나약함 때문에 평범한 인생이었다. 책은 가끔 지루하기도 했다. 맛있는 피를 찾기란 결코 쉬운 일이 아니었다. 가끔 먹잇감을 찾으러 서점에 갔다. 도서관의 책을 다 읽었던 명사들이 이 책들을 보면 어떤 생각을 할까? 과거에는 책값이 비싸다고 느껴졌다. 지금은 책을 사치스러울 정도로 사고 싶다.

앞 장에서 나의 등급은 'C 등급'이라고 했다. 글을 쓰면서 인생의 등급과 가치를 올리고 싶어졌다. 현재 다니는 직장에서 작년 12월에 주임이 되었다. 전기 산업기사 자격증을 취득하면 대리 또는 과장 직급으로 승급할 수 있었지만 공부하지 않았다. 그전보다 업무량이 많아졌지만, 그만큼 배울 것도 많아졌다. 수동적인 업무에서 능동적인 업무로 바뀌니 일이 즐거워졌다. 하지만 지금 다니고 있는 직장을 다른 사람에게 설명할 때 부연 설명을 해야 했다. '시설 관리'라는 직업이 무엇인지 잘 모르는 사람이 많았다. 자신감이 부족한 이유 중 하나였다.

　내가 하고 싶은 일을 해보고 싶었다. 하지만 장점을 찾을 수 없었고, 무엇을 해야 할지 몰라 막막했다. 주변에서 "너는 무엇을 잘하니깐 그와 관련된 일을 해보는 게 좋겠어."라는 희망적인 이야기를 들을 수 없었다. 누군가의 도움이 필요했다. 책을 통해 미처 몰랐던 재능을 찾게 되었다. 글쓰기에 조금 소질이 있는 것 같았다. 머릿속에는 독창성과 창의성은 많았지만, 그 생각을 정리해서 말하긴 어려웠다. 하지만 생각들을 글로 옮겨 적으니 제법 괜찮은 글로 보였다.

　대한민국 1호 관점 디자이너 박용후는 그의 저서 《관점을 디자인하라》에서 "일반적인 당연함을 부정하는 것, 그것은 우리를 활동적이고 역동적이게 만든다. 사람들이 당연하다고 생각하던 정서를 뚫고 일어서는 생각, 우리는 그것을 기발함이라고 부른다. 기발함이란 특별한 생각을 말하는 것일까? 그렇지 않다. 기발함이란 '그때까지 다른 사람들이 생각하지 못하던 평범한 생각'이다."라고 말하고 있다. 성공한 사람들의 생각과 관점을 명품이라고 생각한다. 물론 내 생각은 명품이 아니다. 하지만 남들이 생각하지 않는 관점으로 글을 쓴다면 명품 글이 될 거라 믿는다.

슬픔에 빠졌다면 기쁨에도 빠져라

N포세대로 살면서 내일은 중요하지 않았다. 지금은 현실과 맞서 싸우고 있다. 월급 외에 수익을 창출하고 싶어 주식에 투자했었다. 주식 잔고는 매일같이 떨어지고 있었다. 손실 금액만 몇천만 원이었다. 몇 번 겪어보니 보통 사람보다 더 강하게 마음먹어야 했다. 비록 마이너스 인생으로 살고 있지만, 또 다른 분야에서 돈이 들어오는 수익 구조를 만들어야만 했다. 그렇다고 주식 투자를 했다는 것에 후회는 하지 않는다. 그 실패의 원인은 오로지 나 자신에 있었기 때문이다. 그 투자가 있었기에 또 다른 방법을 물색했고 계속 시도하였다.

SNS를 안 하는 사람이 이상형이라고 말하는 사람들이 있다. 정작 본인들은 인스타그램, 페이스북, 트위터를 한다. 그동안 SNS를 안 하면 누군가의 이상형이 될 수 있다고 믿어 왔다. 나는 아직 SNS를 하지 않는다. SNS를 하지 않는 모습에 호감을 표하는 사람은 단 한 명도 없었다. 관심을 받기 위한 SNS 중독을 부정적인 측면으로 보는 사람도 있겠지만, 나는 그들이 자신감 있고 용기 있는 사람이라고 말하고 싶다. 본인을 팔로우하는 사람들은 고객이다. 경제적으로 바라보면 그들은 캐시가 된다. 지금은 아직 예정중이지만, 수익 창출을 하기 위해 시도해야 할 부분이다.

앞으로 새로운 도전을 계속하기로 했다. 새로운 시도는 가슴을 설레게 한다. 누군가는 시도조차 하지 않고 미리 포기한다. 책에 빠지기 전에는 그렇게 살아왔다. 나만의 사업을 통해 경험을 쌓은 건 아니었지만, 내 방식대로 시도해보고 패배도 겪어봤다. 누구나 인생을 살아가면서 많은 패배를 겪게 된다. 그러면서 성장하는 것이다. 인생 독서를 통해 본인을 단련해서 지금보다 더 단단하게 만들어야 한다.

다시 태어나게 해준 건 책이었다. 삼십 대가 되어선 책 한 권도 읽지 않았다. 자랑이 아니란 사실을 잘 알고 있다. 어머니는 나에게 책을 읽으라고 잔소리를 하셨지만, 나는 책에 관심이 없었다. 어머니의 잔소리를 한번 실천해 보았다. 그 책의 주인공은 자신감 없고 가난한 집에서 태어났다. 그 사람의 성장 스토리였다. 가난 속에서 성공한다는 뻔한 이야기였다. 하지만 이 책을 읽으면서 눈물을 두세 번 흘렸다. 내 안에서 무언가 끌어 올라왔다. 굳은 의지가 생긴 계기였다.

현실에서 잠시나마 벗어나는 방법은 잠을 자는 것이었다. 잠을 줄이며 새벽 3시까지 글을 쓰고 있다. 세 시간 잠을 자고 아침에 출근하게 된다. 아침에 출근해서 커피 한 잔, 오후에 커피 한 잔과 에너지 드링크를 마시며 오늘 쓸 글귀를 생각하고 있다. 책을 읽지 않던 사람이 책에 빠지게 되었고 원고를 쓰고 있었다. 누군가로부터 '공감'과 '좋아요'를 받아 보고 싶고, N포세대에게 희망을 주고 싶다. "여러분, 책 한 권도 읽지 않던 사람이 글을 쓰는 인생이 되었다고 말하면 믿을 수 있나요? 학창시절, 저는 국어 점수는 형편 없었고, 띄어쓰기도 잘 몰랐으며, 모르는 단어가 많았습니다. 부족하지만 글을 쓰고 있습니다." 잘난 척을 하는 부분도 있다. 그동안 의기소침했고 자신감은 밑바닥이었다. 글쓰기로 전혀 다른 사람이 되었다.

이제 더 이상 즐거운 일만 찾지 않기로 마음먹었다. 독서만큼은 작심삼일에서 벗어났다. 3년 뒤, 아니 30년 뒤에도 글 쓰는 모습을 그려보고 있다. 매일 다시 태어나는 중이다. 신을 모독하는 것이 아니라 우리는 예수보다 기회가 더 많다. 십자가에 못 박혀 세상을 떠난 예수는 사흘 만에 다시 눈을 떴지만, 우리는 매일 눈을 뜬다. 삼일이란 기회가 더 주어진 셈이다. 스스로 시한부를 내렸고 가시 밭길을 걷는다고 말했다. 캄캄한 미래에서 벗어나기 위해 안간힘을 써야 했다. N포세대 일원에서 탈출하기 위해 인생을 쇼핑하는 남자가 되었다.

SNS를 잘하는 사람은 그것 또한 장점이다. 자신을 사랑하며 폼나게 사는 사람들을 좋아한다. 내가 갖지 않은 능력에 부러운 감정이 생기게 된다. 나는 남들보다 마음이 여리고 감수성이 풍부했다. 남들이 갖고 있지 않은 부분을 극대화하길 바란다. 그동안 나약한 생각에 사로잡혔던 이유는 나를 증명하는 결과물이 없었기 때문이었다. 만약 자신감도 부족하고 미래가 불투명하다면 책을 펼쳐봐야 한다. 책 속의 주인공은 가난한 생각에 벗어나 성공한다. 이제는 꿈을 스케치하길 바란다. 그저 평범한 생각은 N포세대에서 빠져나오지 못하게 만든다.

Part 06

생산적인 삶을
살아가는 방법

인생 배움은
계속되어야 한다

• 인성은 하루아침에 만들어지지 않는다 •

부자는 연인과 함께하는 식사비용 때문에 이별을 고민할까? 그런 생각을 한 번도 안 해 봤을 것이다. 가난에서 허우적거릴수록 더 깊은 수렁에 빠지게 된다. 식사를 마친 후 계산을 망설였던 적이 있었다. 계산서에 5만 원이 넘는 금액이 찍혀 있었다. 돈을 쓰는 건 쉽고, 버는 건 어려웠다. 밥을 맛있게 먹어놓고, 다음 달 카드 결제 대금이 걱정되기 시작했다. 그렇다고 여자 친구에게 계산하라 하고 카페에서는 내가 사겠다고 말하기 어려웠다. 여자 친구에게 밥을 사는 게 부담이 된다면, 이 연애는 앞으로 어떻게 될까? 가난한 현실이 자신감을 떨어뜨리게 했다.

부자의 생각을 읽을 수 있다면 얼마나 좋을까? 부자가 추천하는 종목, 부자가 찜해 놓은 부동산, 부자의 생각을 알고 싶었다. 그들 중 유튜브를 통해 재테크를 주제로 채널을 운영하기도 했다. 이런 채널은 구독자가 늘어나면 퍼스널 브랜딩 효과를 톡톡히 본다. 광고 및 영상으로 많은 수익을 창출한다. 사회생활을 잘하는 방법을 찾아보면 다양하게 검색이 된다. 회사 업무를 잘하는 방법은 학교에서 가르쳐 주지 않는다. 사회에 직접 나와 몸소 체험하지 않는 이상 도무지 알 수 없다. 자존감이 낮은 사람에게 힘이 되어주는 영상도 있고, 이성과 대화하기 힘든 사람에게 도움 되는 영상도 있다.

직장은 전쟁터이지만, 날아오는 총알을 가뿐히 예측하고 피할 수 있다. 우리는 이것을 연륜이라고 한다. 연륜은 오랜 시간 같은 일에 종사하다 보면 다양한 일을 경험함으로써 쌓이게 된다. 직장 상사의 눈치를 안 보는 방법 중 하나는 센스 있게 대처하는 능력이다. 그래야 몸도 편하고 상처 없이 퇴근할 수 있다. 아니면 눈치 없이 행동하는 하는 거다. 본인의 마음은 편하지만, 주변 사람들이 그 사람의 업무까지 맡아서 해야 하는 일이 생긴다. 인성이 바르고 센스 있는 사람은 어딜 가든 환영받는다. 그렇지 않으면 주변 사람이 피곤하다.

보통 사람들은 화목한 가정에서 자란 사람들과 교제하려 한다. 경험이 있기 때문일 것이다. 부모님이 자신을 학대하였거나, 이혼

했거나, 가정이 화목하지 않은 환경에서 자라온 아이들은 보통 부정적인 사고방식을 가지고 있을 가능성이 높다. 나도 그중에 한 사람이다. '좋은 사람이 될 거야.'라고 다짐했지만 보고 들은 것들이 있어서 그런지 나도 그 사람과 똑같이 행동할 때가 종종 있었다. 아버지는 좋지 않은 사람이었다. 배울 게 없는 사람이었다. 그는 밖에서는 좋은 얼굴을 하고, 집에서는 나쁜 얼굴을 하고 있었다. 나도 그를 따라 할 때가 있었다. 회사에서는 무난한 사람이었고, 집에서는 매사에 부정적인 사람이었다. 하지만 남에게 피해를 주면 안된다는 생각을 항상 갖고 있었다. 그는 집을 나갔고 우리 집에는 평화가 찾아왔다.

어둠에서 다시 희망으로 돌리기 위해서는 많은 에너지와 돈이 필요하다. 빚을 지고 살아가는 건 내일이 숨이 막히고 버겁다. 추락의 끝은 브레이크를 밟아도 그 속도가 걷잡을 수 없이 내려간다. 마치 마이너스 주식 잔고와도 같다. 우리는 내일의 햇빛을 보고 눈을 뜬다. 만약 어둠이 계속 내린다면 희망의 빛을 볼 수 없을 것이다. 내게도 빛이 있다고 믿고 싶다.

모든 경험이 빛이 된다

코로나19로 힘든 시기에도 명품관에서 쇼핑을 즐기는 이들이 있다. 어떤 이들은 취업이 되지 않아 집에서 이력서를 수정하며 회사를 알아보고 있을 것이다. 빛과 어둠이 공존하는 것 같은 극과 극의 상황이다. 나는 명품관 앞에 줄을 서 보기로 했다. 주변 친한 지인에게 부탁하여 같이 명품관으로 향했다. 명품을 살 것도 아니면서 혼자 순서를 기다리면 초조해 보일 것만 같았다. 매장 앞에서 기다린 목적이 있었다. 기다리는 동안 어떤 생각을 갖게 될지 궁금했다. 그리고 백화점이 오픈하면 명품관으로 달려가는 사람들의 심리가 궁금했다. 경험을 통해 알고 싶었다.

대학에서는 실내 디자인을 전공했다. 교수님들은 항상 난감한 과제를 내주었다. 한번은 백화점의 디스플레이를 찍은 자료를 준비해 오라고 했다. 보통 오픈된 공간이 아니면 명품관이나 브랜드 매장 안에서 촬영은 직원이 제지한다. "학생인데요, 사진 좀 찍어도 될까요?" 치트키를 써도 통하지 않았다. 그렇다고 그 직원을 원망할 수는 없었다. 그때는 이런 과제들이 너무 창피하고 싫었다. 그 매장의 분위기와 인테리어가 보이는 것이 아니라 직원들이 자리를 비우는 순간만을 기다렸다. 흔들린 사진이거나 내부를 일부만 보이게 찍은 자료를 과제로 제출했었다.

소심한 성격 때문에 온라인 구매를 더 선호한다. 물건을 구매할 것도 아니면서 명품관에 들어간다는 건 큰 용기가 필요했다. 순서가 점점 다가왔다. 무언가를 영접하고 받아들이는 기분이 들었다. 매장에 들어간 순간 심정은 솔직하게 별것 없었다. 실내 디자인을 전공하여 인테리어 회사에 취직했었다. 백화점에 입점하는 브랜드의 공사를 맡아 진행하는 회사도 다녔고, 외국계 애플, 보잉, 금융회사 인테리어 현장 감독하는 일도 해봤다. 기대가 조금 컸던 것 같았다. 이것도 인생의 배움이라고 볼 수 있다.

인테리어 회사에 다녔던 기억은 좋지 않았지만, 미적 감각을 키우는 데 한몫했다. 인테리어 비용만 5억 원, 많게는 10억 원, 20억 원 드는 공사를 맡아 시공하던 회사에서의 근무경험은 값진 것이었다. 외국계 회사여서 외국에서 수입해오는 자재가 대부분이었고, 공정을 맞추기도 까다로웠다. 국내에서 생산하는 제품보다 독특한 마감재를 볼 수도 있었다.

용산구 이태원에 가게 되면 외국인을 만날 수 있지만, 대화를 해본 적은 없었다. 외국계 변호사 사무실 인테리어 공사를 맡게 되면 영어로 대화하는 한국인, 외국인이 어찌나 많던지, 나에게 뭐라고 말을 걸었는데 무슨 말인지 알아듣지 못했다. 이때 인생의 전환점이 왔었더라면 영어를 배우러 다녔을지 모른다.

백화점 내부 공간은 협소할 수밖에 없다. 그 안에 집어넣을 수 있는 진열대, 계산대 몇 가지의 가구를 세팅하면 딱 필요한 것들만 배치돼 있는 그저 그런 공간이었다. 좁은 공간에 가격이 나가는 마감재를 사용했지만, 옷과 가방이 먼저 시선에 들어오는 사람이 있는가 하면, 공간의 분위기가 먼저 들어오는 사람도 있을 것이다. 서로 다른 경험에서 다른 관점으로 환경을 바라본다.

넉넉하지 않은 처지이면서도 선행을 베푸는 사람들이 있다. 한 어르신은 수십 년간 박스를 고물상에 팔아 모은 돈을 등록금이 부족한 학생에게 기부했다는 기사를 접했다. 그 어르신의 집은 풍족하지 않았다. 어떻게 그 상황에서도 따뜻한 마음을 가질 수 있을까? 부끄럽지만 지금 당장 사고 싶은 걸 미룰 수는 없었다. 성공과 기부를 둘 다 미루고 있었다. 비록 현실의 벽에 부딪혀 성공이 늦어졌지만, 좋은 일도 하겠다는 사명감을 항상 가지고 있다. 앞으로 봉사활동 그리고 기부는 꼭 해야 할 인생 과제이다.

보통 사람은 약한 마음으로 살아가려 하지 않는다. 약한 자가 되지 않기 위해 기도를 드리는 이들도 있고, 유도 또는 검도 같은 스포츠로 심신을 단련하기도 한다. 그리고 요가나 명상하는 이들도 있다. 우리는 살아가면서 인성과 실력을 갖춘 사람을 자주 접하지 못한다. 그들은 성공하는 사람들의 공통적인 부분을 갖고 있다. 인성은 하루아침에 만들어지지 않는다.

유명 연예인, 스포츠 스타가 안 좋은 일로 언론에 노출되면, 이미지에 큰 타격을 입게 된다. 과거에 대중들에게 큰 사랑을 받았지만, 자만에 빠져 추락한 스타들이 있다. 가난한 생각은 책을 통해 벗어나고 있다. 과거의 아픔과 상처가 아직 남아 있었다. 부정적인 생각 때문에 희망적이지 않은 날들이 있었다. 남에게 피해를 주지 않겠다는 마음만큼은 지키려고 한다. 인생을 살면서 배운 마음가짐이다.

• 책을 맛있게 읽는 것이 중요하다 •

피자는 매일 먹어도 질리지 않을 정도로 좋아한다. 다른 음식이 아무리 유혹해도 최애 음식은 바뀌지 않았다. 그 정도로 피자에 매혹됐고, 기호식품이었다. 여자 친구와 데이트할 때도 피자를 좋아한다고 말했었다. 상대방도 피자를 좋아한다고 말하면 눈이 하트로 변했다. 피자를 사 주는 사람이 천사로 보이기까지 했다. 피자를 정확히 언제부터 좋아했는지 기억나지 않지만, 고등학교 시절 할인 쿠폰만 받아도 좋아했던 것 같다. 일주일에 네다섯 번을 먹어도 질리지 않았다. 그것이 이번 내용의 포인트다.

편식하는 이유는 무엇일까? 맛이 없는 음식에는 손을 대지 않는다. 책도 마찬가지이다. 본인의 입맛이 까다롭지 않아도 맛이 없게 느껴지는 책이 존재한다. 그 책을 읽지 않아도 다른 책을 통해 정보를 얻으면 된다. 책은 이 세상에 방대하게 널려 있다. 맛이 없는 책은 그냥 덮어야 한다. 다른 책을 맛있게 읽으면 된다. 책의 맛은 다양하다. '지식으로 얻는 유익한 맛', '간접으로 얻는 경험의 맛', '성공스토리를 읽은 뒤 감동의 맛', '빛 한 줄기 같은 희망적인 맛', '사랑하는 사람이 속삭이는 달콤한 맛' 등이 있다. 이 중 어떤 맛에 끌리는가? 아이스크림 종류처럼 31가지 맛을 써놓고 싶었지만 참았다. 책은 다양한 맛을 가지고 있다.

그동안 맛없는 책만 읽어 왔다. 대표적인 게 교과서다. 대부분 맛있게 읽은 사람은 없을 것이다. '어쩔 수 없이 삼켜야 하는 맛'일 수 있다. 성공의 맛을 맛보기 위해 열 번이고 백번이고를 맛보는 전교 일등처럼 책을 맛있게 읽거나 씹어 먹어야 한다. 다산 정약용 선생은 여러 번의 독서를 강조하기도 했다. 공부를 좋아하지 않던 내게 시험 범위를 한 번 훑어보는 것도 최악의 맛이었다. 교과서의 맛은 먹기도 전에 몸서리치게 했고, 사약을 삼키듯 괴로웠다. 그런 책을 계속 반복해서 읽고 명문대에 들어간 이들을 존경한다.

성인이 되어 맛있게 먹은 책 중에는 만화책과 소설책이 있다. 해리포터 영화는 오랫동안 추억으로 남아있다. 글로 읽는 해리포터는 이해하기 어려웠다. 다양한 인물들의 이름을 외우는 것은 물론이고 마법을 어떻게 부리는지 상상하는 것조차 쉽지 않았다. 스토리 중 악당하고 왜 대립하고 있는지 상상하며 읽기 어려웠다. 상상력과 암기력 그리고 스토리 이해도가 필요했기에 해리포터 책을 좋아하지 않았다. 책 겉표지만큼은 마음에 들었다.

유일하게 맛있게 읽었던 소설책은 아서 코난 도일이 쓴《셜록홈즈》다. 추리 영화 그리고 추리 애니메이션을 좋아했던 터라 추리소설의 맛은 아직도 기억에 남아 있다. 앞선 장에서 책을 읽는 방법을 모른다면 독서법에 대한 책을 읽으라고 조언했었다. 그것이 애피타이저이다. 앞으로 읽을 책의 맛을 돋우기 위해 읽어야 할 책이다. 코스요리가 나오기 전에 약간의 허기를 달래야 다음 요리를 맛있게 먹을 수 있다. 책이 맛없는 이유가 있다. 우선 책을 좋아하지 않는 사람은 읽지 말아야 하는 책이 있다. 어려운 책은 최대한 피해야 한다. 때론 편식해야 한다. 그것이 책을 맛있게 읽는 방법이다.

독서법, 자기 계발, 인문학, 심리학책은 맛있게 음미할 수 있다. 그 외의 책들은 아직 진정한 맛을 못 느끼고 있다. 책을 잘 읽는 사람도 본인의 입맛에 맞지 않는 책을 읽게 되면 뱉게 된다. 소주를 늘 마시던 사람이 와인을 마셨을 때 뱉는 모습과 같다. 그들은 이미 책을 음미했던 경험이 있기 때문에 걱정할 필요가 없다.

맛있는 책 그리고 독서

책을 선물하기 위해선 책을 여러 번 구매해야 한다. 책을 구매해야 한다는 메시지가 여러 번 담겨 있다. 오죽했으면 명품 대신 책을 사라고 했겠는가! 책을 읽기로 마음먹었으면 맛있는 책을 골라야 한다. 그것이 본인의 메인 요리다. 맛있는 책을 찾기란 쉽지 않지만, 책을 사야 한다고 강조하고 싶다. 옷을 백화점이나 상가 매장에서 구매하려는 것은 직접 입어보고 어울리는 옷을 찾기 위함일 것이다. 하지만 인터넷에서 구매하는 가격보다 비싼 금액을 지불해야 한다. 백화점에서 입어보고 상품명을 핸드폰으로 촬영한 다음, 인터넷에서 구매하는 사람도 있다. 나에게 맞는 치수, 어울리는 옷들을 잘 알고 있다. 그렇기 때문에 그런 수고로운 일 없이 필요한 옷을 인터넷에서 구매한다.

감명 있게 읽은 책을 친구에게 추천해 줘도 구매를 안 하는 이유는 다양했다. 첫 번째로 책이 비싸다는 이유, 두 번째로 구매하면 중고가 되니 도서관에서 빌려본다는 이유, 세 번째로 읽어보지 않고 도움이 되는지 모르겠다는 이유 등이 있었다. 미래를 바꾸기 위해선 자신에게 투자해야 한다. 그 예로 피부관리, 패션, 견문 등이 있다.

올해 3월, 전 직장에서 친하게 지내던 지인의 결혼식에 다녀온

적이 있었다. 답례품으로 수건을 받고 다음과 같은 생각을 했다. '만약 내가 결혼하게 된다면 답례품으로 책을 줘야겠다.'고. 지인들 은 이미 내가 쓴 책을 한 권씩 가지고 있을 테니, 그동안 맛있게 읽 었던 책을 예쁘게 포장해서 선물해 주는 상상을 하고 돌아왔다.

주변에 책을 안 좋아하는 사람에게 책을 선물하는 경우 독서 방 법이 쓰여 있는 책으로 하면 좋을 것이다. 어려운 책, 맛없는 책을 선물하게 되면 그 책은 책꽂이에서 깊은 수면에 빠질지 모른다. 책 은 향수와 다르게 종이 냄새마저 거부반응을 보이는 이들도 있지 만, 모든 책이 도움이 된다고 말하는 이들도 있다. 책을 지독하게 안 읽는 사람을 아직 만난 경험이 없어 그렇게 말할 수 있다. 아니 면 모든 책이 보물이라는 좋은 의미로 말할 수 있다. 하지만 책을 읽는 사람보다 책을 안 읽는 사람이 많다는 게 팩트이다.

책을 읽는다고 인생이 달라지지 않는다고 말하는 사람도 있다. 그 사람은 아직 책 천 권을 읽지도 않고 그런 말을 하는 게 분명하 다. 명품보다 책, 맛있게 읽는 책, 꿈을 키워주는 책을 강조하는 이 유가 있다. 35년 동안 책 열 권도 안 읽었던 사람이 맛있는 책 한 권을 읽고, 이렇게 글을 쓰고 있다는 사실을 알리고 싶어 글을 쓰고 있다. 책을 맛있게 읽고 책을 찾는 사람이 되었다. 자연스럽게 목표 를 다독가 그리고 작가로 설정했다. 남들에게 좋은 정보를 알려주기 위해서 먼저 경험하는 습관을 지니고 있다. 책을 구매하고 후회한 적도 있었다. 그것도 과정이라고 생각한다. 그 책을 친구에게 선물해 줬으면 당연히 안 읽을 게 뻔했다. 책 선물이 어려운 게 아니라 받는 사람에게 어울리는 책을 주는 게 어렵다고 말하고 싶다.

요즘 '커피 같은 책', '초콜릿 같은 책'에 빠져있다. 익숙한 맛 때문인지 책에 거부감이 들지 않았다. 보통 책은 눈으로 읽고 펜으로 밑줄은 친다. 오디오북에도 심취해있다. 오디오북에선 AI가 글을 대신 읽어준다. 가장 좋은 점은 시각, 촉각, 청각을 이용한 독서가 가능하다는 점이다. 거기에 책의 맛까지 느끼게 된다면 더 효과적일 것이다.

책을 맛있게 읽는 게 중요하다. 어려운 맛의 책을 억지로 읽을 필요는 없다. 그동안 어떤 장르의 책을 읽었는지 모르겠지만, 맛있기만 해서는 독자에게 도움이 안될 경우가 있다. 가끔은 아픔이 전해지는 맛의 책을 읽을 필요가 있다. 남는 독서가 되어야 하지 않겠는가? 나처럼 미래에 대한 고민이 많은 사람은 자기 계발서를 읽을 것이다. 만약 본인이 독서 입문자라면, 맛도 중요하지만 심장을 콕콕 찌르는 책을 읽어야 한다. 정형외과에서 근육을 풀기 위해 고주파 치료를 받게 되면, 강도가 강할수록 자극이 깊이 들어오는 게 느껴진다. 인생 도서란 어렵지 않으면서 마음을 조금씩 자극하는 책이다. 그리고 한 번 맛을 보면 절대 그 맛을 잊을 수 없다.

　주변에 책을 읽지 않는 사람이 많다. 이유가 다양하지만 결국에는 변명이 아닐까 싶다. 그동안 책은 지루한 존재라고 생각했다. 천 권을 읽지 않았음에도 인생을 바꿀 수 있다는 말에 귀 기울이지 않았다. 책꽂이에 어떤 맛들이 있는가? 아직 괜찮은 책을 만나지 못했을 가능성이 높다. 본인의 입맛이 까다로울 수 있다. 마지막으로 이렇게 말하고 싶다. 본인의 입에 맞는 책은 존재한다. 맛있는 책을 읽기 위해선 인생 쇼핑을 끊임없이 해야 한다. 책을 읽고 깨달은 배움으로 하는 말이다.

인생
배움
3

• 가방에 책을 담았는데 그건 나의 매력이었다 •

선생님이 내준 숙제를 검사 당일이 되어서야 친구에게 부탁해 급하게 옮겨 적었다. 그렇기 때문에 책을 집에 가져갈 필요가 없었다. 벼락치기를 하는 날에만 책을 가방에 넣고 다녔다. 가방의 무게는 항상 가벼웠다. 책이 한 권도 들어 있지 않은 가방이었다. 책이 한 권이라도 들어있는 날은 가방이 무겁게 느껴졌다. 중력 때문에 가방이 무겁게 느껴진 건 아니었다. 단지 책이 싫었고 귀찮은 존재였을 뿐이었다. 요즘은 가방을 가지고 다닐 때가 있고, 빈손으로 다닐 때가 있다. 가방을 가지고 출근하는 날은 책과 사랑에 빠지는 날이었다.

가방을 집에 두고 오는 날은 책과 잠시 헤어진 날이었다. 인생을 쇼핑하는 남자가 되기 전에는 직접 구매한 책이 열 권도 되지 않았다. 생산적인 독서를 알게 된 후 책을 한 달에 열 권 이상 인생 쇼핑을 하고 있다. 매주 구매하는 책들이 나만의 도서관을 만들어 주었다. 배송되어 오면 책들을 펼쳐본다. 마음에 드는 목차에 밑줄을 치고 표시해 둔다. 책장에 아직 잠들어 있는 책들도 있었다. 그 책들은 어머니가 구매하신 거지만, 긁어보지 않은 복권이라 생각하고 있다.

내근보다 외근이 많은 직업군은 대부분 서류 가방을 들고 고객을 만나러 다닌다. 중요한 미팅을 하기 위해 서류 가방을 들고 비장한 모습으로 출근한다. 영화 〈007시리즈〉를 한 번쯤은 관람했을 것이다. 주인공 제임스 본드는 늘 비장한 모습으로 임무를 수행한다. 그의 가방에는 최첨단 장비들이나 혹은 권총이 들어 있기도 했다. 직장인에게 서류가 총 같은 존재이다. 세심하게 준비해 온 서류를 보여주며 의뢰인을 설득해야 하기 때문이다. 의뢰인과 협상 테이블에 마주 앉아 서류에 도장을 찍으면 임무 완수가 된다.

회사에 들고 다니는 토트백은 노트북이 겨우 들어가는 사이즈이다. 노트북 전용으로 구매한 가방은 아니었다. 가방 안에는 핸드폰 충전기, 향수, 형광펜, 마스크, 헤어 왁스 그리고 책이 들어 있다. 백팩이 아니기에 수납공간이 나눠진 가방은 아니다. 현재 다니고 있는 직장에서 맡은 업무는 시설관리직이다. 쉽게 말하면 아파트 관리실 직원이다. 세대 민원 처리, 시설물을 관리하는 업무를 한다. 앞서 말한 직업과 일하는 스타일이 다르기 때문에 가방은 필요하지 않다.

2교대 당직 근무는 일반 사무직과는 달리 서류 업무가 단순하다. 미처 마무리하지 못한 서류를 집에 가지고 오거나 카페에 앉아서 남은 일을 하는 경우는 없다. 서른이 돼서야 직업이 중요하다는 사실을 깨달았다. 2교대 당직 근무를 이해해 주는 사람을 만나긴 쉽지 않았다. 나였어도 상대방이 주말도 근무하고, 평일은 회사에서 24시간 남아 있어야 하는 직업이라면 미래가 안정적으로 보이지 않았을 것이다.

그렇다고 지금 다니는 직장을 그만두고 대기업이나 공기업에 입사하기에는 스펙이 부족하다는 생각이 들었다. 좋은 직장이 아니어도 서류 가방을 들고 다니면 되지만, 무엇이 들어 있는지가 중요했다. 생각을 다르게 해 봤다. 앞으로 남들처럼 비장한 모습으로 가방을 들고 다니면, 해결되는 문제였다. 예전과 달리 손에는 무언가를 들고 있다. 그것은 책이었다. 책을 가방에 넣고 비장한 모습으로 출근하고 있다.

가방에서 책을 꺼내면 있어 보인다

매력적인 사람이 되기란 쉽지 않았다. 타인에게 매력이 넘친다고 들어본 적이 없었다. 반전 매력은 무엇일까? 평소 이미지와는 달리 상반된 모습을 보여주는 것을 반전 매력이라고 한다. 나처럼 매력적이라는 말을 한 번도 듣지 못했다면 아직 발견하지 못할 가능성이 높다. 예쁘거나 잘 생기면 본능적으로 시선이 끌리게 된다. 주변에 뛰어난 외모는 아니지만, 묘하게 끌리는 사람이 있다. 상대방에게 호감을 주는 특별함을 만들어야 한다.

명품 가방에서 책을 꺼내면, 사람이 달라 보이는 효과가 있다. 명품을 부정적으로 보는 사람이라도 책이란 존재는 그 사람을 달리 보이게 한다. 지금이 어떤 시대인데 명품을 부정적으로 보는 사람이 어디에 있냐고 물을 수 있다. 인간은 보고 싶은 것만 보려는 성향이 있다. SNS 공간에 인플루언서들이 있다. 본인이 번 돈으로 럭셔리한 집, 고가의 차, 명품 가방을 촬영하여 인스타그램에 올리지만, 일부 대중들은 그 사람의 행동을 불쾌하게 받아들인다. 불쾌하게 받아들이는 건 모든 걸 가진 사람을 질투하는 심리에서 비롯된다. 지금껏 선행을 꾸준히 해왔고, 세금도 성실하게 납부한 사람에게 이런 사진을 올렸다고 비난하는 것을 이해하기 어려웠다.

예쁘거나 잘생긴 사람은 평범한 사람에게 약간의 시기나 질투를 솟게 할 수도 있겠지만, 뛰어난 외모를 갖춘 사람에게 악플을 달려고 하지 않는다. 자존감도 높은 상태일 것이고, 부족한 부분을 그 사람에게서 얻을 수 있다는 긍정적인 생각을 하기 때문이다. 그 사람은 그동안 수많은 악플을 견뎌내면서 내적 성장이 돼 있는 상태일 것이다. 그리고 본인의 가치를 이미 잘 알고 있다. 그런 사람은 시기나 질투를 하는 사람들의 눈치를 보는 경우가 있다. 대표적으로 연예인, 스포츠 스타, 유명인들을 보면 알 수 있다. 대중들의 사랑을 받지만, 행동 하나하나가 조심스럽기 마련이다. 소속사에서 개인 인스타그램을 자제시키는 이유는 그 사람의 말과 행동이 파급력이 크기 때문이다. 본인에게 관대하지만, 남에게 엄격한 기준을 두고 판단하는 사람들이 있다.

인간에게 외모가 전부는 아니다. 이미 이렇게 태어난 걸 어쩌겠는가? 성형외과에 가서 얼굴을 성형하는 방법도 있겠지만, 성형한다고 해서 전부 다 예쁘고 잘생기게 되진 않는다. 중요한 건 매력적인 사람이 되어야 한다는 것이다. 매력 포인트는 세부적으로 나누면 다양하지만, 두 가지로 크게 나눌 수 있다. 내적 매력과 외적 매력이 있다. 외적 매력은 보이는 이미지에서 그 사람의 매력을 느끼게 한다. 매력적인 사람이 되고 싶은 건 모든 사람의 바람이다. 잘생긴 얼굴이 아니었기에 좋은 옷을 구매하며 부족한 매력을 채

우려 했다.

내적 매력은 화려한 외모가 아니더라도 사람을 끌리게 하는 묘한 마력을 가지고 있다. 스마트해 보이는 사람들의 공통점은 말을 유창하게 한다는 것이다. 말 잘하는 사람을 만나게 되면 대화에 빠져들게 된다. 스마트한 이미지가 곧 내적 매력이라고 생각한다. 삼십 대가 되면서 가치관이나 견해가 비슷한 사람에게 끌리고 있다. 연하를 좋아하는 사람도 있겠지만, 연상에게 끌리는 이유는 배울 수 있는 부분이 많기 때문이다.

가방에서 책을 꺼내면 있어 보인다. 생각만 하지 말고 실천해야 한다. 새해가 되면 책을 읽어야겠다는 계획을 세우지만, 실천도 하지 않고 곧바로 포기하는 사람이 있을 것이다. 그동안 평범하게 살아도 만족했었다. 한편으로는 잘난 남자가 되고 싶은 생각도 갖고 있었다. 평범하게 살기로 마음먹으면, 평범한 삶을 살게 된다. 내가 생각하는 평범함의 기준은 '현실에서 그냥 먹고살면 되는' 정도의 기준이었다.

그동안 집단에서 존재감 없는 삶을 살아왔고, 학교에서는 '아웃사이더'였다. '아웃사이더'란 집단에서 잘 어울리지 못하고 겉도는 사람을 말한다. 사전에는 '사회의 기성 틀에서 벗어나 독자적인 사상을 갖고 행동하는 사람'이라고 되어 있다. 나는 아직 '아싸'이다. 지하철에서 홀로 책을 읽고 있다. 그것이 나만의 매력이라고 말하고 싶다. 남들이 하지 않는 행동이 매력이 되는 순간까지 독서를 끊을 수 없었다. 이제는 가방의 무게마저 가볍게 느껴진다. 지금보다 성장하기 위해선 좀 더 특별한 매력을 가져야 한다. 세상에 정답이 있을까? 가지고 있는 매력이 다르듯 걷고 있는 길도 다를 것이다. 뭐든지 다 이유가 있다고 생각한다. 책을 읽고 인생을 쇼핑하는 남자가 되었다. 그동안 받아보지 못했던 사랑을 받는 날이 올 것이라 믿는다. 매력적인 사람이 되기 위해선 인생 독서로 배움을 얻어야 한다.

• 준비만 하는 삶은 포기다 •

이렇게 독자들과 책으로 만난 것은 인연이라고 생각한다. 여섯 번째 장까지 함께 할 수 있어서 기쁜 마음이 크다. 지금까지 읽은 내용 중에서 얻은 부분도 있겠지만, 억지로 읽은 독자도 있을 것이다. 어떤 계기로 이 책을 보게 되었을 것이다. 마지막 페이지까지 읽지 않아도 괜찮다. 그것 또한 운명이라고 생각하기 때문이다. 시간이 흐른 뒤 우연히 이 책을 다시 펼친다면, 필연적인 운명이라고 볼 수 있다. 나는 이런 경험을 해본 적이 있었다. 운명의 책은 존재한다고 강조하고 싶다.

운명의 책을 만나기란 결코 어려운 일이 아니다. 서점의 수많은 책 중에는 운명의 책이 존재한다. 모래사장에서 진주를 찾는 일보다 쉽다고 말할 수 있다. 존재하지 않는 실체를 찾는 게 아니다. 미확인 비행 물체 또는 외계인을 실제로 본 적은 없지만, 존재한다고 믿는다. 셀 수조차 없는 수많은 행성 중에서 지구에만 생명체가 있다고 믿지 않기 때문이다. '운명의 책을 만나야 한다.'는 메시지를 많이 담고 있다. 인생 쇼핑으로 운명의 책을 찾아야 한다.

그동안 운명을 믿고 살아왔다. 나에게 운명이란? 막연하게 성공한 삶을 살고 있을 거라 믿어왔다. 한 여인과 결혼하여 행복하게 사는 모습을 그리기도 했지만, 서른이 돼서야 내 집 마련은 앞으로 힘들겠다는 결론을 내려야 했다. 결혼도 현실적으로 포기하니 마음이 편해졌다. 운명은 뒤바뀔 수 있는가? 스스로 정한 꿈을 이루기 위해선 한 발 한 발 나아가야 한다.

그 어떠한 고통도 하나의 과정이다. 경험과 배움이 없다면, 발전하려는 신념이 생기지 않게 된다. 결단력과 실행력이 없었다면, 이런 결과물이 없었을 것이다. 전 세계적으로 유명한 《시크릿》, 《연금술사》는 시간이 흐른 뒤 다시 펼쳐본 책들이다. 이 책들에서 주장하는 끌어당기는 힘은 아직 경험하지 못했다. 수많은 베스트셀러들은 끌어당기는 힘의 중요성을 강조한다. 외계인의 존재를 믿지만, 아직 우주의 메시지는 믿지 못하고 있다. 신념은 강력한 에너지를 가지고 있다. 뮤지컬 〈프랑켄슈타인〉을 보기 전에는 신념이란 단어를 사용해 본 적이 단 한 번도 없었다. 신념은 종교에서 쓰는 단어라고 생각했다. 신념을 깨닫게 된 건 책을 통해서였다.

우연의 힘을 믿게 된 건 올해부터다. 일반적으로 우리는 3차원의 세계에 살고 있다고 한다. 물리학 개념이 더해지면 복잡해지기 때문에 3차원의 개념으로 말하겠다. 보통의 생각에서 벗어난 상상을 4차원적이라고 한다. 공상이나 망상에 많은 시간을 투자하지 않는다. 문득 독특한 생각이 떠오를 뿐이다. '우연', '인연', '운명'에는 보이지 않는 힘이 존재한다고 믿게 되었다. 인연은 일정한 범위에서 벗어나지 않고 주위에서 움직이고 있다. 그것은 눈으로 보이진 않지만, 우리 곁에서 따라다닌다. 이런 생각을 하는 사람은 흔치 않을 것이다. 4차원적인 발상이지만, 인연은 "저 사람들 사이에 들어갈까 말까?" 하며 간을 보고 있다.

인연은 정해져 있는데 우연이라는 에너지가 더 강하면 어떻게 될까? 그렇게 된다면 천생연분이란 것과 악연도 없어지게 된다. 곧 운명이 달라진다. 좋은 측면이 있다고 본다. 끔찍한 살인이 없는 세상에서 살 수 있기 때문이다. 나쁜 측면은 사랑이 없는 삭막한 세상에서 살아가야 한다는 것이다. 앞서 말한 것과 같이 우연의 힘이 존재하기에 운명은 어떤 방향으로든 정해져 있다. 그리고 우연의 힘이 있기에 인연이 시작된다. 꿈을 갖게 된 것도 우연한 계기 때문이었다. 어머니는 어느날 유튜브 영상을 보고 책을 구매하셨다. 그 책이 운명이 되었다.

운명의 힘을 뛰어넘은 우연의 힘

《연금술사》의 저자 파울로 코엘료는 "꿈을 불가능하게 만드는 존재는 단 하나뿐이다. 바로 실패에 대한 두려움이다. 내 안에 깃든 간절함으로 꿈을 끌어올렸다. 잦은 실패로 간절함은 어디로 사라졌는지 내 안에서 보이지 않았다."라고 말했다. 책을 통해 그것을 끌어올리는 과정을 반복했다. 인생의 꿈을 마음속에서 계속 생성해야 한다.

준비만 하는 삶은 포기하는 삶이다. 그것을 반복하며 살고 있었다. 나는 여행을 좋아하지 않는다. 운전도 못하고, 삶의 여유도 없었다. 여행의 목적은 무엇일까? 사람마다 다양한 목적을 갖고 여행지로 떠난다. 작년 여름 제주도에 두 번 갔다 왔다. 한 번은 혼자 갔고, 또 한 번은 고등학교 때 친구와 단둘이 갔다. 제주도를 서른네 살이 되어 처음 가 봤다. 그동안 제주도를 가 보고 싶었지만, 결단력이 부족했다. 익숙하지 않은 장소를 두려워하는 사람도 있지만, 나 혼자서 베트남 그리고 일본 배낭여행을 한 적도 있었다. 제주도 여행은 두려움보다 결단력이 필요했다. 제주도 여행을 가기로 마음먹고 바로 실행했다. 호텔 예약, 비행기 예약을 3주 전에 했다. 무엇을 하기로 마음먹었으면 바로 실행해야 한다.

여행을 싫어하게 된 사건들이 많았다. 우선 가족 여행은 행복하지 않았다. 집으로 돌아오는 길은 항상 좌불안석이었다. 여행의 끝은 부모님의 싸움이었다. 차라리 가고 싶지 않았고, 어릴 적부터 즐거웠던 여행은 머릿속에 남아 있지 않았다. 혼자 떠나는 여행의 장점은 누군가의 간섭이 없다는 것이다. 여행은 자유를 만끽하기 위해 떠나는 게 목적이라고 생각한다. 인생 독서를 하는 이유도 마찬가지다. 누구에게 간섭받지 않고 미래 여행을 떠나는 것이다.

무언가 좋아하거나 꽂히게 되면 망설임 없이 실행하는 성격이다. 오랜 시간 고민하지 않고 실행하게 되면 안 좋은 결과가 있었다. 이것도 인생의 배움이라고 생각했다. 하고 싶은 건 다 해야 직성이 풀리는 성격이지만 독서는 아니었다. 그랬던 사람이 라이프 쇼퍼 효과를 깨닫고 점점 바뀌었다. 내게 우연은 독서였고, 인연은 책이었다. 그리고 운명은 글쓰기였다.

꿈을 아직 못 찾은 N포세대가 많다. 내 주변을 둘러봐도 생산적인 목표를 둔 친구들이 없었다. 자신이 무엇을 해야 하는지, 무엇을 잘하는지 알지 못하고 갈팡질팡하는 친구들이었다. 명문대학 졸업증을 가진 사람은 없었고, 고액 연봉자도 아니었다. 이런 현실에서 할 수 있는 건 세상과의 타협이었다. 그건 포기였다. 이제는 계획만 하고 주춤해선 안된다고 생각한다. 준비만 하는 삶은 포기이기 때문이다.

최근에 가장 잘한 일은 블로그를 시작한 것이다. 그동안 계획만 하고 실행하지 않았던 일 중 하나였다. 블로그로 인생을 배우게 되었다고 하면 공감이 될지 모르겠지만, 작성한 글의 반응을 보고 깨닫는 부분이 있었다. 세상 사람들의 관심사가 무엇인지, 어떤 고민을 안고 있는지, 어떤 글에 많은 격려와 공감을 해주는지 등, 블로그를 통해 배움을 얻게 되었다. 작가는 이론만 가지고 글을 쓰면 독자와 공감대를 형성하기 힘들다. JYP가 공기 반, 소리 반으로 노래해야 한다고 말한 것처럼, 글은 마음 반, 머리 반으로 써야 한다. 블로그를 시작한 지 한 달 만에 이런 배움을 얻었다. 계획만 했었더라면, 책의 판매 반응을 보고서야 뒤늦게 깨달았을 것이다.

독일의 정치가 오토 폰 비스마르크는 이렇게 말했다. "자기 앞에 어떤 운명이 가로놓여 있는가를 생각하지 말고 앞으로 나아가라. 그리고 대담하게 자기 운명에 도전하라."

그동안 벽을 넘지 못해 좌절했었다. 넘을 수 없다는 생각에서 벗어나야 한다. 그 벽을 등반하거나 부수는 힘을 길러 벽 뒤에 무엇이 있는지 알아내야 한다. 준비 자세만 연습하는 육상 선수는 골인 지점에서 느끼는 성취감을 알 수 없다. 결말을 바꿀 수 있는 건 자신이다. 운명의 힘을 뛰어넘는 존재가 되어야 한다. 그 존재가 되기 위해선 시작이 중요하다. 나는 우연을 믿는다. 시작이 있었기에 지금 글을 쓰고 있다. 어떤 일이든 우연이 곧 시작이라고 생각한다. 새로운 일을 시도할 때 망설이게 될지 모른다. 성공은 확인되지 않은 미확인 물체라고 생각했다. 그렇지만 믿으려 한다. 성공한 사람이 존재하기 때문이다.

• 열정이 식지 않게 하는 법 •

평소 떠오른 글귀를 핸드폰 메모장에 기록해 두는 편이다. 그 글 귀가 글의 근원이 되기 때문이다. 메모는 중요했다. 샤워 중에 떠올랐던 생각이 샤워를 마치고 나오면, 깨끗하게 잊혀져 다시 생각해도 떠오르지 않았다. 인생 독서를 한 후 글을 5시간가량 쓰고 있다. '기록의 습관'을 실천 중이다. 어느 아프리카 원주민은 특이한 방법으로 원숭이를 사냥한다. 항아리에 과일과 견과류를 넣고, 손이 겨우 들어갈 만한 크기로 구멍을 낸다. 그 항아리를 원숭이가 서식하는 장소에 가져다 놓고 기다리기만 하면 된다. 마침내 원숭이가 그 트랩에 걸리게 되고, 사냥꾼이 다가와도 과일을 손에서 놓지 않는다. 그동안 생산적이지 못한 일에 매달려 왔다. 이제야 비로소 게이밍 마우스를 손에서 놓게 되었다. 지금은 펜을 쥐고 있다.

꿈을 적는 게 중요하다. 버킷리스트를 작성하는 방법은 죽기 전에 해야 할 일, 그리고 이루고 싶은 소망을 메모하면 된다. 버킷리스트는 최근에 생긴 용어는 아니다. 어떤 일이든 남들이 열광하는 일에 흥미를 두지 않았다. 유행하는 운동화는 인기가 식으면 구매했고, 관심이 쏠리는 일은 시간을 두고 실행했었다. 최근에 버킷리스트를 작성해봤는데, 열 개 채우기가 만만치 않았다. 아직 이룬 것도 없는 상황이었지만, 소망을 거창하게 작성 해봤다.

생각보다 단순한 문제임에도 실천하지 않는 일들이 있다. 예를 들어, 방 안이 너무나도 지저분한데 청소기를 돌리는 것이 귀찮아서 포기한다. 다이어트를 하겠다는 목표를 세웠지만, 요가 등록을 미루는 이들도 있다. 나도 헬스장 6개월을 끊었었다. 운동의 필요성을 느꼈기 때문이다. 한 달 동안 헬스장을 열심히 다녔지만, 점점 귀찮아졌다. 헬스장 가는 횟수가 점점 줄어들었다. 운동이 지겹다는 표현을 할 수 없었다. 운동 방법을 잘 아는 것도 아니었고, 몸의 변화도 눈에 띄게 달라지지 않았다.

지겹다는 생각보다 포기하고 싶은 마음이 더 컸다. 귀찮은 마음을 이겨내고 헬스장에 도착하면, 적어도 30분은 땀을 흘리며 운동했다. 무언가 도전할 때는 간절함이 필요하다고 생각한다. 의지로만 일을 진행하다 보면, 슬럼프가 찾아오기 마련이다. 그때 간절한 생각과 의지를 종이에 적어 벽에 붙여놓아야 한다. 내가 헬스장을 끝까지 못 갔던 이유는 간절함을 잊어버렸기 때문이다.

사람들이 글을 어떻게 썼냐고 물어보면 간절한 마음으로 쓰게 되었다고 말한다. 인생 쇼핑을 통해 동기부여를 얻어야 한다고 강조했다. 원숭이가 죽음을 무릅쓰고 과일을 계속 손에 쥐었던 것처럼 간절한 마음을 잘 이용해야 한다. 동기부여를 얻는 건 쉬운 일이다. 하지만 금방 내 손을 떠나는 게 문제였다.

브라질 시인인 마샤 메데이로스는 "여행을 하지 않는 사람, 책을 읽지 않는 사람, 삶의 음악을 듣지 않는 사람, 자기 안에서 아름다움을 발견하지 않는 사람은 서서히 죽어 가는 사람이다."라고 말했다. 과거에는 서서히 죽어가고 있었던 것 같다. 아무것도 하지 않았을 때와 비교하면 지금은 조금 성장했다고 말할 수 있다. 무언가 실천할 때는 간절함이 없으면 쉽게 포기하게 된다.

간절함이 있어야 열정이 식지 않는다

2013년, 세금을 제한 월급 100만 원을 받으며 직장 상사가 시키는 일은 무조건 해야만 했다. 궂은일을 도맡아 해야 했고, 저녁 5시부터 다음 날 오전 8시까지 한숨도 자지 못하고 야간 공사를 감독했다. 그런데도 직장 상사는 "대기업 회사 업무는 쉬운지 아니? 상사 비위 맞추기는 더 힘들어."라고 말했다. 지금도 엄청 고단했다. 월급도 적었고 일도 힘들었다. 내 성격상 비위 맞추기는 곤욕을 치러야 했다. 열심히 일했지만 남는 건 삶에 대한 회의감뿐이었다.

꺼져가는 열정만큼은 다시 되살려야 했다. 하지만 인생의 목표를 찾지 못했다. 인테리어 회사에서 24시간 당직 교대를 하는 직장으로 옮겼다. 얼굴에 오물이 튀어도 해야 했고, 따갑게 내리쬐는 태양 밑에서 풀을 뜯는 일도 해야 했다. 인생이 달라지는 건 없었다. 그래도 월급은 200만 원 넘게 받았다. 그동안 인테리어 회사에서 열정페이만 받고 일했던 것이었다. 만약 10년 전부터 글을 쓰기 시작했더라면, 지금 정도의 글을 쓰는 재능을 발견했을까? 인생이 재미있는 이유가 바로 이거다. 아마 한 페이지도 쓰지 못했을 것이다. 대학을 졸업하고 회사에 취직하기 위해 자기소개서를 작성했지만, 한 줄도 못 쓰고 네이버 지식인에 물어봤던 기억이 난다. 인생의 경험을 통해 배움을 얻게 된다. 비록 인테리어 회사에 다녔던 기억을 좋지 않게 쓰는 부분도 있지만, 그 경험은 나에게도 큰 배움으로 남게 되었다.

스포츠는 열정을 빠트릴 수 없다. 스포츠로 성공한 사람들의 연습량은 어마어마하다. '18시간의 훈련' 그리고 '20만 시간의 연습'

으로 잘 알려진 전 발레리나 강수진이 있다. 그녀의 겉모습은 화려해 보였지만, 그녀의 발은 상처투성이였다. 그녀의 명언은 이룬 게 없는 현시점에서 더 많은 울림이 있었다. 그녀가 쓴 책《한 걸음을 걸어도 나답게》에는 "인생이라는 무대 위에서 넘어지지 않는 사람은 없다. 나 역시 수많은 작품을 준비하면서 넘어지지 않은 적은 한 번도 없다. 무대 위에서 화려하게 날아올랐다가 곤두박질쳐 망신당하는 일도 부지기수였다. 하지만 인생에서 넘어지는 건 하나도 중요하지 않다.

문제는 일어서는 것이다. 우리는 언제나 넘어진 그 자리에서 다시 시작해야 한다. 아프다고 주저앉으면 그 무대는, 그 인생은 거기서 끝난다. 수없이 일어섰기에 사람들이 '강수진'이라는 이름을 기억하듯이, 당신도 세상이 모두 아는 당신만의 이름을 가질 자격이 있다. 아프지만, 그럼에도 불구하고 일어나기를. 당신은 그럴 자격이 있는 사람이다."라고 말했다. 그녀는 대한민국 국적으로 해외에서 많은 업적을 남겼다. 시간이 흐른 뒤 그녀를 '열정의 여신'으로 기억하게 되었다. 글을 쓰는 하루가 두려움이 가득 차기도 한다. 하루 24시간을 회사에 있었지만, 삶의 변화는 없었다. 열정 없이 회사 생활을 했기 때문이다. 그 시간이 빨리 흘러가길 소망했다. 잊고 있었던 그녀의 발에 대한 사실을 알려준 건 책이었다. 그녀의 삶을 읽고 내 안에 있던 열정은 다시 타올랐다.

일주일은 168시간이다. 24시간은 익숙했지만, 168이란 숫자는 어색했다. 어차피 흘러가는 일주일이지만, 열정 있게 할 수 있는 인생 목표를 세워야 한다. 글을 쓰면 목표가 보인다. 작가의 꿈이 아니어도 간절한 마음이 생기게 된다. 메모장에 글을 적어 두었다가 시간이 흐른 뒤, 다시 보게 되면 그때의 감정이 다시 떠오른다. 독서 방법 중 초심을 잃지 않고 하는 방법이 있다. 바로 '필사'이다. 필사란 누군가의 글을 그대로 옮겨 적는 행위이다. 인터넷에 필사에 관련된 책을 검색하면 다양한 책을 볼 수 있다. 이런 책이 있다는 사실을 올해 처음 알았다. 직접 책을 구매해서 시도해 본 결과. 글을 그대로 옮겨 적으면서 또박또박 글을 쓰려는 의지, 명언 같은 글귀에서 간절한 마음이 생기는 효과를 경험했다.

미국의 여성 싱어송라이터 테일러 스위프트가 있다. 그녀는 2006년 데뷔부터 2021년 지금까지 발매한 9개의 정규앨범이 모두 크게 히트한 유명 가수이다. 그렇다면 얼마나 인기가 많겠는가? 그녀를 알게 된 계기는 노래보다 펜을 독특하게 잡은 그녀의 사진이 눈에 띄었기 때문이다. 보통 펜을 잡게 되면 엄지와 검지로 잡고 펜대를 그 사이 중지에 넣지만, 그녀는 중지와 검지 사이에 펜을 끼운 다음 엄지로 고정하는 방법으로 팬들에게 사인을 해줬다. 손에 무리가 가지 않게 사용하는 방법이라고 한다. 직접 따라 해 봤다. 그런 방법으로 글을 써 보니, 한글을 갓 배운 사람의 글씨체가 되었다. 쉬운 방법은 아니었다. 그녀는 왜 이렇게 어려운 방법으로 펜을 잡기 시작했을까? 손목에 무리가 가지 않는 방법을 터득해서 한 명의 팬이라도 더 사인을 해주고 싶은 마음이 아니었을까. 그녀의 마음을 짐작해 봤다.

열정을 잃지 않는 습관을 길러야 한다. 열정이 식지 않게 메모하고 있다. 시작에는 적절한 시기가 있다고 생각한다. 열정을 놓치면 안된다. 열정은 항아리 안에 있는 바나나가 아니다. 인생 목표가 있다면 종이에 적어야 한다. 그 시간이 지나면 잊어버릴 수 있기 때문이다. 누구나 부자가 되길 꿈꾼다. 나에게도 꿈이 있다. 버킷리스트에 1억 원을 기부하겠다는 목표를 종이에 적어 벽에 붙여 놓았다. 막연한 꿈일 수 있다. 간절한 인생 목표를 잃지 않으려고 종이에 썼다. 간절함이 있어야 꿈이 달아나지 않는다.

• 책 읽기로 나도 행복을 꿈꾸었다 •

글을 쓰는 지금 모든 게 감사하다. 인생 도서를 읽고 작가의 꿈을 이루었다. 이제는 가상현실에서 로그아웃했다. 몰두했던 일을 갑자기 하지 않게 되면 심심하고 지루함을 느끼게 된다. 결국에는 그 일을 다시 찾게 된다. 인생을 쇼핑하는 남자가 되고 나서 독서를 못 하게 되면 아쉬움이 남는다. 독서하지 않는 순간에도 책을 생각하게 되었다. 글을 못 쓰는 날은 불안하고 초조했다. 모임 참석을 최대한 미루게 되었다. 인생 독서가 더 즐거웠다. 갈수록 독서하는 시간이 길어졌고, 밤늦게까지 글을 쓰느라 시간이 가는 줄도 몰랐다.

주말 아침, 글을 쓰기 위해 집 밖으로 나왔다. 카페에 도착한 후 커피를 주문했다. 가방에서 물건을 하나씩 꺼냈는데 중요한 걸 집에 두고 왔다. 책과 태블릿 기기를 챙겨 왔지만, 작가의 필수 아이템 무선 키보드를 놓고 왔다. 어쩔 수 없이 두 시간 동안 독서를 하며 간단한 메모와 중요한 부분을 책에 표시해 두었다. 집으로 돌아가는 도중 나도 모르게 중얼거렸다. "글을 쓰지 못해 너무 아쉽네!" 빨리 집에 돌아가서 글을 써야만 했다. 새로운 변화가 매일 일어나고 있다.

회사에 출근하면 업무량이 많아 다른 생각을 할 틈이 없었다. 점심을 먹고 여유가 생기면, 오늘은 어떤 글을 쓸까? 고민하기도 했다. 직급이 올라간 후 업무량이 늘은 지금의 직장에서 '퇴근하려면 아직도 다섯 시간이 남았네?'라는 생각은 하지 않았다. 솔직히 한 번 했던 것 같다. 그날은 컨디션이 좋지 못했었다. 작년 12월부터 주 5일 근무가 되었다. 전에 다녔던 회사는 새벽에도 일해야 했고, 새벽에 출근해서 심야에 퇴근하는 곳이었다. 그 당시에는 퇴근을 빨리하고 싶었다. 피곤해서 몸이 버티기 힘들었고 마음이 행복하지 않았다.

주 5일 근무가 이렇게 감사한 일인지 몰랐다. 그리고 취업이 어려운 시기에 직장을 잘 다니고 있어 다행이었다. 인생을 살아가면서 마음가짐을 다르게 했을 뿐인데 생각이 점점 긍정적으로 바뀌었다. 자리가 사람을 만드는 것 같다. 예전 회사에서 했던 일은 직

장 상사가 지시하면 순응하는 단순 업무였다. 지금은 업무 강도는 높아졌지만 단순한 업무에서 벗어났다. 업무에 데드라인을 가져야 했고 다른 업체와 일을 진행하기도 했다. 작년 12월 두려운 마음이 가장 컸다. 나는 할 수 없을 것 같았고 부족한 사람이라고 생각했다. 매일 출근하면서 감사함을 느낀다. 오후 6시가 되면 퇴근을 할 수 있다. 작은 일에 감사함을 잊지 말라는 말이 현실이 되었다. 《탈무드》에는 "세상에서 가장 지혜로운 사람은 배우는 사람이고, 세상에서 가장 행복한 사람은 감사하며 사는 사람이다."라고 적혀 있었다. 지혜롭고 행복한 사람이 되려고 한다.

지혜로운 사람이라고 말하기에는 부족함이 많다. 생산적인 독서를 알지 못했다면, 그리고 글을 쓰지 않았다면 나 자신을 제대로 알지 못했을 것이다. 우연한 기회로 책을 읽게 되었다. 작문도 할 줄 모르던 내가 작가의 삶을 살게 되었다. 영화 모임에 참석하지 않았다면 글 쓰는 삶이 더 늦춰졌을 것이다. 그날은 화도 나고 침울했지만, 현재는 그날에 느꼈던 감정까지 모든 게 감사하다.

책 읽는 순간은 내게 행복이었다

'이 세상에 태어난 이유가 있을까?' 하는 부정적인 생각을 가끔 어머니에게 말하곤 했다. 글 쓰는 능력은 어머니에게 물려받은 것 같다. 요즘은 "밥 먹었니?"라는 일상적인 대화에서 벗어나, "오늘은 글 좀 썼니?", "오늘은 글이 좀 어떠니?"라는 안부의 말이 우선이다. 끈질긴 설득 끝에 어머니도 종이에 글을 쓰고 계시다. 일취월장하는 어머니의 모습에 뿌듯하면서도 경쟁심이 느껴졌다. 새로운 인생 목표가 생겼다. 어머니와 함께 책을 집필하고 싶다.

부정의 신이 되고 싶은 적이 있었다. 네이버에 '부정의 신'을 검색해 봤지만, 같은 생각을 하는 사람은 없는 듯하다. 가난한 삶이 나를 부정의 신으로 만들었다. 초등학교에 입학하기 전의 기억 중 하나이다. 꽃무늬 벽지에 낙서들로 가득 채워진 방에 남동생과 내가 있었다. 방을 나오면 낯선 사람들과 인사를 해야 했다. "아저씨 안녕하세요?" 게스트 하우스 개념이 없었던 시절, 이층집에 두 세 입자가 보이지 않는 선을 긋고 '여긴 우리 구역', '거긴 당신네 구역'으로 나누어 생활하는 집이었다. 가난한 이야기는 사실 꺼내고 싶지 않았다. 이미 다른 장에서 조금씩 밝힌 이야기지만, 이것은 나에게 가장 힘든 부분이었다.

MBC 예능 프로그램 〈구해줘! 홈즈〉가 있다. 2019년 설 연휴 때 파일럿 방송을 시청하였다. 의뢰인 조건에 맞는 집을 찾아주는 프로그램이다. 나는 집에 로망이 있다. 버킷리스트에 '한강이 보이는 집'을 작성한 이유도 이 프로그램을 시청했기 때문이다. 그림 같은 집을 매주 TV로 볼 수 있었다. 정규 편성이 된 이후부터 1회부터 30회까지 전부 시청했다. 4억 원이 있으면 경기도 광주에 있는 근사한 빌라 매입이 가능했다. 사실 부러운 마음이 가장 컸다. 왜 나는 이곳에서 벗어나지 못할까? 이런 생각을 하기도 했지만, 언젠가는 저런 집에서 살아야겠다고 목표를 두었다.

어머니는 이 프로그램을 시청하고 있으면, 채널을 돌리자고 하셨다. 지금 형편에 꿈같은 집이었다. 어머니는 8년 전 어렵게 공인중개사 자격증을 취득하셨지만, 자격증 활용을 못하고 있다. 어머니도 이제는 부동산 관련 도서 그리고 경매 도서를 읽으며 행복한 미래를 설계하고 계신다.

독서를 하기 전, 긍정적인 모습은 나에게 어울리지 않는 옷이라고 생각했다. 그렇다고 나쁜 행동을 한다거나 나쁜 생각에 사로잡혀 있지는 않았다. 단지 남들보다 부정적인 생각을 조금 많이 했을 뿐이다. 성공한 사람들은 긍정의 힘을 전한다. 세상에 나처럼 부정적인 사람도 많다고 생각했다. 그래서 부정적으로 생각하는 사람도 무언가 이룰 수 있다는 걸 보여주고 싶었다. 나의 행복 크기는 초라했다. 에이브러햄 링컨은 이렇게 말했다. "대부분의 사람은 자신이 마음먹는 만큼만 행복하다." 참 신기하게도 글을 쓰는 순간이 제일 행복했다. 부정적인 생각에서 벗어나는 시간이었다. 글을 쓰면 쓸수록 부정적인 생각이 달아났다. 긍정적인 기운이 불안해진 마음에 힘을 주었다.

책을 읽으면 의식에 변화가 생긴다. 그걸 경험하게 되었다. 어머니는 독서를 통해 부동산 공부를 다시 하고 계신다. 요즘은 〈구해줘! 홈즈〉를 보며 내 집 장만에 목표를 두고 있다. 그리고 작가의 꿈을 꾸고 있다. 책을 읽으면 잊고 있었던 행복을 찾게 되고, 거짓말처럼 긍정적인 생각을 하게 되었다. 인생을 쇼핑하는 남자가 되어 모든 게 감사하다. 배움의 기적을 통해 성장하고 있었다. 나의 인생 목표는《인생을 쇼핑하는 남자》한 권으로 끝나지 않을 것이다. 앞으로 진행할 계획들을 머릿속으로 생각하니 웃음이 나왔다.

누구나 아는 것처럼 부자보다 가난한 사람이 더 많다. 책을 통해 생각이 바뀌게 되었고, 부정적인 생각에서 벗어나는 성장 스토리를 담게 되었다. 긍정의 힘을 축적해야 한다. 내 안에 있는 행복을 찾길 바란다. 부정적으로 살았던 주인공이 조금씩 변해 가는 이야기를 읽게 되면, 고개를 끄덕이며 공감이 되었다. 그동안 사춘기였나 보다. 다듬어지지 않은 내 생각들이 멋있게 느껴졌다. 감사한 마음이 행복을 느끼게 해주었다. 내게 글쓰기와 독서는 행복이었다.

Part 07

방향을 잃지 않고
내 스타일대로

인생 여행을
떠나야 한다

· 돈으로 매길 수 없는 가치 ·

기억에 오래 남는 책은 울림이 있다. 독자의 마음에 '쿵'하는 울림을 주어야 한다. 고민하고 있는 독자에게 조언을 주거나 희망적인 메시지를 전달해야 한다. 제목만 봐도 기억에 남는 책이 잘 팔린다. 요즘은 SNS 마케팅 없이 성공하기 힘들다. 아직 인스타그램을 아이디만 만들어 놓았다. SNS를 하지 않고 책을 출간한다는 건 미끼 없이 낚시하는 행위와 같다.

두세 권의 책을 집필하고 베스트셀러가 된 작가가 있다. 다음 신간이 나오면 팬들은 망설임 없이 책을 구매한다. 소소한 행복을 경험했던 시기가 있었다. 가수 볼빨간사춘기의 앨범을 구매한 적이 있었는데, 앨범의 노래를 통해 뜻하지 않는 행복감을 느낄 수 있었다. 나는 그 이후부터 앨범을 계속 구매하기 시작했다. 인생 쇼핑으로 분류는 하지 않겠다. 인생의 전환점이 되는 정도까지는 아니었기 때문이다. 예술인은 천 명의 팬을 두면 굶어 죽지 않는다고 한다. 반대로 사람들은 유명하지 않은 평범한 작가의 책에는 관심을 두지 않는다. 베스트셀러 작가는 책을 판매하기 위해 어필하지 않아도 본인의 인지도 때문에 책이 잘 팔려나간다.

본인의 가치는 스스로 만드는 것이다. 나는 한 시간에 십만 원이라는 목표를 두었지만, 십 분에 십만 원을 버는 사람도 있다. 내가 십만 원을 벌려면 최소 열 시간을 일해야 한다. 그마저도 세금을 떼지 않는 조건으로 일해야 벌 수 있다. 십 분과 열 시간을 비교해 보니 격차를 좁힐 방법이 없을 것 같았다. 나는 앞으로 어떻게 가치를 올려야 할까? 앞으로는 머릿속에 떠오르는 일을 실천하는 게 정답인 듯하다. 유튜브 채널 개설, 인스타그램 활동, 강연가의 삶을 실천해야 할 것이다.

본인의 가치를 올리기 위해선 무엇이든 실천하는 게 중요하다. 개그 욕심이 있는 사람에게 글을 써 보라고 권하고 싶다. 회식 자리에서 또는 학교에서 썰렁한 개그는 잘 먹히지 않는다. 애인과 대화하다 분위기는 싸늘해지고, 남자 친구에서 아저씨 이미지로 굳어진다. 말로 하면 잔소리가 되지만, 글로 적으면 명언이 되기도 한다.

인생을 쇼핑하는 남자가 되기 전에는 매우 부정적으로 살아왔다. 태어난 집의 수저에는 동색마저 칠해져 있지 않았다. 성공은 먼 이야기라고 생각했다. 하지만 책을 읽고 글쓰기 삶을 시작하면서 의식이 바뀌게 되었다. 사회에 대한 불만은 없었지만, 어머니에게 불만을 표출한 적은 여러 번 있었다. 내가 이 세상에 태어난 이유를 알지 못했었다. 마음이 너무나 답답했다. 지긋지긋한 가난에서 벗어나고 싶었지만, 방법을 알려준 사람은 없었다.

자신에게 필요한 책은 서점에 반드시 존재한다. 나는 그 책을 운명의 책 또는 인생의 책이라고 정의해왔다. 책은 '상담사'라고 생각한다. 상담을 해주기 위해 긴 세월 동안 나를 기다리고 있었다고 생각했다. "책에는 알 수 없는 힘이 존재한다." 책을 마법의 책이라고 정의한 작가도 있었다. 신기하게도 책은 내가 처해 있는 상황을 이미 알고 있는 듯하다. 아픈 기억을 끄집어내지만, 상처들이 치유되는 기분이 들었다. 지금 나에게 필요한 책은 에세이 장르보다 자기계발서이다. 지금의 나의 가치를 높여주기 때문이다.

내가 인생 쇼핑을 하는 이유

이런 생각이 들었다. 지금 걷고 있는 길이 맞는 것일까? 마지막을 앞두고 인생의 목표가 흔들리기 시작했다. "걱정할 것 없어. 너는 끝까지 해낼 수 있어." 이런 말을 듣고 싶었다. 책을 펼쳐서 방법을 물어봐야 했다. 책은 내게 이렇게 말했다. "당신은 인생을 쇼핑하는 남자가 되었으면서 왜 그런 걱정을 하고 있는가. 희망을 잃은 젊은이들에게 전하고 싶어 작가가 된 것이 아닌가? 당신의 가치도 중요하지만, 초심을 잃지 말게나. 그래서 기부도 하겠다는 글을 쓴 게 아닌가." 나는 정말 끝까지 해낼 수 있을까? 인생 여행을 이제 막 시작했다. 두려움을 이겨내기 위해 책을 항상 곁에 두고 있다.

영상 광고를 보게 되면 돈을 쉽게 벌 수 있는 시대에 살고 있다고 하지만, 어떤 방법으로 돈을 벌어야 하는지 모르겠다. 회사에서 일하는 동안 아마존 상품등록 수익, 블로그 광고 수익, 인스타그램 광고 수익, 유튜브 광고 수익 등 자동으로 부수입을 올리는 파이프라인을 구축해야 한다. 보통 사람들은 십만 원을 벌고 만족하는 편이지만, 시간을 단축하는 방법을 찾은 사람들은 이미 경제적 자유를 얻었다. 그래서 나도 주식투자를 했던 것이다. 그동안 재테크 공부를 안 했기에 실패는 오로지 내 탓이었다. 두 시간을 일해야 책한 권을 사는 인생에서 벗어나지 못했다.

어느 날 2만 원을 저축하려면 도서관이나 서점에 가서 책을 읽으라는 영상을 보았다. 내가 가진 인생 쇼핑 생각과 크게 달랐다. 그렇게 영상을 찍고 나면 구독자들에게 후원금을 받는다. "그런 방법이 있었다니 오늘 처음 알았어요. 서점에 가서 공짜로 책을 읽을 게요."라는 댓글들이 달렸다. 모든 것에는 정당하게 지불해야 한다고 생각한다. 도서관에서 책을 읽는 건 추천하지만, 서점에 있는 책을 다림질하듯 읽는 사람들을 보면 내 책이 아니어도 마음이 아프다. 요즘 독자들은 책을 선택할 때 다양한 방법으로 검색한다. 인터넷에 책을 검색하면 책 리뷰를 써놓은 블로그가 있고, 대형 서점 홈페이지에 후기, 그리고 출판사 리뷰를 읽을 수 있다. 괜찮다는 생각이 들면 책을 구매하게 된다. 무엇이든 망설이기 때문에 책을 구매하지 않게 되는 것이다.

책을 구매할 때 겉표지와 책 제목, 목차를 확인한다. 저자의 이름을 확인하지 않고 사는 경우가 대부분이다. 그만큼 제목에 중점을 두었다. 책의 서사를 중요하게 생각하는 사람도 있겠지만, 개인적으로 책의 50% 이상은 제목, 목차라고 생각한다. 한 줄 또는 두 줄의 메시지에 끌렸기에 구매를 하는 편이다. 그러면 책을 한 줄만 읽기 위해 구매하냐고 물을 수 있다. 다시 펼쳐보면 되는 문제 아닌가? 서점, 도서관에 다시 가지 않아도 책장에 있는 책을 다시 펼쳐 보면 문제가 될 게 없다고 본다. 오고 가는 시간만 계산해도 한 시간이 될 것이다. 부자의 마인드처럼, 그 시간에 좀 더 생산적인 일을 하는 것이다. 경험을 현명하게 사용한다면, 시간을 절약할 수 있다.

브랜드의 로고와 네임은 그 상품의 가치를 부여한다. 명품 브랜드 샤넬에서만 느껴지는 아우라가 있다. 세상에 명품이 전부가 아니지만, 사람에게도 명품이라는 수식어를 부여하기도 한다. 명품이란 수식어가 붙는 상품은 최고의 가치를 증명받는다고 할 수 있다. 명품 수식어를 책에도 부여하고 있었다. 베스트셀러, 스테디셀러이다. 계획에 없던 서점에 갈 일이 생겼다. 오랜만에 방문을 하게 되니 어떤 책을 구매 해야 할지 망설이게 되었다. 인문학, 고전소설 코너에서 기웃거리다가 '역시 책은 베스트셀러를 읽어야지!'라는 생각으로 바뀌었다. 베스트셀러 코너에서도 확 끌리는 책을 발견 할 수 없었다.

독자에 따라 어울리지 않는 책이 있다. 모든 책이 도움이 된다면 고민 없이 구매해도 되지만, 그렇지 않기에 서점에 가면 어떤 책을 살지 고민하게 된다. 어떤 책을 구매해야 할지 고민한 경험이 한두 번 있을 것이다. 책에는 마력이 있고 알 수 없는 힘이 있다. 다른 책에서 주장하는 '마법의 책'을 믿는다. 그 힘에 이끌려 책을 펼치게 되었다. 서점 직원이 눈에 띄지 않은 곳에 진열하여도, 운명의 책을 펼치는 날이 올 것이다. 그 책의 가치는 돈으로 매길 수 없다.

● 나의 현실에서 꿈이 보이지 않을 때 ●

성공하고 싶었지만, 꿈이 없었다. 막연한 생각을 갖고 목표에 도달하기란 로또 당첨 같은 확률이 거의 없는 소리였다. 인생 그리고 꿈을 S등급으로 만들고 있다. 현재 레벨이 몇인가? 본인에게 몇 점을 주겠는가? 만약 최고 레벨이 100이라면 현재 레벨이 50에도 못 미치는 사람이 있을 것이다. 차라리 레벨이 낮은 사람이 발전 가능성이 크다. 어중간한 위치에 오랜 시간 머물게 되면 안주하게 된다. 예전의 나처럼 '가늘고 길게' 가려는 습성을 가지고 있을 가능성이 높다. 꿈이 보이지 않는다면, 끊임없이 자기 자신에게 질문을 던져야 한다. 가장 하고 싶은 일이 무엇인지? 가슴 뛰고 열정을 쏟을 수 있는 일은 무엇인지? 질문에 답해야 한다.

불편하게 들릴 수 있겠지만, 상품에 등급이 있듯이 사람에게도 등급이 있다고 생각한다. 이것을 증명하는 방법은 간단하다. 내 주변에 어떤 사람들이 있는지 살펴보게 되면 등급이 구별된다. 예를 들어, 전문대를 나왔다면 주변 친구들은 전문대 또는 고등학교만 졸업한 친구들이 대부분이다. 명문대를 졸업한 친구는 거의 없을 것이다. 만약 명문대를 졸업한 친구가 곁에 있어도 그의 친구들과 어울리기는 어렵다. 그 이유는 수준 차이가 있기 때문이다. 연애도 마찬가지다. 만나고 싶은 사람이 본인보다 등급이 높을 경우 진심만으로 그 사람을 만나기란 어렵다.

앞 장에서 말한 것처럼 부자를 만나기 위해 약속 없이 찾아가면 당연히 만나주지 않는다. 부자가 되고 싶은 마음이 간절하다고 해서 그들을 만나기란 쉽지 않다. 장난감을 사달라고 부모에게 고집 부리는 어린아이와 같은 행동이다. 꿈의 등급을 정했다면 실천하는 방법도 중요하다. 등급은 쉽게 올라가지 않는다. 세상에는 A등급 또는 S등급이 많다. 결혼 정보 업체의 평가를 받게 된다면 본인이 생각했던 점수보다 더 낮은 등급이 나올 수 있다. 본인보다 등급 높은 사람과의 연애는 쉽지 않다.

한 가지의 일을 진행하면서 벅차다고 말하는 이들도 있다. 보통 업무 능력이 부족하다고 말한다. '멀티태스킹'이 부족한 사람은 두

가지 일을 진행하기 힘들다. 서류 작성을 하는 동안 전화 받기를 꺼리게 된다. 집중이 흐트러지기 때문이다. 멀티태스킹이란 컴퓨터 성능을 의미하는 용어인데, 두 가지 이상의 일을 진행할 때 버벅거리지 않는 성능을 뜻한다. 성능이 좋을수록 서너 가지 작업을 동시에 끊김이 없이 컴퓨터를 사용할 수 있다. 인터넷에 여러 창을 띄우게 되면 멈추는 경험이 있었을 것이다. 성능이 좋지 않아서다.

성능이 좋은 사람이 되어야 한다는 메시지가 아니다. 나 역시 한 가지 업무에만 집중하기가 벅차다. 회사는 멀티태스킹이 좋은 사람을 선호한다. 내 안에 있는 '부캐릭터'를 찾아야 한다는 생각이 들었다. 내가 생각하는 개념은 본업 외 할 수 있는 일을 찾아야 한다는 것이다. 앞 장에서와 비슷한 개념일 수 있겠지만, 퇴근 후 두세 개의 능력을 발휘해야 한다.

인생 쇼핑 뮤지컬을 관람하게 되면, 배우들의 암기력에 놀라지 않을 수 없다. 노래 한 곡도 외우지 못하는데 그들은 2시간 30분 동안 실수 없이 무대에서 연기를 한다. 정해진 동선을 걸으며 노래를 부르기도 하고, 약속된 액션을 취하며 노래를 부르기도 한다. 물론 사람은 누구나 실수를 한다. 그 순간을 보면 아쉬울 수 있다. 나는 평소에 실수가 잦은 편이라, 그들의 실수를 보며 '천재도 실수는 하는구나!'라는 생각을 했다. 뮤지컬 배우처럼 다양한 캐릭터를 인생에서 연기해야 한다.

내 안에 '부캐'를 찾아야 한다

지상파 MBC 프로그램 〈놀면 뭐 하니?〉는 2019년 7월에 첫 방영되었다. 방송인 유재석과 김태호 PD가 다시 뭉쳐 진행한 〈무한도전〉 후속작이자 주말 예능 프로그램이다. 〈무한도전〉을 애정 있게 시청했기에 설렌 마음으로 시청했다. 방향성을 정하기까지 시청률도 저조했고 기대보다 실망이 컸다. 한동안 관심에서 멀어졌다.

일상에서 내적 갈등이 발생한다. 내성적인 사람은 밝은 척하고 싶지만, 내적 갈등 때문에 실천하지 못한다. 또 다른 자아가 불쑥불쑥 나오려 하지만 자제하게 된다. 유재석의 '부캐릭터' 성장 스토리 컨셉으로 방향을 잡은 이후부터 시청률이 올라갔다. 나 역시 토요일 오후 6시를 기다리며 리모컨을 찾았다. '부캐'는 온라인 게임을 하는 유저라면 친숙하다. 레벨이 높고 처음부터 성장시킨 계정을 '본캐'라고 한다. 애정을 갖고 열정적으로 키운 존재이다. '부캐'라는 용어는 게임에 관심이 없는 사람에게는 생소하겠지만 두 번째로 키운 서브 캐릭터이다.

유재석의 '부캐 프로젝트'를 보며 대단하다는 생각이 들었다. 오랜 시간 꾸준하게 사랑받는 예능인이지 않은가? 유재석도 데뷔 후 예능 울렁증이 있었다는 일화는 유명하다. 카메라 앞에만 서면 머리가 하얘지고 버벅거렸다고 한다. 유재석은 후천적인 천재라고 생각한다. '인간의 한계는 어디일까?'라는 생각을 갖게 해준 존재였다. 장기 프로젝트를 통해 성장해 가는 과정을 응원했다. 처음부터 잘하는 사람은 없었다. 그동안 처음 하는 일은 자신이 없었고 소극적으로 임해 왔다. 대리만족이지만 이루지 못한 꿈을 해내는 과정을 보는 것만으로도 많은 동기부여를 얻었다. 유재석의 1인 체제 성장 프로젝트 포맷으로 진행한 '드리머 도전기' 〈놀면 뭐 하니?〉는 대중에게 정체성을 각인시킨 '유산슬 트로트 가수 도전기', 평소에 좋아하는 라면을 인생라면 편으로 EBS 〈최고의 요리비결〉에도 출연했다. 그 후에도 도전은 끝나지 않았다.

가수 정지훈을 모르는 사람은 없을 것이다. 〈나쁜 남자〉, 〈태양을 피하는 방법〉, 〈It's Raining〉, 〈Rainism〉 등 수많은 히트곡을 남겼다. 드라마, 영화, 현재는 유튜브 활동을 하며 다방면으로 재능을 발휘하고 있는 스타이다. 또한 가수 이효리를 모르는 사람도 없을 것이다. 1998년 핑클로 데뷔해 큰 인기를 얻었다. 2002년 팀은 해체가 되었지만, 2003년 정규 솔로 1집 타이틀곡인 〈10 minutes〉는 선풍적인 인기로 여러 번의 1위를 차지하였고, 연말에는 SBS 가요대전, KBS 가요대상에서 대상을 받았다. 그야말로 이효리 신드롬은 대단했다. 그녀의 이름 자체가 브랜드였다.

이렇게 2000년대 초반 대스타였던 가수 정지훈, 이효리 그리고 MC 유재석이 모여 '싹쓰리'라는 혼성가수 프로젝트 진행을 비롯해

음원차트 1위를 하였고, 〈놀면 뭐 하니?〉도 시청률이 크게 올랐다. 유재석은 가수는 아니지만, 도전의 끝이 없다는 걸 증명해 주는 인물 같았다.

글을 쓰기 전에는 꿈이 보이지 않았다. 나에게 질문을 던져본 적도 없었다. 성장이 필요했다. 성장 가능성은 무궁무진하다. 처음 접하는 일은 망설이게 되고 주저하게 된다. 유재석도 마찬가지였을지 모른다. 하지만 그는 임무를 완수해 냈다. 누구나 잠재력은 가지고 있다. 그것을 어떻게 발휘하냐가 중요하다. 정년퇴직을 준비하는 이들도 있을 것이다. 만약 애정을 갖고 다니던 회사를 하루아침에 그만둬야 한다면 멘붕이 올 것이다. 그런 상황을 대비해 미래를 계획해 보는 시간을 가져야 한다.

일주일에 한 개의 미션을 완료해 보자. 그것은 인생 독서이다. 일주일에 전문 서적을 한 권씩 완독해 보는 것이다. 비슷한 장르의 책을 열 권만 읽어도 전문 지식이 쌓이게 된다. 최근 독서법, 글쓰기 책은 열 권 넘게 읽었다. 인생 등급을 올리기 위해 책을 들고 모험을 떠나고 있다. 독서를 하면 경험치가 쌓이게 된다. 일주일이 지나면 레벨이 상승해 있고, 한 달 그리고 일 년 뒤에는 레벨이 더 많이 올라가 있을 것이다. 책은 등급을 올려주는 도구이다. 미래를 대비해 서브 직업을 만들어야 한다.

• 방향을 잃지 않고 내 스타일대로 •

나의 연봉 상승률보다 물가 상승률이 더 높은 듯하다. 슬픈 현실 속에서도 누군가는 성장하고 있다. 고액 연봉자가 해마다 계속 증가하고 있다. 2021년 국세 통계 연보를 보면, 2020년 귀속 근로소득세 연말정산을 신고한 근로자의 연평균 급여액은 3,828만 원이고, 근로자 중 총 급여액이 1억 원을 넘는 사람 수는 91만 6,000명으로 집계됐다. 최저 입금 상승의 영향도 있겠지만, 누군가는 더 높은 단계로 나아가고 있었다. '인생은 쇼핑이다.' 목차에서부터 하고 싶은 말을 꾹꾹 참아왔다. 누구나 명품이 될 수 있다는 이야기다. 만약 명품과 가품의 선택지가 있다면 어떤 걸 선택하겠는가? 당연히 명품을 선택할 것이다. 성장하는 사람들의 공통점이 있는데, 본인 선택에 믿음과 확신을 가지고 있다. 나는 인생을 쇼핑하며 더 많은 성장을 해나갈 것이다. 이것이 내가 꿈꾸는 인생 여행이다.

우리는 목표를 두고 살고 있다. 그것이 성공이든, 실패이든 중요하지 않다고 말하는 이들도 있다. 아직 N포세대에 머물러 있지만, 100만 명 안에 들어가는 게 목표가 되었다. 그동안 고액 연봉자가 몇 명인지 관심도 없었다. 그들이 어떤 직업을 가졌는지 알려고 하지도 않았다. 그동안 평범함에서 벗어나지 못했던 이유는 스스로 '이 정도면 충분해!'라고 생각했기 때문이었다.

많은 책에는 '끌어당기는 힘'이 존재한다고 적혀 있었다. 똑같이 "끌어당기는 힘은 이 세상에 존재합니다."라는 말을 이 책에는 쓸 수 없었다. 부끄럽지만, 요즘 내 안에서 다짐하는 말이 있다. "나는 명품이다."라는 말을 내 안에서 가장 많이 외치고 있다. 내 안에 간절함이 느껴지지 않을 때 속으로 주문을 외웠다. 신기하게도 발끝에서 심장까지 전달되는 느낌을 받았다. 잠재의식을 '끌어올리는 힘'이라고 생각한다. 한 번 시도하길 바란다. '나는 명품이다.' 자신의 가치는 스스로 정하는 것이다.

직장에 첫 출근을 하거나 새로운 목표에 도전할 때 보통 '나는 할 수 있다.'고 자기 암시를 한다. 스위스의 정신과 의사 칼 구스타프 융은 다음과 같이 말했다. "무의식을 의식화하지 않으면 결국 무의식이 우리의 삶의 방향을 결정하는데 이런 것을 두고 '운명' 이라고 한다.", "그대가 무의식을 의식으로 밝혀주고 표현해 줄 때, 그때의 무의식은 그대를 보다 좋은 삶의 방향으로 이끌어 줄 것이다." 우리는 일상생활에서 자기 암시를 한다. 자신에게 '나는 명품이다.'라는 말을 반복하게 되면 잠재의식이 기억하게 된다. 내 안에 잠든 잠재력을 깨어야 한다. 잠재력은 우리의 상상을 초월하는 존재라고 믿는다. 현실주의자는 눈에 보이는 것만 믿지만, 그들도 '나는 할 수 있어.'라고 다짐한다.

의사가 처방한 효과가 없는 약 또는 지어낸 치료법을 환자가 긍정적으로 믿게 되면, 병세가 호전되는 현상을 심리학 용어로 '플라세보 효과'라고 말한다. 반대로 진짜 약을 처방해도 그 약이 해롭다고 생각하거나 효과가 없을 것이라고 단정해버리면 약 효과가 떨어지는 현상을 '노세보 효과'라고 한다. 물론 우울증이나 불면증 환자의 일부 증상에만 완화하는 효과가 있다. 과학적으로 증명은 되지 않았지만, 심리학적인 자기 암시 치료법을 통해 통증이 호전되는 사례도 있었다.

버킷리스트를 높게 설정한 이유가 있었다. 나에게 높은 미션을 주고 이상주의자가 되기로 했다. 현실주의자로 살아왔을 때는 실패를 매번 두려워했고, 지금도 두려움을 갖고 있다. 그동안 '앞으로 미래가 더 안 좋아지면 어떡하지?' 등 부정적인 사고를 하며 살아 왔다. 현실에서 적당히 만족하고, 소소한 행복을 찾았었다. 어느 쪽 이든 꿈을 이루기 위해 나만의 스타일이 필요했다.

조금씩 내 스타일대로 성장하고 있다

너무 큰 꿈을 품으면 두려운 마음도 동시에 들기 마련이다. 인생 쇼핑을 통해 작가의 꿈을 이루게 되었지만, 집필하는 매 순간은 두 려움을 이겨내는 과정이었다. 내 안에 잠재력은 존재하였지만, 그 이상의 불안감도 존재했다. 누구나 미래의 불안감이 생길 수밖에 없다. 그동안 무엇을 하든 '나는 할 수 없을 것 같아.'라는 생각이 먼저 들었다. 이 불안한 감정은 잠재력을 사라지게 했고, 한계를 미 리 정하는 습관을 만들었다. 꿈을 이루기 위해선 믿음과 확언하는 습관이 필요하다. 내가 간절히 바라는 것이 이루어질 것이다.

'벼룩 효과'라는 심리학 용어가 있다. 한 생물학자는 벼룩을 가 지고 실험을 했다. 그는 벼룩을 캔에 넣어 놓고 투명한 뚜껑으로 닫 았다. 충분히 벼룩이 뛰어오를 수 있었지만, 뛸 때마다 투명한 뚜껑 에 부딪혔다. 시간이 흐른 뒤 뚜껑을 치웠지만, 벼룩은 더 이상 뛰 지 않았다. 무의식적으로 자신의 한계를 낮게 설정했기 때문이다.

이와 비슷한 사례로 코끼리를 길들이는 훈련법이 있다. 코끼리가 다 자라게 되면 이 땅에서 가장 덩치가 크고 힘이 센 동물이 된다. 하지만 약간의 힘만 줘도 끊어버릴 수 있는 족쇄를 끊지 못한다. 코끼리를 길들이기 위해, 코끼리가 어렸을 때부터 발목에 줄을 묶어 말뚝과 연결해 둔다. 어린 코끼리는 아직 힘이 부족해 그 말뚝에 묶여 탈출을 포기하게 되고 익숙해져 버린다. 어린 코끼리는 나중에 어른 코끼리가 되어도 말뚝에서 벗어날 생각을 하지 않게 된다. 무의식적으로 능력을 제한하여 할 수 있음에도 포기하게 된다.

내가 난독증을 앓으면서 책 한 권을 읽는 시간은 다른 사람과 비교했을 때. 두 세배의 노력이 필요했다. 책을 또박또박 읽으려 했지만 번번이 실패했다. 읽을 수 없다는 불안감과 좌절감이 책을 못 읽을 것 같다는 한계를 두게 했다. 2년 전 작가의 꿈을 가졌지만 다섯 페이지의 글을 쓰고 포기했다. 100페이지의 분량을 채울 수 없다고 단정했기 때문이다. 인생 독서를 하게 된 지 3개월이 되었다. 지금 90페이지의 글을 완성했지만, 내 마음은 여전히 편하지 않다. 남은 10페이지의 분량을 채울 수 없을 거란 생각이 들었다. 그동안 실패했던 경험이 많았기 때문이다. 내게 필요한 건 해낼 수 있다는 믿음과 용기였다. 앞 장에서 동기부여를 얻을 수 있는 노래를 소개한 바 있다. 이번엔 용기를 얻기 위해 이 노래를 들었다.

〈쾌걸 근육맨 2세〉라는 일본 애니메이션이 있다. 학창 시절, 이 애니메이션을 보지 않아도 노래방에서 안 들어본 30대들은 없을 것이다. 가수 유정석이 부른 〈질풍가도〉라는 노래가 있다. "한 번 더 나에게 질풍 같은 용기를 거친 파도에도 굴하지 않게. 드넓은 대지에 다시 새길 희망을 안고, 달려갈 거야. 너에게 그래 이런 내 모습 게을러 보이고, 우습게도 보일 거야. 하지만 내게 주어진 무거운 운명에 나는 다시 태어나 싸울 거야." 하기 싫은 일은 포기가 빨랐지만, 좋아하는 일은 또다시 시도했다. 이제는 높은 파도가 앞길을 막아도 목표를 향하여 나아가야 했다. 그것이 인생 여행일지 모른다. 미국의 행동학자 지글러는 "많은 사람이 성공하지 못하는 이유는 능력이 부족해서가 아니라, 자신의 잠재 능력에 한계를 두었기 때문이다."라고 말했다. 1년 뒤 성장해 있는 자신을 만나야 한다. 3년 뒤에도 성장해 있는 자신을 만나야 할 것이고, 그러다 보면 5년 뒤에도 성장해 있는 자신을 만나게 될 것이다.

그동안 학습된 무기력으로 접은 일들이 한두 가지가 아니었다. 아직 성장 중이다. 만약 벼룩이 시험관에서 한 번 더 뛰었다면 좀 더 일찍 탈출했을지 모른다. 아침에 일어나면 오늘은 어떤 글을 써야 할지 걱정이 되었다. 간절함은 항상 내 안에서 가라앉았다. 책을 읽으며 '나는 명품이야.'라는 잠재의식을 다시 끌어올렸다. 기대 심리를 이용한 마인드 컨트롤이 필요했다. 내 안의 한계를 뛰어넘는 존재가 되어야 한다. 누군가의 도움을 받는 순간 잠재력이 발휘될 거라 믿는다. 아직 나의 잠재력을 끌어올린 건 책뿐이었다.

● 책을 읽는 습관이 성공의 여정이 된다고 믿는다 ●

"뜨겁게 지져 봐. 절대 꼼짝 않고 나는 버텨낼 테니까 거세게 때려 봐. 네 손만 다칠 테니까 나를 봐. 끄떡없어 쓰러지고 떨어져도 다시 일어나 오를 뿐이야. 난 말이야 똑똑히 봐. 깎일수록 깨질수록 더욱 세지고 강해지는 돌덩이." 가수 하연우가 부른 드라마 이태원 클라쓰 OST 〈돌덩이〉이다. 돌덩이가 다이아몬드가 되어가는 과정이다. 독서 습관을 만들기까지 오래 걸렸다. 계속 읽다 보니 확신이 들었다.

책은 인생에 꼭 필요한 존재였다. 토머스 에디슨은 이렇게 말했다. "모든 사람은 다이아 원석과 같다. 갈고닦으면 누구나 찬란히 빛나기 마련이다." 최근에는 이런 명언들을 핸드폰에 저장하고 있다. 책을 읽지 않았더라면 평생 모르고 살았을 말이었다.

1년 후에는 무슨 일을 하고 있을까? 여전히 직장에 다니고 있을 것이다. 글을 쓴다고 해서 인생이 확 달라질 거라는 기대는 하지 않는다. 인생은 모험이라고 생각한다. 그동안 인생 목표가 없었고, 인생 경험이 부족했다. 결국 내가 어디에 서 있는지 알지 못했었다. 아직 나는 현실주의자다. 1년이라는 시간 동안 적어도 두 권의 책을 출간하는 게 인생 목표이다. 영국의 정치인 벤저민 디즈레일리의 "성공의 비결은 목적의 불변에 있다. 하나의 목표를 가지고 꾸준히 나아간다면 성공한다. 그러나 사람들이 성공하지 못하는 것은 처음부터 끝까지 한길로 나가지 않았기 때문이다. 최선을 다해서 나아간다면 뚫고 만물을 굴복시킬 수 있다." 라는 말처럼 꾸준히 글을 쓰려고 한다. 글을 쓸 때마다 성장하고 있다는 느낌을 받는다. 정보와 지식이 쌓이고 가치관은 달라졌다.

스탠퍼드 대학 졸업식에서 진행된 스티브 잡스의 연설은 유명하다. 그는 젊은이들에게 미래를 설계하거나 계산하지 말고 그냥 자신의 심장과 직관이 이끄는 대로 따르라고 조언했다. 성공과 실패에 대해 기존의 통념과 매우 다른 생각을 내놓았다. 그는 애플에서 해고당한 자신이 "모든 이들에게 알려진 실패자였다."면서 "창피함에 실리콘 밸리를 떠날 생각까지 했었다"고 고백했다. 하지만 그는 자신이 애플에서 했던 일을 여전히 사랑했다. 넥스트와 픽사를 설립하여 유례없는 성공을 거두었고 애니메이션 업계의 판도를 바꾸어 놓았다. 우린 인생을 우직하게 걸어가야 한다.

보통 사람들은 운을 믿는다. 그동안 행운이 먼저 찾아오길 기다렸다. 실패를 한 후 낙담해선 안된다. 그 실패했던 경험들이 모여 인생의 배움으로 남게 된다. 지금 보다 나은 삶을 살길 원할 것이다. 변할 기회를 놓쳐선 안된다. 지금까지 바꾸지 못한 약점들이 있을 것이다. 그 약점을 인정하는 순간 강점이 된다. 사람들에게 부족한 약점을 보여주는 것은 어색하고 어려운 일이다. 나 역시 군대 이야기만 빼고 모든 걸 밝히고 있다. 책 읽기가 두려운 난독증 이야기, 꿈이 없던 N포세대 이야기, 주식 실패 이야기, 게임에 빠져 무의미하게 보낸 이야기 등 누가 봐도 가공되지 않은 원석 스토리이다. 성장시킬 기회는 나 스스로 만들어야 한다. 실패에 대한 두려움과 고통스러운 감정은 내 안에 존재한다. 역경의 스토리는 반드시 누군가에게 도움이 된다는 사실을 잊지 말아야 한다.

인생은 여행이다. 계속 성장해야 한다

그동안 인생 경험이 부족했다. 성공한 사람들과 직접 대화해 본 적이 없었고, 성공에 대한 글을 쓰기 어려웠다. 한 달에 천만 원을 번다는 이야기, 천만 원으로 부동산을 산다는 이야기, SNS 광고 수

익으로 천만 원을 버는 방법을 독자들에게 알려주지 못해 미안하다. 나는 솔직히 그런 방법은 모른다. 내가 알려줄 수 있는 건 동기부여를 얻는 방법과 성장 이야기다.

첫 번째 목차 '인생 쇼핑'으로 시작해서 '인생 여행'으로 끝이 났다. '인생 여행'을 끝으로 이 책의 내용은 막바지이지만, 여행은 계속되어야 한다. 정확하게 말해 어떤 면을 성장할 것인지 알아야 하고, 인생 목표까지 도달해야 한다. 성공하는 일보다 실패하는 경우가 더 많을 것이다. 이것이 인생이다. 지난 과거처럼 성장을 멈춰서는 안된다. 끝까지 걷는 게 인생 여행이다.

현재 서울대에 재직 중인 김난도 교수는 어느 날 게임 회사에 초청받아 강연을 했다. 강연 도중 직원에게 질문들 던졌다. "게임을 왜 하는지 궁금합니다." 직원은 이렇게 답했다. "사람은 누구나 성장하고 싶은 욕구가 있습니다. 캐릭터를 성장시키는 매력에 유저들은 오늘도 게임에 접속합니다."

마지막으로 게임 이야기를 담으려고 한다. 중학교 1학년 시절부터 스무 살 초반까지 미친 듯이 플레이했던 게임이 있었다. 넥슨 회사에서 개발한 〈바람의 나라〉였다. 이 게임은 국내 최초의 성장 MMORPG 게임이다. 다수의 사용자가 온라인으로 접속하여 각자 맡은 역할을 수행하며 즐기는 게임이라고 말할 수 있다. '메타버스'의 시초라고 보면 되겠다.

캐릭터를 성장시켜 더 강하게 만들어야 했다. 초보자가 하기 어려운 게임이 되어버렸다. 신규 유저는 기존 유저들과 성장의 격차를 좁히기 어려웠다. '고인물' 게임이 되어버렸다. 결국 매달 결제해야 하는 유료 게임에서 무료화가 되었다. 넥슨도 전략이 있었다. 캐릭터를 치장하는 캐시 아이템 그리고 캐시 장비가 없으면 캐릭터의 성장을 더 벌어지게 했다.

나에게 유일한 장점은 미련함과 게임의 열정이었다. 더 미친 듯이 게임을 해야 했다. 단지 성장 그리고 성장뿐이었다. 나의 오른손은 한 계정을 조작했고, 나머지 왼손은 또 다른 키보드로 다른 계정을 조작했다. 그렇게 나는 두 계정을 동시에 플레이했다. 지금 생각해도 이런 열정으로 공부를 했더라면 명문대는 충분히 들어갈 수 있지 않았을까 한다. 대학 생활은 흥미가 없었고, 차라리 돈을 벌고 싶었다. 꿈보다는 현실이었다. 인생 독서를 하기 전에는 오랜 시간 동안 성장이 멈추었던 것 같다. 현실 세계에서 성장하기 위해선 인생을 쇼핑하는 사람으로 살아가야 한다.

'갈망하고 우직하게'. 스티브 잡스의 명언이다. 책을 통해 이런 명언들을 수집하고 있다. '나는 명품이다.' 명품으로 거듭나고 싶다. 힘든 일이 생겨도 남에게 피해를 주는 가품 인생으로 살지 않을 것이다. 앞으로 정해진 길을 걸으려 한다. 찬란한 빛을 내기 위해 깎여나가는 중이다. 꿈도 없고 회사에서 시계만 바라보던 청년은 이제 책을 통해 성장했다. 결혼의 가치관이 달라졌다. 좋은 아빠, 좋은 남편이 되기 위해 성장하고 있다. 막연한 생각에서 벗어나고 있다.

책을 믿고 인생 독서를 해야 한다. 이 습관들이 의식을 바꾸게 만든다. 책을 읽는 습관이 성공의 여정이 된다고 믿게 되었다. 이제는 가상현실에서 빠져나왔다. 글쓰기로 당당해진 나를 발견했다. 꿈이 달아나려고 하면 책을 펼쳐 동기부여를 다시 만들었다. 늦은 시간이 되어도 책을 읽고 글 쓰는 삶이 되었다. 과거에는 책을 기피했지만, 지금은 깊이 심취해 있다.

이 모든 변화가 감사한 일이다. 데드라인보다 열흘이 더 걸렸지만, 원고를 끝까지 작성했다. 불안한 감정을 이기고 무언가 해낸 순간이었다. 글을 쓰는 동안 긍정적인 사람이 되었다. 시간이 흐른 뒤, 명품 백을 인생 쇼핑하는 날이 올 것이다. 그 가방 안에 내 저서를 담는 상상을 하고 있다. 성장하기 위해선 인생 쇼핑을 해야 한다.《인생을 쇼핑하는 남자》는 꿈과 희망을 잃지 않았기에 이 세상에 나오게 되었다.

마치는 글

그동안 제가 살아왔던 과거처럼 지금의 인생이 재미없고, 힘들게 사는 분들이 있으리라 생각합니다. 저는 인생 도서를 읽고 달라진 경험으로 독자에게 전하고 싶어, 글을 쓰게 되었고 작가의 꿈을 이루게 되었습니다. 저는 제 삶을 선택하기로 했습니다. 그러기 위해선 어둠 속에서 벗어나야 했죠. 저는 그동안 새장 속에 갇혀 있었다고 생각했습니다. 경제적 자유를 위해 세상 밖으로 나왔지만, 결코 쉬운 길은 아니었습니다. 주식 실패로 잔고는 마이너스가 되었고, 꿈도 없었고 무엇을 해야 할지 막막하기만 했었죠. 그러던 중 '라이프 쇼퍼 효과'를 깨닫게 되었고, 인생을 쇼핑하는 남자가 될 수 있었습니다.

필요한 책을 쇼핑리스트에 담아두고 인생 쇼핑을 멈추지 않았습니다. 나만의 방식이었고, 인생 투자였죠. 우선 인생 쇼핑으로 동기부여의 중요성을 깨닫게 되었습니다. 늘 포기가 빨랐지만, 이번만큼은 달랐습니다. 작심삼일 구간을 잘 넘어간 것이었죠. 앞으로 3년, 5년, 10년 뒤에 성장해 있는 저의 모습이 그려졌습니다. 하지만 동기부여만으로 무엇을 해야 할지 몰랐죠. 그래서 찾은 방법은 인생 수업을 들어야 했고, 끊임없이 배워야 했습니다.

인생 수업을 듣기 전, 이미 독서에 빠진 상태였고, 작가의 꿈은 인생 목표가 되었습니다. 책은 성장 촉진제입니다. 생산적인 독서법으로 책을 읽는 게 중요합니다. 짧은 시간에 이렇게 사람이 달라질 수 있을까요? 건방져 보일 수 있겠지만, 변한 건 한둘이 아니었습니다. 이 모든 게 책이란 존재가 있었기에 조금씩 성장할 수 있었죠.

사람이 물에 빠지면 지푸라기라도 잡게 됩니다. 간절한 심정으로 책을 잡았던 것 같습니다. 꿈이 없던 시절, 어쩔 수 없이 숨만 쉬며 살았습니다. 눈에 보이지 않았지만 앞을 가로막는 건 현실의 높은 벽이었고, 뜻대로 되지 않아 포기했었죠. "준비만 하는 삶은 포기다." 이 부분에 마음이 와 닿는 독자분이 계실까요? 이 책을 읽고 '라이프 쇼퍼 효과'를 경험하길 바라는 마음이 있습니다. 다음에 읽을 책을 인생 쇼핑해보는 것입니다. 가장 쉬운 방법이죠.

우리가 미래를 걱정하며 살아가는 현실이 벅차게 느껴지지만, 분명히 이유가 있다고 봅니다. '뭐든지 다 이유가 있다.' 지금 하는 경험이 언젠가 다 쓰이게 됩니다. 비록, 힘들었던 기억도 에피소드에 불과합니다. 인생 경험을 꾸준히 쌓으셔야 합니다. 제가 인테리어 회사에 다니면서 힘들었던 에피소드가 대부분입니다. 한 달 동안 다닌 회사는 에피소드가 서너 가지가 있는 듯합니다. 한 편의 내용은 최악이어서 글에도 담을 수가 없습니다.

과거의 경험은 하나의 마침표가 되었지만, 글로 쓰게 되면 현재 진행형처럼 'ing...' 마침표 세 개가 됩니다. 잊고 있었던 기억이 떠올랐고, 그 속에서도 배움을 찾을 수 있었습니다. 힘들었던 기억이 없었더라면, 잔잔한 파도처럼 한곳에 계속 머물러 있었을 것 같아요. 인생은 공평하지 않습니다. 시간마저 공평하지 않죠. 그걸 깨닫는 순간 현실을 인정하게 돼버리지만, 처절하고 좀 더 간절하게 나아가게 되죠. 그 길이 가시밭길일지라도.

그동안 게임을 미친 듯이 하며 살았습니다. 독서하라는 잔소리를 들으면 방문을 닫고 신경질을 냈던 기억이 납니다. 매일 10분 독서? 1분도 고통스럽게 느껴졌죠. 전 세계적으로 인기 있던 〈해리포터 시리즈〉 책을 읽는 순간도 행복하지 않았습니다. 만약 인생 도서를 만나지 못했더라면, 작가의 꿈은 잠시 스쳐 갔을 것이고 포기했을 것 같아요.

사랑에 빠지는 건 한순간입니다. 오랜 시간 동안 책을 열 권도 읽지 않았던 사람이 인생을 쇼핑하는 남자가 되었습니다. 운명처럼 사랑에 빠진 경험이 이성이 아닌 책이어서 살짝 슬프지만, 그래도 감사한 일이라고 생각해요, 어쩌면 축복이죠. 무언가에 빠져 생산적인 일을 찾는다는 건 인생을 배우는 과정입니다. 블로그를 시작한 지 한 달이 조금 넘었습니다. 블로그를 하며 글의 수준이 단기간에 상승한 게 보입니다. 시작 전 글의 수준이 40~50점이었다면, 70점까지 올라간 게 느껴집니다. 이웃들에게 공감되는 글을 쓰려고 하다 보니 좋은 결과가 있었던 것 같아요. 생각만 하고 미뤘던 일들이 있으실 거라 생각합니다. 점은 또 다른 점으로 이어줍니다. 배움은 끝이 없죠. 이제는 머뭇거리기만 하면 안됩니다.

한 달도 못 쉬며, 열정페이를 받은 적이 있었습니다. 대학교 졸업을 하고 할 수 있는 진로는 이게 전부라고 생각했습니다. 지금 생각하면 미련한 짓이었지만, 인생 목표가 없었고 할 줄 아는 게 없었습니다. '나에게 시한부를 내렸다'는 글을 써놓고 스스로 놀랐지만, 이미 누가 썼던 글이었죠. 오히려 '이런 생각을 나만 하는 게 아니었구나.' 반갑기도 했고, 간절한 마음으로 글쓰기에 전념하게 되었습니다.

동기부여를 잃지 않기 위해선 처절한 감정이 필요합니다. 또한 시도하지 않으면 꿈이 생기지 않고, 인생의 전환점도 찾아오지 않습니다. 영화 모임에 참석한 날은 인생의 전환점이 되었습니다. 저를 자극했던 그 친구에게 감사한 마음이 큽니다. 그날 이후 글을 쓰게 되었고, 간절한 마음을 잃지 않는 원동력이 되었기 때문입니다. 이제는 하나의 에피소드에 불과합니다.

그동안 막연하게 운명을 믿어왔습니다. 운명을 믿지 않는 사람도 있을 것입니다. 저는 운명보다 우연을 더 믿게 되었지만, 뭐든지 다 이유가 있다고 생각합니다. 게임에 미쳐있던 사람이 새벽까지 글을 쓰고 있습니다. N포세대의 마음을 누구보다 잘 압니다. 미래는 항상 불안했고 꿈도 없었기에 모든 걸 포기하게 됐죠. 책을 읽어야 한다는 도서는 서점 매대에 이미 깔려 있습니다. 주변에 작가의 포부를 밝히자 가장 많이 들었던 말이 "이미 서점에 비슷한 책이 많은데 뭐 하러 책을 쓰나?"였습니다. 사람마다 생각하는 가치관이 조금 다르듯 목표가 다릅니다. 매일 불안한 마음을 이겨냈고, 결국 작가가 될 수 있었습니다.

그동안 직업에 대한 콤플렉스가 있었습니다. 변호사, 대기업 회사원, 선생님, 의사 등 저보다 뛰어난 사람들은 존재하지만, 글을 쓰며 당당해진 저를 발견했죠. 세상에 모든 사람이 글을 쓸 수 있다고 생각합니다. 저처럼 부족한 사람도 해냈기 때문입니다. 남들보다 특별한 일을 하고 싶었습니다. 그러나 내 삶을 어떻게 바꿔야 하는지 몰랐습니다. 책을 읽으면 잠시나마 꿈이 생깁니다. '나도 할 수 있을까?' 하는 희망적인 생각이 듭니다. 다시 책을 덮으면 꿈은 달아나죠. 동기부여로 꿈을 계속 쥐어야 합니다. 인생은 짧고 읽어야 할 책은 많습니다.

책은 또 다른 책을 잇게 해줍니다. 평소에 독서를 즐기지 않는 사람이 에필로그 부분까지 읽었다면, 대단하다고 전해 주고 싶습니다. 아무것도 하지 않고 가만히 앉아 있으면 상황은 달라지지 않습니다. 인생을 쇼핑하는 남자는 아직 걸어보지 않은 길을 걸어보려 합니다. "여성들이 가보지 못한 길이더라도 전 상관없이 가고 싶어요. 두려운 여정이 될 수도, 아무도 밟아보지 못한 길일 수도 있습니다. 하지만 적어도 그 길은 제가 밟아본 길이 될 것입니다." 인도 여배우 프리앙카 초프라가 남긴 말입니다.

인생을 살다 보면 직장이나 결혼처럼 큰 결정을 내려야 할 때가 있습니다. 우리는 늘 결정의 갈림길에 서 있습니다. "책을 읽는다고 인생이 달라질까요?"란 질문에 답변은 이렇습니다. "앞으로도 '인생을 쇼핑하는 남자'로 살아갈 것입니다. 좀 더 바쁘게 살아가야 할 것 같아요. 블로그 관리, 카페 관리, 인스타그램 시작, 책 읽기, 글쓰기, 디자인 공부 등 배워야 할 게 많습니다. 이 모든 게 책 한 권으로 시작됐습니다. 만약 책을 구매하지 않았더라면 내 인생의 터닝포인트는 없었을 것입니다." 지금 힘들고 지쳐있겠지만, 꿈과 희망만큼은 지키길 바랍니다. 인생을 쇼핑하는 남자는 눈에 보이지 않지만, 그동안 가로막았던 벽 뒤의 세상이 궁금해졌어요. 독자 여러분도 인생 여행을 하여 그 세상에서 만났으면 좋겠습니다.

인생 배움을 시도해야 한다

성장하기 위해선 인생 쇼핑을 해야 한다.
《인생을 쇼핑하는 남자》는 꿈과 희망을 잃지 않았기에
이 세상에 나오게 되었다.